Ce qui fait briller les étoiles

Aurélien Benoilid & Maud Nisand

Ce qui fait briller les étoiles

roman

Flammarion

ISBN : 978-2-0804-2308-5

« Le mouvement ne ment jamais. »

Dr George Greenfield Graham,
aliéniste et père de Martha Graham
(fondatrice de la danse
contemporaine).

Premier acte

Le Sacre du printemps

« *Le Sacre du printemps* composé par Igor Stravinski et créé en 1913 par Vaslav Nijinski est une œuvre de rupture, antisymphonique, juxtaposant des séquences en crescendo. Œuvre audacieuse et anticonformiste, elle scandalise la bourgeoisie parisienne avant de devenir mythique et d'être rejouée et réinterprétée par Maurice Béjart, Pina Bausch et Pâris Besson. »

Massacre du printemps, Louis Laloy
(musicologue et écrivain français).

« Massacre des tympans. »

Anonyme.

« Sale juif ! »

Injure adressée à Maurice Ravel lors de la première du *Sacre du printemps* alors que ce dernier, dans le public, criait au génie pendant la représentation, anonyme.

Chapitre 1

Paris, le 31 décembre 1941

Souillé de croix gammées, l'Opéra Garnier était encore l'Opéra Garnier. Les étoiles ne cessent pas de briller lors des nuits de tempête.

Empruntant l'escalier en lente procession, s'enthousiasmant des peintures d'Isidore Pils qui ornaient les plafonds de cette immense nef, les invités, le nez en l'air, ne prêtèrent guère attention à Lazare et Émile, hors d'haleine, qui couraient entre leurs jambes.

Essoufflés, ils s'accroupirent sur un balcon, à l'abri des regards, cherchant, comme des soldats, la prochaine tranchée dans laquelle se terrer.

— Si ton père nous trouve, on est morts ! Émile, qui n'avait peur de rien, sauf du dibbouk, avait tout de même un peu de panique dans la voix. On va où maintenant ?

— À couvert ! lui répondit Lazare. La loge numéro cinq est interdite au public. Mon père doit y faire quelques réparations. On sera tranquilles.

Les deux amis, discrets comme des enfants excités par le danger, s'aventurèrent de colonne en pilier, jusque devant la loge. Lazare fixa Émile sans ciller quand celui-ci essaya, en vain, d'ouvrir la porte verrouillée. Lorsqu'il jugea la tension dramatique suffisante, il sortit de sa poche un trousseau de clés et l'agita sous son nez, l'air de dire : *Ce Palais, c'est ma maison !* Être le fils du concierge de l'Opéra Garnier lui octroyait quelques privilèges.

La loge rouge, toute en longueur et en velours, offrait une vue imprenable sur la scène encore inoccupée. La salle se remplissait d'officiers en chemise brune, de dignitaires médaillés, de journalistes en vue et de joyeux mécènes. Le gala au profit du Secours national Entr'aide d'hiver du Maréchal était l'évènement mondain de cette fin d'année.

Lorsque la fosse éructa un grondement dysharmonique qui fit tinter le lustre, Émile sursauta.

— T'inquiète ! C'est l'orchestre qui s'accorde, lui expliqua Lazare. J'appelle ça *Prélude en ré des fesses pour instruments à vent*, mais Maman déteste quand je le dis.

— Moi, j'adore, lui répondit Émile qui aimait tout de Lazare : son audace, son sens de l'humour et la manière qu'il avait de s'interposer quand, à l'école, on s'en prenait à lui. Alors, il se répéta à voix basse – juste en bougeant les lèvres – *Prélude en ré des fesses pour instruments à vent*, afin d'être certain de bien s'en souvenir.

La lumière s'éteignit, le rideau se leva et le spectacle, comme toujours, usurpa les haillons de la réalité. Dehors, on pouvait bien raser des villes entières, creuser des fosses communes, y entasser les morts, sur scène, on déjouait l'horreur.

Entre deux rondes, créé quelques mois plus tôt, ouvrit le bal. Les enfants, penchés au balcon, oubliaient toute prudence, exaltés par la musique, la danse et les costumes.

— C'est ta première fois ? demanda Lazare.

Émile, les yeux écarquillés, tous les sens en éveil, acquiesça d'un mouvement de la tête.

— Moi, j'en vois quand je veux, rajouta Lazare. Sans compter les répétitions. Mais chaque fois c'est pareil, ça me fiche la chair de poule. Je suis bien content que ton père ait accepté que tu l'accompagnes ce soir.

Émile le regarda, l'air à nouveau anxieux.

— T'es sûr que des coulisses il ne peut pas nous voir ? Il croit qu'on est en train de jouer dans ta chambre. S'il apprend qu'on a passé la soirée dans une salle bondée de Boches, je crois que plus jamais il ne me laissera venir. Et ma mère, je ne t'en parle même pas !

— Aucun risque qu'on nous attrape ici, mon vieux. Sois patient. Je dois absolument te montrer quelque chose. Après, c'est promis, on rentre sagement jouer avec nos p'tits soldats.

Le rideau se ferma puis se rouvrit sur un extrait d'*Ishtar*. Yvette Chauviré, entourée d'une quinzaine d'autres danseuses, effectuait une variation inspirée de la danse des sept voiles du mythe de Salomé. On ne voyait qu'elle.

— Elle vient d'être nommée étoile de l'Opéra de Paris, souffla Lazare.

— C'est quoi une étoile ? chuchota Émile.

La question était ardue et Lazare dut réfléchir quelques instants avant de lui répondre :

— L'étoile, la vraie, celle qui brille dans le ciel, crée sa propre lumière. La danseuse étoile, c'est un peu la même chose, elle crée la danse. Les autres sur la scène ne font que s'éclairer à sa lumière. Tu vois ?

Émile comprendrait la nuance un jour, mais pour l'instant, il n'avait d'yeux que pour Yvette qui scintillait dans cette nuit d'hiver, multipliant les sauts de chat, les pas de bourrée, les piqués et pirouettes, comme autant d'esquives aux affres de la guerre. Elle portait un tutu – sorte de dahlia aux pétales de tulle de soie – qui s'animait à chacun de ses mouvements.

— Est-ce que c'est ton père qui a fabriqué tous les costumes ? demanda Lazare comme s'il lisait dans les pensées d'Émile.

— Tu rêves ! Mon père c'est rien qu'un couturier du *flou.* Il rapièce les trous, colle les plumes et raccourcit les manches. Mais, qui sait ? Peut-être qu'un jour il deviendra *tailleur étoile* ?

Baisser de rideau. Obscurité. Silence.

— Chut ! C'est maintenant que ça commence, dit Lazare dont les yeux s'étrécirent.

— Que quoi commence ?

Que tout commence ! pensa Lazare avant de dire :

— *Le Boléro…*

Le son de la caisse claire, d'abord imperceptible, s'intensifia dans une salle qui retenait son souffle. L'orchestre jouait un rythme militaire qu'Émile découvrait à mesure qu'il se répétait avec obstination. Bientôt, ce fut au tour de la greffe mélodique du thème puis du contre-thème de s'enraciner profondément dans son cœur.

Le Boléro, si puissant qu'il rompait les amarres entre le corps et l'âme, emplissait la grande salle de l'Opéra Garnier. La musique effectua une sorte de révérence orchestrale lorsqu'un homme à la beauté magnétique apparut sur scène. En voyant que Lazare tressaillait, Émile comprit que c'était pour ce danseur, et pour lui seul, qu'ils avaient bravé tous les dangers.

— Il s'appelle Serge Lifar, dit Lazare. Il est danseur étoile et maître de ballet.

Dans son habit de lumière, à la fois matador et taureau, Serge enchaînait les passes sévillanes et les sauts prodigieux. Chacun de ses mouvements était une virevolte. À lui seul, s'il en avait eu le courage, il aurait pu interrompre la guerre, faire lever le soleil au milieu de la nuit, ou réveiller les morts qui tombaient par millions sur les champs de bataille. Mais Serge préférait danser. Émile estima que si Dieu existait, il devait être un funambule suspendu quelque part entre le pavillon des trompettes qui tempêtaient et la pointe du chausson de Serge qui ne touchait plus terre. Le temps s'était fendu d'une fêlure qui continuerait de lézarder longtemps après la fin du spectacle.

Lazare, au rythme du *Boléro*, ondulait sur son axe. Les épaules dégagées et la nuque élancée, il ne faisait plus qu'un avec son idole, reproduisant ses gestes, plus sérieux qu'à l'école. Émile le trouva beau. Lui, qui était né bossu, se sentait moins difforme à côté de Lazare, comme s'il pouvait saisir sa grâce et se l'approprier. Il se dit que cette année se terminait mieux qu'elle n'avait commencé. De toute façon, 1942 ne pourrait pas être pire que 1941.

Le Boléro, après s'être envolé, explosait dans un vacarme mélodique presque effrayant. Alors que les oreilles d'Émile sifflaient encore de l'acouphène final, Lazare, le regard braqué sur la scène, dit :

— Un jour, je danserai comme lui.

Émile cligna des yeux, puis dévisagea son ami.

— T'es sérieux ? Tu veux danser ? Pour de vrai ?

— Un peu Lepneveu que j'veux danser. Et, bon Dieu de bois, j'y arriverai, j'te le jure ! Un jour, ce sera moi sur la scène. Tout le monde se lèvera pour m'applaudir. Pas moyen que je finisse comme mon père. Concierge de l'Opéra, plutôt mourir ! Je deviendrai danseur étoile.

Lazare regarda à nouveau Serge qui saluait le public. Quelques mèches de ses cheveux noirs s'agitaient sous la *montera* brodée des mains du père de son meilleur ami. Il savait que, d'une manière ou d'une autre, il parviendrait à échapper aux griffes du destin. Soudain, il fit volte-face et s'exclama :

— Eh, Quasimodo ! J'te préviens, t'en vas pas l'répéter à l'école, sinon j'te casse le nez. C'est compris ?

Émile eut pour Lazare une œillade malicieuse mais remplie d'une amitié sincère.

— M'étonnerait qu'un danseur dans ton genre puisse me casser le nez. J'ai beau être tordu, à la bagarre, j'te fous une raclée quand j'veux.

Dans la loge numéro cinq de l'Opéra Garnier, insouciant de la tragédie qui les séparerait, Émile bondissait sur Lazare. Leurs éclats de rire se noyaient dans la clameur du public dont l'écho se perdait dans les pleurs et les cris d'un monde à l'agonie.

Chapitre 2

Paris, janvier 2022

Anna, à travers un rideau de larmes, regardait son grand-père. Lazare Besson, âgé de quatre-vingt-huit ans, se tenait devant le trou glaiseux où l'on enterrait son petit-fils. Ses épaules étaient basses et, pour la première fois, elle se dit qu'il avait l'air d'un vieillard. Il jeta une poignée de terre sur le cercueil d'Abel et le bruit sourd que cela produisit résonna longtemps dans la poitrine d'Anna.

Il y avait du monde au cimetière du Père-Lachaise. Toute la Compagnie de l'Opéra national de Paris, main dans la main, saluait Abel Besson une dernière fois. Triste ballet !

Lazare, entouré de Pâris, Christian, Gilles et Vincent – ses quatre fils –, formait un rempart entre la mort et le reste du clan Besson qui se tenait derrière. Un peu à l'écart mais tout au bord de la fosse, la sœur d'Abel se tenait près de sa mère, parfaitement immobile. Anna n'osait pas les regarder. Partout les stèles du cimetière lui rappelaient combien la mort était un privilège réservé aux aînés. *Abel n'a rien à faire ici*, pensa-t-elle. *Les frères, les enfants et les petits-enfants ne devraient jamais mourir.* C'était à son grand-père, et personne d'autre, de rejoindre son Arlette bien-aimée et ses parents chéris dans la concession familiale.

Anna, anéantie, se tenait au bras maigre de sa mère, espérant y trouver ne serait-ce qu'une prise à laquelle s'accrocher pour ne pas s'abîmer. Marie-Louise n'avait pas dit un mot de toute la cérémonie. Elle donnait l'illusion d'être présente, mais Anna percevait de la colère par-delà son apparente immobilité.

L'annonce du suicide d'Abel avait eu sur Anna l'effet d'une lame de fond, dévastant tout dans sa lente progression. Trente-deux années passées à fleurir les coteaux d'une existence paisible, soudainement ravagée. Depuis que Pâris, son père, l'avait appelée trois jours auparavant, la vague n'avait pas cessé de déferler sur elle. Il avait fallu que son cousin saute du haut du grand escalier de l'Opéra Garnier pour qu'elle prenne conscience du précipice sous ses pieds.

Anna ne parvenait pas à détacher son regard de Lazare, de son père et de son oncle Christian, serrés l'un contre l'autre. L'Opéra Garnier, qui comptait déjà trois Besson légendaires sur deux générations, n'accueillerait finalement pas Abel, celui-ci ayant décliné l'invitation en mettant fin à ses jours. Lazare avait consacré son existence au Palais. Il y avait vécu et exercé le métier de concierge, en digne successeur de son propre père. Hissant cette humble fonction à son plus haut niveau, il était devenu l'ami intime des artistes et des hommes de pouvoir. Mais ce qui l'avait rendu célèbre au-delà de toutes ses espérances avait sans doute été d'engendrer avec Arlette – sa première épouse – ses deux plus illustres faire-valoir. Pâris, son fils aîné, devenu danseur étoile et maître de ballet de l'Opéra national de Paris, connu dans le monde entier, et Christian, son cadet, plus habile à la palabre qu'à la danse, qui avait endossé la fonction de directeur général de ce même Opéra. Abel, le fils de Christian, aurait dû parfaire le mythe en accédant comme son oncle au rang de danseur étoile. Mais l'Opéra était devenu son panthéon.

Anna aurait voulu avoir la force et le courage d'être à leurs côtés. Au plus près de la mort. Au front plutôt que reléguée entre sa mère, son frère et son mari. Elle avait toujours été considérée comme une brave et dévouée soldate prête à tous les sacrifices. Mais voilà qu'aujourd'hui, cantonnée à l'arrière-garde, elle assistait au désolant spectacle des échines abattues.

Un géant d'un mètre quatre-vingt-dix, à l'épaisse chevelure grise, se fraya un chemin. Pavel Moltchaline était peut-être un ours, mais il avait la grâce d'un chat. Derrière lui, sa compagne Mathilde profitait de ce sentier éphémère pour se rapprocher d'Anna.

Les fossoyeurs remblayaient le trou béant de la famille Besson. Pavel se tenait devant la tombe. Il scruta l'assemblée, reconnaissant tout le monde ou presque. Il était un professeur intransigeant, sévère et respecté, une force de la nature que rien ne semblait pouvoir ébranler, et pourtant, devant Lazare, Pâris, Christian et leurs frères, il sanglotait, tentant de camoufler des gémissements d'enfant. Au bout de quelques secondes, Pavel réussit à parler avec cet accent des bords de la Volga qui ne l'avait jamais quitté :

— Abel était grand danseur. Vraiment un très grand danseur ! La voix caverneuse de Pavel portait loin. C'est perte immense pour l'Opéra. Il avait encore tant de choses à danser !

Pavel pleura. Anna sentit que Mathilde était sur le point de le rejoindre pour l'aider à parler. Mais il continua :

— Peut-être, je dis bien peut-être qu'il aurait pu devenir un plus grand danseur que toi, Pâris.

Le père d'Anna ne bougea pas d'un cil. Le géant russe poursuivit :

— J'ai eu beaucoup de chance d'être son professeur pendant toutes ces années. Des danseurs comme Abel, on n'en rencontre parfois jamais. Moi, j'en ai connu deux. Je me souviens de son premier jour à l'école de danse. Pâris, tu m'avais dit qu'il avait du potentiel, mais qu'il ne fallait surtout pas lui faire de cadeau, tu t'en souviens ? C'était plutôt toi qui ne m'avais pas fait de cadeau ce jour-là ! Oh, ça n'a pas été facile tous les jours de travailler avec lui. Il était comme une bête sauvage qu'il fallait dompter. Il a incarné les plus beaux rôles du répertoire classique, mais je crains que celui de Solor ne lui ait porté malheur.

Pavel se tut. Le public comprenait le double sens tragique de sa remarque tandis que le curé, qui cherchait à essuyer discrètement la goutte qui lui pendait au nez, releva la tête devant cette vague de silence songeuse. Pavel maugréa :

— Maudite *Bayadère* ! comme si c'était le ballet qui avait ôté la vie au jeune prodige. Mais bon Dieu de bon Dieu, quel danseur magnifique !

Pavel fixa tour à tour les parents puis la sœur d'Abel. Comme beaucoup de danseurs, il exprimait davantage l'émotion avec son corps qu'avec ses mots. Mathilde avança d'un pas et vint cueillir Pavel qui s'écartait de la tombe. Elle faisait à peine trois ou quatre centimètres de moins que lui, de telle manière que dans les bras l'un de l'autre, ils ne semblaient pas plus grands que la moyenne. En réalité, où que l'on fût dans un rayon de cinquante mètres autour de la concession des Besson, on voyait leurs deux têtes dépasser. Puis Pavel se remit à pleurer comme un enfant aussi grand qu'un lampadaire.

La suite de la cérémonie se déroula en silence. Anna, encore sous l'effet de l'anxiolytique que son mari Samuel lui avait donné, regardait hébétée chaque membre de sa famille s'avancer vers la tombe, faire une halte, puis s'en aller. Christian, le père d'Abel, fut le seul de la troupe à ralentir en passant devant elle. Il posa la paume de sa main sur son dos et lui dit à l'oreille d'une voix méconnaissable :

— Fais-nous vite un bébé !

Son oncle Gilles avait contemplé le trou quelques secondes à peine, l'air passablement fâché parce que sa canne s'enlisait dans le sol humide du cimetière. Sans doute hanté par son membre fantôme, il était reparti, agité de soubresauts, les sourcils froncés.

Vincent, dans l'ombre de ses frères, était resté mutique.

Anna pensa que les Besson étaient vraiment des taiseux.

Dans l'ordre des choses, c'était à son tour d'aller se recueillir. Elle laissa son mari, sa mère, son frère et sa belle-sœur la précéder. En regardant Samuel, Marie-Louise, Simon et Janet avancer vers la tombe, elle sentit le malaise s'insinuer en elle. Sa vision s'obscurcit et, l'espace d'une ou deux secondes, elle craignit de tomber. Mais Mathilde, en lui serrant le bras, l'avait empêchée de s'effondrer.

— Ça va aller ? lui demanda-t-elle.

— Je crois, répondit Anna.

À la manière d'un automate, Anna franchit les quelques mètres qui la séparaient de la sépulture de son cousin. Rien ne lui vint à l'esprit. À quoi bon lui parler ? Quelle que soit la puissance de son cri, il ne parviendrait jamais aux oreilles d'Abel. Elle n'avait pas su rompre le silence de son vivant et désormais, quoi qu'elle dise, quoi qu'elle hurle, il était trop tard. Elle aurait voulu lui dire qu'elle n'oublierait jamais leur dernière conversation, lorsqu'elle l'avait maquillé en Solor juste avant *La Bayadère*. Lui dire que, d'heure en heure, son souvenir en elle se faisait plus précis et qu'elle paierait cher pour remonter le temps. Elle n'avait pas entendu sa détresse, trop jalouse d'un talent qui lui était destiné. Elle, qui n'avait connu que des déconvenues, avait alors pour la tristesse de son cousin un profond mépris. Plus elle y pensait et plus elle avait le sentiment de l'avoir poussé du haut du garde-fou. Il n'y avait plus rien à ajouter. Tout avait déjà été tu. *Tout ce qui est tu, tue*, pensa-t-elle.

Anna s'éloigna de la tombe en y laissant une partie d'elle-même. Elle avait l'impression d'entendre un battement de cœur provenant de la fosse et se demanda un instant si Abel avait pu être enterré vivant. Elle finit par se retourner et fut saisie par la beauté de la scène. Une nappe de brouillard s'interposait entre elle et la tombe, comme si un technicien avait reçu la consigne d'allumer la machine à fumée. À côté du tertre de terre qui n'avait pas été totalement remblayé, tous les danseurs se présentaient désormais les uns après les autres. Ils marquaient une pause, effectuaient une révérence puis s'en allaient. Les six étoiles de l'Opéra avaient rivalisé de grâce et de virtuosité. Vadim resta plus longtemps que les autres. Il posa une main au sol et sembla y enfoncer ses doigts. Lui, qui n'avait pas cessé, de toute la cérémonie, de bouger ses lèvres en silence, comme pour une prière ou une incantation, eut besoin d'aide pour se relever et rejoindre à son tour la procession.

Chapitre 3

Paris, février 2022

Anna avait trouvé refuge dans son travail à l'Opéra Garnier. *La Bayadère*, à sa manière, avait contribué à sa lente guérison. Le ballet devait survivre à son défunt Solor. Vadim remplaça Abel et Anna le maquillait avant chaque représentation, comme elle avait maquillé son cousin. Solor était le rôle de sa vie. Vadim brillait tous les soirs un peu plus que la veille et son dernier salut fut longuement applaudi. Personne, en dehors d'Anna, ne comprit la nature si particulière des sentiments qui l'animaient lorsque, se courbant, d'un geste de la main, il sembla faire un signe à quelque spectre invisible.

La vie reprit son cours et Anna ne saurait dire comment elle s'était retrouvée, à peine un mois après le drame, en compagnie de son frère, à la séance de dix heures, de *Sourires d'une nuit d'été*. Le Nouvel Odéon programmait une rétrospective des films d'Ingmar Bergman. Dans une salle aux trois quarts vide, entre vaudeville et huis clos anxiogène, Bergman, peu coutumier de la comédie, avait suscité chez Anna et Simon, une réaction d'intense malaise. Le film paraissait mettre en abyme leur propre roman familial.

Pâris et Marie-Louise ne s'entendaient plus. Et depuis les funérailles d'Abel c'était pire encore. Tous les dimanches, Anna les voyait s'éloigner, s'emmurer dans un silence insoutenable. Elle et Simon n'avaient plus besoin de plaquer les mains sur leurs oreilles, comme lorsqu'ils étaient enfants, afin de s'épargner les insanités qu'ils pouvaient s'échanger. Pour Simon, resté quelques semaines de plus à Paris – son prochain tournage n'aurait lieu qu'en avril –, il s'agissait là d'un insupportable retour en arrière. Il devait dormir seul – Janet était repartie – dans la chambre d'ami, autrefois la sienne, où rien n'avait changé. Simon avait fui Paris. Il n'en avait conscience que lorsqu'il y revenait. Il avait traversé l'Atlantique et s'était découvert un talent et une passion de substitution à la danse. Désormais, il ne rentrait que pour les mariages et les enterrements.

— Tu pourras te vanter auprès de Papa d'être allée voir du Bergman ! chuchota Simon à l'oreille de sa sœur. Lui qui te considère comme une inculte, il n'en reviendra pas.

— Inculte toi-même ! lui répondit Anna. Je crois que les parents n'ont pas vu plus de cinq minutes du premier épisode de la dernière série dans laquelle tu joues.

— Laisse tomber, ils n'ont jamais rien compris au septième art.

Simon avait quitté la France pour vivre à New York avec Janet. Ils s'étaient rencontrés sur un tournage où Simon incarnait un trader du quartier de la Défense, obnubilé par son travail, qui renouait avec la magie de Noël et les choses simples de la vie au contact d'une Américaine ingénue coincée en France pendant les fêtes à cause d'une sombre histoire de passeport volé dans le métro. Le film avait remporté un franc succès sur les deux continents, après quoi, Simon avait été embauché par Netflix pour jouer dans des créations originales à gros budgets.

— Dis, tu crois qu'un jour tu tourneras dans un film d'Igmar Bergman ? demanda Anna.

— *Ingmar*, connasse ! Et pour info, il est mort il y a plus de quinze ans, lui rétorqua Simon, en étouffant un rire nerveux.

Avec son frère, ils avaient pris l'habitude de se traiter de tous les noms. C'était leur manière à eux de se dire qu'ils s'aimaient. Anna n'arrivait pas à se souvenir de la dernière fois où elle avait ri. Elle tourna la tête vers Simon et lui chuchota à l'oreille, à la manière d'un hommage posthume grandiloquent :

— Adieu l'artiste ! Adieu Igmar ! Lui qui, de son vivant, aura su emmerder plusieurs générations avec des films soporifiques en noir et blanc sous-titrés Ikea, voilà que, par-delà les brumes nauséabondes de l'outre-monde, il continue à nous emmerder de plus belle. C'est sans doute cela qu'on appelle un artiste éternel !

Simon, qui n'avait pas repris sa respiration, laissa échapper un raclement de nez qui trahit son hilarité naissante, évacuant ainsi l'angoisse accumulée en trente-cinq minutes de film et de nombreuses nuits passées à côté de la chambre où ses parents dormaient, chacun à une extrémité du lit. Son corps s'anima alors de spasmes incoercibles. Son visage était rouge cramoisi, ce qui dans l'obscurité de la salle lui conférait une couleur plus proche du noir que du blanc. Puis, comme sorti de terre, le rire conquit les cordes vocales. Les quelques spectateurs présents dans la salle le fusillèrent du regard et lui adressèrent des « chut » indignés. Anna riait moins fort, mais s'amusait de voir son frère tordu en deux. Ce fut l'instant qu'elle choisit pour lui administrer le coup de grâce :

— Tu ne trouves pas que cet avocat, là, chuchota-t-elle en désignant Fredrik Egerman, il a un air de grand-père quand il était plus jeune ?

Puis, joignant le geste à la parole, l'improbable acteur adopta une posture tout à fait caractéristique de Lazare que le frère et la sœur prenaient de temps en temps pour singer leur aïeul. C'en était trop pour Simon, qui expulsa un éclat de rire aussi sonore qu'un coup de klaxon. Les jambes en coton, il se leva de son siège, et dit à sa sœur entre deux sanglots étouffés :

— On se retrouve chez les parents. J'en peux plus. Faut que j'aille pisser. Tu me raconteras la fin.

Puis il descendit les escaliers, sous les soupirs agacés des spectateurs, et quitta la salle en se retournant pour faire une révérence impertinente.

Anna resta assise sans oser respirer, le regard perdu dans la profondeur du champ. Elle avait hésité à le suivre, mais la séance continuait d'exercer sur elle une étrange fascination. Il lui fallut quelques minutes pour en comprendre la raison. Il y avait tout près d'elle le tic-tac d'une horloge qui égrainait le temps. Mais celle-ci, en tout point singulière, paraissait plus rapide quand la puissance dramatique du film était plus forte, et plus lente lorsqu'elle s'apaisait. Elle ferma les yeux. *C'est mon cœur*, pensa-t-elle, *évidemment, c'est mon cœur. Comment avais-je pu l'oublier ?* C'était le battement de sa valve aortique mécanique.

À l'âge de huit ans, Anna avait failli mourir des suites d'une angine négligée. Elle avait gardé de cet épisode un grave souffle au cœur qui avait nécessité, quelques années plus tard, la mise en place d'une valve aortique mécanique. Elle disposait depuis d'un organe en parfait état de marche, capable d'aimer, de s'émouvoir ou de haïr en contrepartie d'un cliquetis semblable à la trotteuse d'une vieille comtoise. À l'époque, c'était le premier bruit qu'elle entendait quand elle se réveillait et le dernier avant de s'endormir. Avec le temps, elle avait fini par l'oublier et y pensait sans s'en rendre compte, lorsqu'elle prenait tous les matins son traitement anticoagulant. Mais jamais plus elle ne l'avait entendu frapper à la porte de sa conscience, du moins jusqu'à *Sourires d'une nuit d'été*.

*

Au cours des semaines qui suivirent, Anna ne perdit rien de cette perception de son anatomie. Il y avait quelque chose d'agréable et de rassurant dans le fait de s'entendre vivre. D'ailleurs, elle en vint à penser que tout un chacun sourd à son cœur risquait à tout instant de mourir, foudroyé par la routine ou l'ennui. Elle remarqua qu'avec un tel dispositif, il lui était devenu pénible, pour ne pas dire impossible, de mentir. En effet, toute personne pouvait, si elle était suffisamment attentive, obtenir une information sur son état émotionnel. Ses mensonges étaient liés à une subtile mais perceptible augmentation de sa fréquence cardiaque. Il en allait bien sûr de même pour la peur, la colère et la jouissance. Par ailleurs, et c'était le plus embarrassant, elle avait perdu la faculté de se voiler la face, cette foutue valve agissant comme une bretelle d'autoroute entre son inconscient et la membrane opalescente de ses tympans. Lorsque son cœur manifestait une impatience, une curiosité ou un ennui, elle ne pouvait l'ignorer.

Les jours passèrent et la métamorphose continua de s'opérer. Simon prétexta un casting inattendu pour fuir avant Pâques. À la différence de sa sœur, il était prêt à mentir pour échapper à la sempiternelle chasse aux œufs.

Chapitre 4

Pornichet, avril 2022

Quand le train arriva en gare de Pornichet, Anna se sentit joyeuse. Pâques représentait pour tous les catholiques un jour de renouveau, mais pour les Besson c'était surtout le jour de la chasse aux œufs. Pourtant, ce lundi-là était différent des autres lundis de Pâques.

Sur le chemin de La Bessonière, Anna et Samuel s'étaient arrêtés à proximité des plages pour regarder l'immensité de l'océan. Le ciel nuageux était déchiré de larges trouées et le printemps frémissait sans oser se montrer. Les arbres étaient gonflés de sève et les bourgeons prêts à exploser. Cet irrésistible printemps, Anna le percevait jusque dans ses entrailles.

Samuel prit Anna par les hanches et la serra contre lui, ses deux mains posées sur son ventre. Elle faisait mine de se perdre dans la contemplation de l'horizon, mais il n'était pas dupe.

— Pourquoi est-ce que je n'arrive pas à avoir un bébé ?

— Pourquoi NOUS n'arrivons pas, rectifia Samuel. Ni toi ni moi n'y sommes pour quelque chose. Ce doit être le destin.

Samuel renforça son étreinte. Cela faisait trois ans qu'ils essayaient, en vain. Les médecins n'avaient rien à objecter à leur situation. Tout paraissait fonctionner, et pourtant Anna n'avait jamais eu le moindre retard de règles.

— Quelque chose va de travers avec moi, reprit-elle, je le sens. Et puis, revenir ici, comme si de rien n'était, sans Abel, pour fêter Pâques, tu ne trouves pas ça bizarre, toi ?

— Rien ne peut plus m'étonner, répondit Samuel. Je crois que pour un Besson, il n'y a que la mort qui soit une excuse suffisante pour être dispensé de chasse aux œufs.

— N'importe quoi, et mon frère, alors ? Il s'arrange pour être ailleurs, lui.

— J'ai dit un Besson, ironisa Samuel.

Anna esquissa un sourire et se blottit contre son mari. Au début, elle s'était agacée de le voir tout tourner en dérision. Elle estimait que c'était un moyen trop facile pour esquiver la gravité du monde.

*

— C'est une décision lourde de conséquences, tu le sais, n'est-ce pas ?

Le jeune homme ne répondit pas tout de suite. Il prit le temps de réfléchir, hésita à faire une blague puis se ravisa.

— Oui, maman, je le sais.

Samuel était debout. Malgré sa barbe de trois jours et son corps d'adulte, il se sentait l'âme d'un tout petit enfant. Sa mère avait suspendu son geste avant que la brosse à mascara ne dépose sur ses cils le pigment noir qui leur manquait. À présent, elle regardait son fils dans le miroir de sa coiffeuse.

— Le mariage, ça n'est pas qu'un contrat signé entre vous deux, vous nous engagez tous. Et le jour où vous déciderez d'avoir des enfants, vous devrez leur raconter une histoire. Leur histoire.

— Oui.

Elle quitta le reflet de Samuel, brossa les cils de son œil droit, écarquillant les yeux en se pinçant les lèvres, puis revint à son fils.

— Je sais que tu sais, ajouta-t-elle avec autorité, mais je dois quand même te le dire. Il vaudrait mieux que tu sois sûr de toi avant d'aller parler à ton père. Tu sais comment il est.

— Je comptais un peu sur toi pour plaider ma cause.

Samuel lui sourit, alors elle n'eut pas d'autre choix que de lui sourire en retour. Il avait ce pouvoir sur sa mère, celui de lui arracher de la joie même dans un moment d'intense gravité.

— Est-ce qu'au moins elle mesure la chance qu'elle a ?

Samuel la regarda en souriant.

— Tu pourras lui demander.

— Je ne rigole pas, Samuel. C'est à toi que je pose la question. Pas à elle.

— Oui, maman, poursuivit-il plus sérieusement. Je crois qu'elle le sait. Nous savons tous les deux la chance que nous avons.

Les parents de Samuel l'aimaient sans condition, ce qu'Anna lui enviait. Quoi qu'il fasse, où qu'il aille, il aurait toujours la certitude d'être aimé. Il pourrait bien voler à l'étalage, tuer de sang-froid, abandonner ses études avant de soutenir sa thèse ou même épouser une goy, il lui resterait toujours l'amour de ses parents.

Certaines scènes sont à jamais gravées dans la mémoire d'un homme, celle où il annonça à sa mère qu'il allait épouser Anna était l'une d'elles.

C'était la veille de shabbat et Samuel avait attendu que sa mère soit seule dans sa chambre pour aller lui parler. Elle se maquillait avant que les invités arrivent pour le dîner. Dans la maison, ça sentait bon le pain chaud des jours de fête. Le grand chelem des fiançailles était presque fini. L'avant-veille, il avait posé un genou à terre devant Anna et lui avait offert son cœur dans un écrin. La veille, il avait demandé à Pâris, la main de sa fille – il lui avait fallu une bonne dose de courage pour aller voir le chorégraphe et affronter ses yeux bleus brillant comme de l'acier. Mais, parler à sa mère était une autre affaire.

Elle s'observa dans le miroir, cligna des yeux, prit un bâton de rouge à lèvres bon marché et continua son rituel. Elle frotta ses lèvres l'une contre l'autre puis se leva et se tourna vers son enfant.

— Est-ce que tu es sûr au moins que tes Besson, là, ils n'ont rien à se reprocher ?

Samuel n'avait pas besoin qu'on lui traduise ses pensées. Il n'y avait qu'une seule faute qui fût impardonnable.

— Oui, maman. Absolument certain. Ils ont été exemplaires pendant la guerre. Son grand-père et son arrière-grand-père ont même reçu la médaille de la Résistance française.

Elle fit une jolie moue boudeuse avec sa bouche. Elle n'avait jamais su se maquiller : le mascara faisait des paquets sur ses cils et la terracotta lui donnait un air de finale de Roland-Garros.

Ils se firent face longtemps, sans rien dire. Les mots ne sont que des sentiments que les corps sont incapables d'exprimer. Elle ouvrit un peu ses bras, c'était à peine visible, mais c'était bien assez pour que son fils, une dernière fois, vienne s'y blottir.

*

Samuel étreignait Anna, tandis qu'au loin, ourlés d'écume, les rouleaux d'océan s'écrasaient sur la grève. Elle était immobile, plongée dans ses ténèbres. Il aurait beau se presser tout contre elle, caresser ses cheveux, jamais il ne pourrait lui tenir compagnie dans ces lointains rivages. Il n'avait rien d'autre à faire qu'à être là et attendre qu'elle revienne. Profiter du spectacle. La regarder danser.

Samuel tenait dans ses bras sa jolie poupée russe nimbée d'embruns et ceinte de l'océan. Ce n'était pas tant à cause de la forme de ses yeux, de ses pommettes slaves ou de l'angle que formait sa taille en sablier, qu'il l'appelait ainsi, mais parce qu'elle recelait d'innombrables danseuses. Ignorant tout de cet emboîtement, elle pensait, naïve, être seule en son for. Samuel, l'enlaçant, ressentait le remous de ces matriochkas qui dansaient en deçà. Il aimait Anna. Il les aimait toutes. Cependant, ne comprenant que confusément cet étrange assemblage et craignant que le charme à jamais fût brisé, il préférait se taire et la regarder danser. En retrait, sans être un second rôle. Discret, sans être un figurant. Sculpteur, mais jamais pygmalion. Il était pour elle et elle était pour lui, scellée sur sept générations, une famille. Qu'ils aient ou non des enfants ou qu'ils demeurent ensemble n'y changerait plus rien. C'était cela les liens véritables tissés par le mariage.

Samuel Atlan Besson et Anna Besson Atlan, dans les bras l'un de l'autre, avec l'Atlantique pour témoin, renouvelèrent tacitement leurs vœux perpétuels comme les vagues sur la plage qui s'en vont et reviennent depuis la nuit des temps.

— Allons-y. J'ai froid et mon grand-père va s'inquiéter si nous ne sommes pas à l'heure.

*

La Bessonière était une grande bâtisse du début des années 1900. Elle avait été rénovée et aménagée par Arlette puis entretenue par Margot, la seconde femme de Lazare. C'était le fief du grand-père d'Anna. Il y avait passé toutes ses vacances et y résidait plusieurs mois par an depuis qu'il n'avait plus qu'une fonction honorifique à l'Opéra Garnier, jouissant de visites incessantes et d'un air marin qui, disait-il, vivifiait ses vieux poumons usés. Anna avait toujours entendu dire que Lazare avait une santé fragile. Elle le trouvait pourtant robuste.

Le portail en fer forgé était entrouvert. C'était une tradition familiale, une manière d'accueillir – ce qui n'arrivait jamais – quelque indigent qui souhaiterait profiter de Pâques. La Bessonière était entourée d'un parc qui, dans les jours et les semaines à venir, exploserait d'essences variées et odorantes. Mais pour l'instant, la nature dormait encore.

Anna et Samuel furent accueillis par de grandes embrassades. Mauricette prit leurs manteaux. Ça sentait bon l'agneau grillé et Anna fut surprise de constater qu'elle avait faim. Tout semblait normal.

Marie-Louise, l'air exaspéré, se rapprocha de sa fille et de son gendre. Elle se pencha vers Anna et lui chuchota à l'oreille :

— Je reste avec toi.

Dans le salon, dans de larges fauteuils, Pâris discutait avec ses frères Gilles et Vincent, tandis que Christian était sur la terrasse accroché à son téléphone. Margot, d'un air distrait, allait d'un petit-enfant à l'autre, prévenir que cette année, elle avait bien caché les œufs en chocolat. Bref, c'était un lundi de Pâques habituel, du moins, en apparence, dans la plus stricte tradition bessonienne.

Anna et Samuel allèrent saluer Lazare qui gratifia la jeune femme d'un large sourire. Elle se piqua à sa courte barbe blanche et s'enivra de son parfum : eau de Cologne, cigare et brandy.

Elle retrouva ensuite sa mère, qui l'attendait assise sur une chaise, son sac à main posé sur ses cuisses, l'air coincé, et qui s'empressa de poursuivre ses messes basses :

— Tu as remarqué que Florence n'est pas là ?

Anna chercha des yeux l'épouse de son oncle Vincent et, en effet, ne la vit nulle part.

— Et alors ?

— Attends un peu, tu vas comprendre.

Au bout de quelques instants, Samuel, d'un discret coup de coude, incita Anna à regarder du côté de la fenêtre. Elle découvrit alors une dame inconnue, plus jeune que Florence, mais aussi plus grande, plus brune et plus fine, accrochée au bras de Vincent comme une étiquette de pressing à la manche d'un costume.

Elle eut honte de ses palpitations lorsque son oncle et celle qu'on appellerait Véro avant la fin du repas, vinrent à sa rencontre comme si elle était le curé qui allait les unir.

— Anna, Samuel, je vous présente Véronique. Véro, je te présente Anna et Samuel. C'est la fille de Pâris. Elle aussi travaille à l'Opéra. Elle est maquilleuse.

— Bonjour, l'interrompit Anna.

Vincent et Véro sourirent, gênés, puis s'en allèrent butiner ailleurs un peu de légitimité.

Samuel avait envie de rire, mais Anna pas du tout. Elle affichait désormais la même mine renfrognée que sa mère.

— Maquilleuse… fulmina-t-elle en se tournant vers Samuel et Marie-Louise. Je lui en foutrais du maquillage !

Anna était responsable depuis quelques années de l'atelier *make-up* de l'Opéra national de Paris. C'était elle qui créait, *ex nihilo*, un ensemble cohérent de maquillages et de *body-painting* pour les spectacles. Elle supervisait une équipe de six personnes et n'était pas une simple maquilleuse.

Anna comprit qu'elle ne reverrait jamais Florence. Son cousin s'en était allé et sa tante aussi, d'une certaine manière. Le nombre d'assiettes dressées à la table des adultes restait le même mais personne ne semblait s'émouvoir de celle qui manquait à la table des enfants. Chacun avait sa place, un rond de serviette en bois gravé à son prénom devant soi. Marie-Louise s'installait auprès de Pâris. Christian était revenu, son téléphone à la main, tapotant sans relâche d'importants SMS. Mauricette s'éclipsait en cuisine. Le ballet allait pouvoir commencer.

*

Quand elle était enfant, Anna passait du temps à la cuisine en compagnie de Mauricette. Elle rectifiait l'assaisonnement des plats et insistait pour apporter elle-même l'assiette de son grand-père, ce qui avait le chic d'énerver ses cousins. Elle avait gardé l'habitude de passer voir la bonne avant le début du service. Elle aimait les préparatifs et trouvait auprès d'elle un rôle à sa mesure.

Ce lundi-là, Mauricette était immobile, debout devant l'évier, le robinet ouvert.

— Ça va ? s'inquiéta Anna.

La vieille femme fit volte-face, visiblement surprise qu'on lui rende visite.

— Oh, c'est toi…

Elle s'empressa de couper l'eau et d'esquisser un pas vers elle mais ses yeux se mirent à briller de larmes et elle se retint à la table comme si la cuisine était devenue la cale d'un bateau chahuté par la houle. Anna vint à sa rescousse et l'aida à s'asseoir sur une chaise.

Mauricette pleurait souvent, pleurs qu'elle ponctuait régulièrement d'un malaise, ce qui, depuis le temps qu'elle travaillait pour les Besson, n'inquiétait plus personne. Pâle, dans son tablier blanc, percluse de rhumatismes, elle était affalée sur sa chaise.

— D'abord madame Besson et maintenant ce pauvre Abel. Je ne sais pas comment vous faites, mais moi, je n'y arrive pas.

Mauricette était nostalgique. Nostalgique d'Arlette, la première femme de Lazare – la seule qui, selon elle, était légitime à lui donner des ordres –, mais aussi des enfants qui couraient et jouaient partout dans la maison. Elle avait vieilli au gré des lundis de Pâques de moins en moins joyeux. Mariée à son travail, elle avait pour les petits-enfants de La Bessonière une affection particulière et des idées bien trempées : Anna était sa préférée, serviable et bien mariée. Simon, un étranger, un cousin d'Amérique, qui lorsqu'il débarquait ravissait son public. Elle se méfiait d'Antoine et de Carine, qu'elle appelait pince-mi et pince-moi, parce qu'ils passaient leur temps à se moquer d'elle et à lui jouer des mauvais tours. Emmanuelle était une miniature de sa maman, bûcheuse, un brin timide. Mais de tous les petits-enfants Besson, c'était de loin Abel qui lui avait donné le plus de fil à retordre.

— Je l'ai toujours dit qu'il allait mal, ce gamin.

Anna la regarda, perplexe.

— Abel ne mangeait presque rien. Il semblait faire la tête en permanence, ça faisait rire tout le monde.

Anna plongea dans ses propres souvenirs, mais la plaie était encore trop fraîche et le pansement trop bien collé dessus. Mauricette marmonna, les yeux mouillés de larmes.

— Il m'en a fait voir de toutes les couleurs, mais si j'avais su…

Si j'avais su.

Mauricette fit le signe de croix puis se releva. Son visage reprenait peu à peu des couleurs. Elle essuya ses yeux avec un coin de son tablier puis s'en alla rallumer le feu sous une grosse marmite. Alors qu'elle enfilait ses maniques pour sortir du four les tourtes qui y doraient, elle se tourna vers Anna, renifla une dernière fois, puis lui dit :

— Est-ce que tu as rencontré la nouvelle de Vincent ?

Anna bondit sur l'occasion pour s'extraire de l'infinie tristesse qui s'abattait sur elle. Rien n'était plus revigorant qu'un peu de commérage.

— Véronique ? Je viens de la croiser.

— Faudrait voir à se dépêcher s'il veut des enfants, parce que même si c'est un modèle plus récent, je ne suis pas sûre que le fourneau reste encore chaud très longtemps.

Anna crut percevoir le ronronnement d'un frigidaire au niveau de son nombril. Puis elle imagina son oncle avec un bébé dans les bras.

— Vincent ? Des enfants ? Impossible ! décréta Anna. C'est lui-même un gosse. Vous l'imaginez en train de donner un biberon ou de changer une couche ?

Mauricette rit en ouvrant la porte du four tandis qu'un nuage de vapeur et une bonne odeur de viande envahissaient la cuisine.

— Et pourquoi pas ? Tout arrive. Allez ! File vite rejoindre Samuel, je vous réserve les plus belles parts.

*

Anna et son mari s'étaient installés entre Antoine et Carine, les enfants de Gilles. Anna restait silencieuse, mâchonnant sa tourte à la viande. Autour d'elle, les conversations s'entremêlaient, lui rappelant le bruit des instruments qui s'accordent dans la fosse avant la représentation. Avec les années, l'ambiance s'était raidie entre Anna et ses cousins, comme si la vieille rancœur entre Pâris et son frère rejaillissait sur eux. Le clan des Besson était divisé en deux. Il y avait Pâris et Christian, les fils d'Arlette, et Gilles et Vincent, ceux de Margot.

— Encore de la tourte, geignit Antoine.

— Ne te plains pas, tu te souviens du koulibiak ? lui répondit Carine.

Tout le monde s'en souvenait. Abel ne s'était pas gêné pour faire remarquer que c'était dégueulasse et qu'il avait l'impression de bouffer du vomi. L'engueulade homérique qui avait suivi resterait à jamais dans les annales familiales. Anna se demanda si le souvenir de son cousin allait lui aussi disparaître.

*

Le déjeuner pascal était rythmé par la tourte, l'agneau, le discours de Lazare et un dessert léger en prévision de l'orgie de chocolat qui suivrait. Après la salade de fruits, tout le monde passerait dans le salon où Lazare, un cigare à la main, donnerait quelques explications sur la récompense qui attendrait celui ou celle qui rapporterait le plus d'œufs. Ensuite, les petits-enfants partiraient joyeux dans toute La Bessonière traquer les confiseries.

Sur demande expresse de Lazare, on réservait toujours la souris d'agneau pour Anna et ce, depuis qu'elle était toute petite. C'était l'un des nombreux privilèges qu'elle avait sur les autres. Alors qu'elle découpait la chair trop cuite de cette souris, elle n'entendit rien du rythme chaloupé de son cœur qui lui indiquait qu'elle n'aimait pas l'agneau et qu'elle ne l'avait jamais aimé. Elle était trop absorbée par ce qu'allait pouvoir raconter Lazare, qui était maintenant debout derrière sa chaise, quelques semaines à peine après la mise en bière de son petit-fils. Comment allait-il évoquer son souvenir, son absence et la douleur que chacun, ici, devait ressentir ?

Lazare avait les yeux soulignés du rouge brillant de ses conjonctives à vif, qui lui donnait un air de chien battu. Ses pupilles bordées d'acier avaient toutefois conservé la pétulance et l'intelligence de ses jeunes années.

— Une fois n'est pas coutume, je vais laisser la parole à Christian. Je crois qu'il a quelque chose à vous dire.

Christian se leva et Lazare se rassit à côté de Pâris. Anna respira profondément en prévision de l'émotion à venir. Elle voulait surtout éviter de s'effondrer lorsque son oncle évoquerait la perte de son fils.

— Merci père, de me laisser ta place. Je vous promets de faire vite, mais la nouvelle vient de tomber et je crois que vous méritez d'être les premiers informés.

Anna fronça les sourcils.

— Le Premier ministre m'a contacté ce matin, pour me demander d'occuper la fonction de ministre de la Culture. Vous n'êtes pas sans savoir que Sarran-Belval est hospitalisé depuis vendredi et je crains que son bulletin de santé ne soit pas bon.

Léger brouhaha.

— Bref, poursuivit-il, la rue de Valois est vide et j'ai accepté d'y emménager, au moins pour quelque temps. Alors, vous m'excuserez si je m'éclipse avant la chasse aux œufs, mais on m'attend à Paris. Je dois notamment organiser ma succession à la direction générale de l'Opéra. Mon cher Pâris, ne t'inquiète pas, je garderai un œil sur tout ce qui, de près comme de loin, concernera ton cher Palais. C'est une opportunité qui ne se refuse pas et je ne vous cache pas l'excitation qui est la mienne.

Anna déglutit. Les mots exaltés de son oncle avaient du mal à se frayer un chemin jusqu'à son cerveau. Mais comment diable pouvait-il ressentir de l'excitation ? Comment pouvait-il, d'ailleurs, ressentir quoi que ce fût ? Anna était sidérée. Elle tourna la tête vers Samuel qui haussa les épaules et scruta les visages sans percevoir autre chose qu'un étonnement satisfait.

Pâris se déploya et vint embrasser son frère. Lazare, qui n'avait pas versé une larme à l'enterrement d'Abel, avait les yeux brillants d'orgueil pour son fils. Il leva un verre et s'exclama :

— C'est une distinction bien méritée, Monsieur le Ministre. Nous sommes très fiers de toi.

Et tous se mirent debout, un verre à la main, pour trinquer à son incroyable promotion. Il y eut des tintements, des éclats de rire et des exclamations. Mauricette, émue, débarrassa les assiettes et disposa des coupes de salade de fruits que personne ne toucha, trop occupés qu'ils fussent à discuter avec le nouveau ministre de la Culture. Lazare était fier, entouré de ses deux fils prodiges. Chacun avait atteint le point culminant de sa carrière et endossé l'exact costume taillé pour lui. Pâris était une étoile au firmament tandis que Christian s'était hissé au plus haut sommet de l'État. Lazare était comblé de joie et si l'on ne devait vivre que jusqu'à tant que nos désirs les plus fous se réalisent, alors ce jour-là, personne n'aurait été étonné de le voir s'effondrer raide mort.

Anna, dans son coin, restait muette, incapable de porter le masque d'allégresse que tous semblaient afficher sans difficulté.

*

Christian s'en alla et Pâques reprit son cours. Il régnait dans La Bessonière, une atmosphère festive et légère. Lazare, encore émoustillé par cette prodigieuse nouvelle, montra à ses petits-enfants le trophée de la chasse aux œufs de cette année. C'était la cruche utilisée lors de la danse Manou de *La Bayadère* par Rudolf Noureïev en 1992 à l'Opéra Garnier. C'était l'un des passages préférés d'Anna, celui où, tout en virevoltant, une danseuse portait sur sa tête une cruche sans la briser. La Bayadère, songea Anna, *c'est donc de cette manière, grand-père, que tu évoques le souvenir de ton petit-fils.*

Anna se montra peu zélée et ne rapporta guère qu'une dizaine d'œufs en chocolat, moitié moins que sa récolte de l'année précédente. Elle avait passé son temps à déambuler seule dans les couloirs, perdue dans ses pensées et dans ses souvenirs. Tout en errant dans les jardins, le bord de plage et le belvédère, elle s'était remémoré la présence d'Abel. Elle avait flâné près de l'antique magnolia, qui, tel un souverain, régnait sur le jardin. Une fois sur deux, l'arbre était en fleur le jour de Pâques. Ce lundi-là – sans doute était-ce le premier jour de sa floraison –, il offrait le spectacle de ses boutons pointus en forme de bougies, dont certains s'entrouvraient. Sur sa plus grosse branche s'accrochait la balançoire où jadis, poussée par son grand-père, elle s'amusait tant. Faute d'arrière-petits-enfants, cette balançoire ne servait plus guère qu'aux oiseaux, aux mousses et aux pétales de fleurs.

Abel était de loin le plus bel enfant de la famille Besson, se dit Anna. Il était une entorse aux lois universelles et profanait le temple de la normalité. En grandissant, il devint plus gracieux, plus léger, et à l'âge de six ans il dansait déjà comme un prodige. Christian avait tout de suite décelé les fabuleuses prédispositions de son fils. À côté de lui, son propre frère Pâris n'émettrait bientôt plus qu'une lueur blafarde. Abel fut placé sous une cloche en verre, pour ne rien corrompre de sa jolie nature. Son père usa et abusa de toutes ses forces pour qu'il soit admis à l'école de Nanterre avant l'heure. L'enfant fut accueilli et devint un stagiaire lunatique et doué. Mais la vie n'a que faire du mérite, du don ou de tous les efforts que l'on pourrait fournir pour toucher son but. On naît, on danse, on meurt. Il n'y a que le destin qui pioche et se défausse des cartes entre ses mains.

Pâques se termina sans un mot pour Abel. Anna se dit que la terre pouvait bien s'ouvrir en deux sur les feux de l'enfer et en avaler certains au passage, rien ne viendrait infléchir l'histoire des Besson. En apparence du moins, tout s'était déroulé selon l'ordre établi, et le vent de tempête qu'avait soufflé Abel dans son dernier soupir semblait s'être mué en une brise printanière. On avait maté la révolte, étouffé le scandale, oublié qu'un suicide est bien souvent altruiste. Aujourd'hui, chacun avait porté les oripeaux que Lazare avait taillés pour lui. Mais Anna sentait qu'au fond d'elle quelque chose du printemps s'était greffé et continuait de croître comme un bouton de magnolia.

Chapitre 5

Paris, un an plus tard

— Un enfant ne devrait jamais parler de son père.

Pâris Besson marqua une pause.

— Que pourrais-je vous dire que vous ne sachiez pas ? Je pourrais vous conter ses colères comme celle du jour où j'ai passé le concours d'entrée au Ballet de l'Opéra sans lui en avoir parlé. Je pourrais vous citer ses injures favorites et toutes les fois où, quand j'étais gamin, il m'a collé le rouge aux joues. Mais, ce n'est ni le lieu ni l'occasion. N'est-ce pas, père ?

L'assistance rit. Pâris était à son aise.

— Et puis après tout, au diable les conventions, continua-t-il, nous ne sommes pas réunis autour d'une pierre tombale. Je me souviens, par exemple, du jour où j'ai été promu au rang d'étoile de l'Opéra national de Paris. C'était à la fin d'une représentation de *Coppélia*. J'étais Franz, et l'habit traditionnel polonais que je portais s'était entrouvert après de trop nombreux saluts. J'étais ému, bien sûr, mais l'image que je garde de ma nomination est celle du visage fermé de mon père, comme d'habitude au premier rang, me fusillant du regard pour m'indiquer que le col de ma chemise n'était pas lacé jusqu'en haut.

Nouvelle nappe de rire, plus sincère que la précédente.

— Tu t'en souviens, père ?

Il se tourna de trois quarts vers le vieux bonhomme à la chemise impeccablement fermée qui se tenait debout, derrière lui. La ressemblance était frappante. Il était chic avec sa barbe blanche et son costume italien croisant une cravate chamarrée. Il renvoya à son fils un sourire gêné. C'est alors que l'insolent Pâris en profita pour déboutonner un peu plus son col de chemise, laissant apparaître le creux entre ses clavicules.

— Voilà, vous voyez ! C'est à peu près cette tête-là qu'il faisait. Mon père est ce genre de personnage qui, sa vie durant, a cherché à fuir la médiocrité. Alors, des anecdotes avec les plus grands noms de l'histoire de la danse et de l'opéra, avec des présidents, des rois, des reines et des ambassadeurs, j'en ai à la pelle, dont certaines, je le sais, le fâcheraient. Je vais m'arrêter là, car l'instant se veut solennel, mais n'ayez crainte, je me ferai un plaisir de vous en raconter quelques-unes autour d'une coupe de champagne d'ici quelques minutes.

Pâris laissa passer un ange, puis reprit :

— Mon père a souhaité que je lui remette l'insigne de commandeur de la Légion d'honneur avant la première représentation du *Sacre du printemps* qui aura lieu ici même, dans moins de quarante-huit heures.

J'espère qu'il y verra l'intention de Stravinski et qu'il y puisera encore et encore cette énergie vitale qui permet, même au vieil arbre, de fleurir à nouveau. Il m'a choisi moi, plutôt que mon petit frère Christian pour être le maître de cérémonie, à croire que le droit d'aînesse prévaut sur la fonction de ministre. Désolé mon cher Christian, je sais que tu aimes prendre la parole.

Rire du public, franc, presque guttural. Christian, assis à côté de son épouse, leva le bras et agita son index de gauche à droite en signe de désapprobation. L'hilarité redoubla et certains applaudirent. Attention, cela ne devait pas tourner au stand-up. Pâris se redressa sur son pupitre, aligna ses épaules, rectifia l'axe de sa nuque, fronça les sourcils et jeta sur l'assemblée un regard si profond que chacun sur son siège se ressaisit. Il imposa le silence et c'était cela sa marque de fabrique : c'était lorsqu'il ne parlait pas que Pâris était le plus éloquent.

Pendant quelques secondes, le Grand Foyer du Palais Garnier se tut. La salle, dans ses dimensions stupéfiantes, exprima alors toute sa beauté. *Je suis ici chez moi*, pensa Pâris, avant de reprendre la parole.

— Mon père est un roman écrit à quatre mains. Permettez-moi de vous présenter ceux qui brillent encore dans ses pupilles, j'ai nommé mes grands-parents Jean-Jacques et Maryse Besson. Pour vous les figurer, il vous suffit d'examiner leur seul et unique enfant, debout derrière moi. La partie basse de son visage, qu'il camoufle depuis quelques années sous une barbe blanche, est celle de Maryse avec ses lèvres fines et son petit menton. Ce large front, fier et dominateur, appartient à Jean-Jacques.

Lazare en arrière-plan paraissait mal à l'aise. Pâris, plus sensible au mouvement qu'un grand requin blanc, perçut l'agitation dans son dos et cessa là sa description physique.

— Mon grand-père Jean-Jacques n'avait rien du Parisien mondain qu'est devenu son fils. Je crois même que, dans ses vieux jours, il se moquait de lui, de ses cravates tape-à-l'œil et de son goût pour le luxe. Il faut dire que mon grand-père avait grandi loin des paillettes, dans un immeuble du quartier du Marais lorsque ce dernier n'avait pas encore enfanté ses boutiques et ses pâtisseries hors de prix. Aujourd'hui, on parlerait de dénuement, mais à l'époque c'était la vie normale des Parisiens normaux. Il y avait déjà chez Jean-Jacques une ambition qui l'avait poussé à sortir de son rang pour aller chercher sa place dans la société, au-delà de ce que la nature lui avait réservé. Par quel mystère avait-il pu pénétrer le cénacle et devenir le concierge en chef de l'Opéra Garnier ? Dieu seul le sait. En revanche, ce dont je suis certain, c'est qu'à cette occasion il a scellé l'histoire de mon père, de ses enfants et de ses petits-enfants.

Toute la famille Besson, exception faite de Simon et de Janet, « bloqués » sur un tournage, était réunie. Personne n'aurait raté « Le Sacre du concierge ».

Margot affichait une mine mi-réjouie, mi-inquiète. Si elle lisait dans les yeux de Lazare toute la fierté d'un père consacré par son fils, elle redoutait qu'à force d'user de son impertinence, Pâris commette un impair qui fâcherait l'ancêtre. Marie-Louise, quant à elle, regardait, l'air blasé, son étoile de mari scintiller. Elle détestait ses effets de manches et cette grandiloquence lorsqu'il parlait des siens. Elle l'avait aimé pour ses silences, mais ces derniers se faisaient de plus en plus rares. Anna, quant à elle, était au bord des larmes. Rien ne pouvait la combler davantage que de pouvoir embrasser, d'un simple coup d'œil, son père et son grand-père dans l'enceinte rassurante du Grand Foyer de l'Opéra Garnier. Cette remise de Légion d'honneur avait un goût d'éternité. Tous ceux, ou presque, qui s'étaient penchés sur la tombe d'Abel il y a un an à peine étaient à nouveau réunis, pour célébrer son grand-père. Anna sourit, estimant que chez les Besson, la vie était décidément plus forte que la mort. Depuis le suicide de son cousin, elle avait senti un changement profond s'opérer en elle et avait craint qu'il ne fût irrévocable. Mais le temps avait exercé son pouvoir et atténué la douleur, et même si sa valve mécanique continuait d'émettre un cliquetis singulier, elle y prêtait moins attention. Toute son énergie était désormais fixée sur un projet tellement fou qu'elle y croyait à peine. Bientôt, elle cesserait de maquiller. *Le Sacre du printemps* serait son dernier spectacle et ponctuerait sa carrière de maquilleuse. Peut-être enfin allait-elle trouver sa place au sein du clan ?

— Concierge de père en fils ? C'est un peu court pour qualifier Lazare, reprit Pâris. Difficile, quand on connaît mon père, d'imaginer à quoi pouvait ressembler la vie du concierge en chef de l'Opéra dans les années 1940. On peut dire de Lazare qu'il a transcendé la fonction. À l'époque, ils vivaient tous les trois dans la loge exiguë et monacale du Palais Garnier. Le travail était dur, il fallait entretenir les sols et les tapisseries, réviser les accès de secours et vider les poubelles après chaque représentation. Mais Lazare n'avait que faire de ces préoccupations matérielles et contraignantes. À vivre dans un palais, on rêve d'être roi. Mes grands-parents étaient des êtres de l'ombre, des artisans invisibles aux abonnés qui se pressaient pour assister aux spectacles. Rien ne prédestinait Lazare à endosser une autre position sur l'échiquier social. La guerre a rebattu les cartes. On l'oublie, mais il faut la guerre pour apprécier la paix, le bruit des canons pour aimer le silence, et le défilé des armées qui marchent au pas dans les rues de Paris pour apprécier la danse. Le Palais Garnier a connu des heures tragiques, pavoisé du drapeau nazi, et a été travesti en symbole d'occupation. Il a prêté sa scène aux spectacles allemands, pour donner à l'ennemi l'illusion d'être chez lui. Mais n'est-ce pas dans l'adversité que peut naître le courage, l'héroïsme et la résistance ? Dès son plus jeune âge, mon père a été investi par l'Histoire et la nécessité d'agir avec bravoure dans le silence et le plus grand secret. Je me souviens de mon grand-père Jean-Jacques et de la fierté qu'il avait d'exhiber sa médaille de la Résistance française. Aux heures où l'on jouait du Mozart et du Wagner pour des officiers SS qui n'y connaissaient rien, tapis dans l'obscurité des salles des machines, nombreux furent ceux, dont mon grand-père et mon père, qui résistèrent par tous les moyens à l'occupant.

Conscient de sa posture, de ses phalanges blanchies par la pression qu'il exerçait sur les bords du pupitre, Pâris inspira un volume d'air suffisant, fit gonfler sa poitrine, prévenant le public qu'il allait entamer la dernière partie de son discours. Il prit dans sa main droite l'écrin rouge et continua :

— Que te dire de plus avant d'accrocher au revers de ta veste cette drôle de breloque qui ne dit rien de toi, mais qui te rend tout de même un hommage mérité ? Père, tu as consacré toute ta vie à l'Opéra Garnier. Tu as participé à sa modernisation, à son rayonnement, et on se souviendra de toi comme de son ambassadeur à travers le monde. Aimé des plus grands chorégraphes, compositeurs, artistes lyriques et danseurs mythiques. Ami des présidents et des ministres, mais aussi des techniciens, des ouvriers et du personnel de ménage. Cette auguste distinction, père, je m'apprête à te la décerner, pas seulement au nom de la patrie que tu as servie tout au long de ta carrière, mais aussi au nom de toute cette famille que tu as bâtie de tes mains et qui, dans le public, partage ton bonheur. Je suis sûr qu'Arlette, ma mère et celle de Christian, est aussi là, quelque part, muse parmi les muses. Et Margot, l'autre femme de ta vie, qui me dévisage avec inquiétude, se joint à moi pour te couronner roi.

Pâris ouvrit la boîte qui contenait la médaille et déclara d'une voix solennelle :

— Au nom du président de la République et en vertu des pouvoirs qui me sont conférés, je te fais commandeur de la Légion d'honneur.

Chapitre 6

Anna aimait la rugosité des tutus, l'odeur des chaussons feutrés sous l'effet des frottements et le remugle musqué des corps dégoulinants. Elle s'hypnotisait devant les arabesques, les muscles longilignes, les chevilles puissantes et les cercles dessinés d'un bras, d'une jambe ou d'un doigt. Elle aimait cette impression d'apesanteur quand Vadim se jetait vers l'avant et qu'elle ne savait pas s'il allait retomber ou s'envoler.

La première représentation du *Sacre du printemps* approchait. Violoncelles, altos et violons viendraient s'asseoir près du maestro, reléguant les bois, les cuivres et les percussions à la proche banlieue. Mais pour l'heure, c'était le silence.

Anna ferma les yeux puis aiguisa son ouïe jusqu'à tirer le fil d'un concert différent. Elle aimait cette musique, plus encore que la vraie. Le fouetté d'une jambe émit un bruit de vent puis claqua comme une voile attachée au grand mât. Dans les cages thoraciques, les battements cardiaques plus graves qu'un basson faisaient trembler la scène et rider la surface du lac tapi sous elle.

La vibration de son portable retentit. C'était Christian. Rêve et réalité se mélangèrent comme deux noisettes de gouache sur une palette en bois. Puis le téléphone cessa de vibrer.

— Anna ! hurla Mathilde. Tu te réveilles ma poulette et tu ramènes tes fesses par ici ! Vadim a besoin d'une retouche et Mei sort tout juste de l'habillage. J'aime autant te dire qu'avec la tête qu'elle se trimballe ce soir, ce n'est pas du maquillage qu'il lui faut, mais des effets spéciaux. Puis, s'adressant cette fois-ci à tout le monde, sans distinction : un peu d'attention, je vous prie ! Coup de feu dans quarante-cinq minutes, on s'étire et on reste concentré !

Mathilde avait la gouaille d'un titi parisien, mais savait radoucir sa voix quand il fallait se faire entendre. Dotée d'une sorte d'autorité naturelle, elle prenait son rôle de régisseuse générale très au sérieux. Elle aurait pu devenir une grande danseuse. À sa manière de courir d'un bout à l'autre des coulisses, de lever ses yeux au plafond en haussant les épaules, on devinait la bonne fée qui s'était penchée sur son berceau le jour de sa naissance. Quoi qu'elle fît, c'était encore et toujours de la danse.

Anna avait rencontré Mathilde à l'école de danse de Nanterre quelques semaines après leur admission en tant que stagiaires de sixième division. À cette époque, Anna Besson était déjà connue comme le loup blanc et rares étaient celles qui osaient approcher la fille de l'incroyable Pâris. Ce jour-là pourtant, une grande et maigre ballerine s'était assise à côté d'elle et l'avait regardée dans le blanc des yeux avant de lui demander sans détour :

— Ça fait quoi d'avoir un père ?

Anna, estomaquée, avait éclaté de rire, et Mathilde devint sa première amie. Mathilde vivait seule avec sa mère dans un deux-pièces au neuvième étage d'un immeuble, du côté d'Aulnay-sous-Bois, alors qu'Anna demeurait avec son frère et ses deux parents dans un vaste duplex du 16e arrondissement. Mathilde n'avait jamais connu son père tandis qu'Anna n'avait d'yeux que pour le sien. Elles devinrent inséparables et passèrent ensemble les évaluations de sixième, cinquième puis quatrième division. Elles étaient douées et gracieuses.

Solidaires jusque dans l'infortune, Anna et Mathilde furent contraintes, pour des raisons différentes, de raccrocher leurs chaussons avant d'accéder à la troisième division. Mathilde grandissait et grandissait encore tandis qu'Anna s'enrobait.

Mathilde accusait la génétique de ce père dont elle ne savait rien, mais qui de toute évidence pouvait cueillir les œufs dans les nids d'hirondelles sans nul besoin d'échelle. Du côté d'Anna, l'atavisme était plus difficile à déceler. Simon, son frère, était un esthète qui mangeait comme quatre sans prendre un gramme. Il avait la silhouette de Rudolf Noureïev, mais ne s'était jamais intéressé à la danse. Marie-Louise, la mère d'Anna, était fine et sa ligne n'avait jamais connu la moindre fluctuation. Elle mangeait pour survivre et non par plaisir, entretenant une forme de relation désincarnée avec son corps.

Anna savait que la lente transformation de sa gracieuse physionomie était un héritage de sa lignée paternelle. Exception faite de sa silhouette, elle ressemblait trait pour trait à Pâris : elle avait les doigts fuselés, parfaits pour s'élever au bout d'une arabesque, les poignets et les hanches hyperlaxes et surtout la colonne vertébrale d'une rectitude digne. Comme tous les Besson, elle avait les cheveux clairs, ondulés, les sourcils peu fournis et les yeux bleus dessinés en amande. À l'école, ses professeurs lui faisaient remarquer qu'elle était le portrait craché de Lazare. Et Lazare, lui, n'était pas mince. Il avait même porté, jusqu'à la fin des années 1990, une bouée qu'un mauvais crabe avait crevée. Pâris avait une taille irréprochable et Anna, consciente qu'il fournissait des efforts permanents pour tenir en respect quelque excès d'embonpoint, ne lui avait jamais trouvé de rondeur superflue. Comment aurait-il pu en être autrement, lui qui incarnait la danse ? « Pâris, la grâce à la française », c'était écrit sur la une du supplément du *Monde* qu'elle avait pliée en quatre et conservée comme une relique.

Pour couronner le tout, à l'âge de seize ans, le souffle au cœur d'Anna s'étant aggravé, elle avait eu besoin qu'on lui greffe une valve artificielle mécanique. Contrainte de prendre à vie un traitement anticoagulant, elle risquait l'hémorragie au moindre choc. Désormais, danser pouvait lui coûter la vie.

Pour autant, Mathilde et Anna ne quittèrent jamais la scène de l'Opéra. Chacune à sa manière s'était rendue indispensable, Mathilde en régissant la troupe et Anna en fardant les artistes en coulisses.

*

Ce soir encore, Mathilde avait démontré ses qualités de meneuse. Elle seule savait regonfler le moral de la troupe avant une première. Installer plusieurs tonnes d'un mélange de terre et de tourbe sur la scène de l'Opéra s'était révélé une opération délicate et il avait fallu par deux fois nettoyer et remplacer avant d'obtenir un résultat acceptable. Mathilde et Anna, tout comme les techniciens de l'atelier Berthier, n'imaginaient pas l'existence d'une si grande variété de sols. Certains, trop meubles, s'étaient disloqués en mottes éparses du fait de la scène en pente douce. Une autre fois, s'échappait de la terre fraîche, une odeur pestilentielle. La troisième tentative fut la bonne, une terre saine et sans insectes. Cependant, sa texture granuleuse avait eu raison de la cheville de Sienna en pleine ronde printanière. Elle avait lourdement chuté, avant de hurler entre deux sanglots qu'elle détestait ce ballet, qu'elle dégueulait Pina, que Stravinski n'était qu'un pauvre type sans talent et que, par-dessus tout, elle ne comprenait pas pourquoi cet enculé de Pâris Besson l'avait obligée à danser sur un tas de merde, elle qui avait de l'or au bout de ses orteils. Finalement la blessure de Sienna s'était révélée moins grave qu'il n'y avait paru. En revanche, celle, plus narcissique, du maître de ballet, avait contraint la danseuse à rester sur le banc de touche.

Mais on ne remplace pas une étoile comme on remplace une première danseuse. Une étoile génère tout un système solaire, elle est un astre incandescent et instable qui a l'habitude d'être au centre. Ajoutez-y une seconde étoile et la belle harmonie se brise. Une troisième, et c'est le système tout entier qui devient chaotique. Il n'y a plus ni saison ni régularité de l'alternance jour nuit, la vie elle-même y devient impossible. Alors imaginez, l'Opéra national de Paris et ses étoiles qui brillent chacune sans se soucier de l'autre. Sans Pâris qui donnait à l'ensemble une cohésion harmonieuse, et la géante Mathilde en régisseuse hors pair, la compagnie aurait tôt fait d'exploser en supernova aux quatre coins de l'univers. Il avait donc fallu toute la diplomatie de Mathilde pour convaincre Mei, qui connaissait déjà la chorégraphie du *Sacre du printemps*, de prendre la place de Sienna dans le rôle de l'élue, l'un des plus exigeants du ballet.

Mei, tendue, s'assit sous la lumière. Elle avait un corps sublime, mais dire de son visage qu'il était disgracieux était un euphémisme. Sa peau était grasse et criblée de cratères. Anna détestait la maquiller. Elle était obligée, comme un peintre en bâtiment, de l'enduire d'une sous-couche sur laquelle elle pourrait ensuite poser tant bien que mal la poudre qui ferait illusion. Anna fit de son mieux puis laissa la danseuse s'en aller. Ce fut alors au tour de Vadim de venir s'installer.

— Comment va mon chat aujourd'hui ? lui demanda Anna.

— Il paraît que c'est ton dernier spectacle en tant que maquilleuse. C'est vrai ce mensonge ? Je te préviens, je refuserai à quiconque d'autre que toi le droit de poser un pinceau sur mon visage.

— Alors, il va falloir que tu apprennes à te maquiller tout seul, lui répondit Anna en rougissant.

Maquiller Vadim était une partie de plaisir tant il prenait naturellement la lumière. Pour *Le Sacre du printemps*, qui se voulait une œuvre sauvage, elle n'avait qu'à lui rajouter un peu de poudre afin qu'il ne luise pas sous la chaleur des projecteurs et du khôl sur les paupières, afin que chacun dans le public puisse être transpercé par son regard. Anna avait une sensibilité très particulière dans sa manière de percevoir les êtres, chaque fois qu'elle maquillait Vadim, elle pensait à son cousin. Le lien entre eux était tellement fort qu'il n'y avait nul besoin d'être extralucide pour en comprendre la teneur. Le visage de Vadim avait changé à la mort d'Abel, de fines ridules apparaissaient à l'extrémité de ses yeux. Quand il dansait, c'était encore plus poignant, sa façon de se mouvoir s'était modifiée. Vadim avait été nommé étoile deux ans auparavant, et Abel aurait dû le rejoindre au firmament l'année suivante, après la représentation de *La Bayadère*. Tous deux auraient marqué l'histoire de l'Opéra. Mais Vadim, à présent, devait danser pour deux.

Anna avait suspendu son geste, le pinceau en apesanteur au-dessus des yeux clos de Vadim. Elle se souvenait du soir où elle s'était occupée, ici même, d'Abel avant qu'il ne devienne Solor et que tard dans la nuit, sans doute sous le choc de cette invraisemblable première, il ne s'écrase seul au pied de l'escalier. Ce soir-là, il lui avait ouvert son cœur et parlé de Vadim pour la première fois. Émue par cette révélation et la confiance que lui témoignait Abel, elle n'avait pas compris qu'il ployait sous le costume qu'on avait taillé pour lui.

Anna s'extirpa de sa transe au rythme des vibrations de son téléphone. C'était son oncle. Encore. Mais *Le Sacre* allait commencer et elle n'avait aucune envie de lui répondre.

Chapitre 7

Devant le ministère de la Culture, Christian regardait l'écran noir de son téléphone portable, déboussolé. Pour dire à son frère qu'il ne pourrait pas assister à la première représentation du *Sacre du printemps*, un simple SMS avait suffi. Mais ce qu'il avait à annoncer à sa nièce nécessitait un entretien en bonne et due forme. Qu'elle ne lui réponde pas était inhabituel, mais tant pis, il rappellerait.

Depuis un an, Monsieur le Ministre rentrait chez lui à pied en descendant la rue de Valois, il remontait la rue Saint-Honoré puis empruntait l'avenue de l'Opéra, une valeur sûre pour profiter de sa nouvelle cote de popularité. Qu'importe si on l'insultait, qu'importe si on le flattait, tout ce qu'il voulait c'était peser dans la balance. Quand il faisait trop froid pour un baroud d'honneur, il lui arrivait de prendre le métro jusqu'à la station Opéra. Ensuite, il marchait jusque vers La Madeleine, où il avait l'habitude d'aller le dimanche matin – l'église étant, juste après l'avenue de l'Opéra, un lieu propice au sondage du culte dont il était l'objet. Une fois dans sa rue, il ralentissait le pas, espérant hameçonner quelques derniers poissons, puis composait, la mort dans l'âme, le digicode de sa porte d'entrée qui n'était pour lui rien d'autre qu'une voie sans issue.

Ce jour-là, le soleil brillait. Pourtant, sans hésiter, Christian se dirigea, vers le métro.

*

Quiconque connaissait Christian aurait pu se dire en le voyant pénétrer dans la bouche de métro : « C'en est trop ! Cette fois, il ne résistera pas. Il va perdre pied. »

Cela faisait un peu plus d'un an qu'il avait traversé son Styx dans les deux directions. Dans les semaines qui avaient suivi la mort de son fils, rares étaient ceux qui s'étaient manifestés. Il était comme une ombre chinoise derrière un voile opaque séparant les vivants des parents endeuillés.

Il eût été logique que son cœur cessât de battre, ses artères de gonfler et ses neurones de fonctionner. Mais Christian s'était relevé presque aussitôt. Au début, cette résurrection avait même quelque chose d'effrayant, mais très vite on ne s'offusqua plus de le voir revenir à sa forme originelle, mener des réunions ou des déjeuners au restaurant. Personne ne fut finalement étonné d'apprendre que le Premier ministre lui avait proposé de quitter ses fonctions à l'Opéra, pour intégrer le gouvernement. Christian n'était ni un héros ni un salaud. Il était tel que Dieu l'avait forgé : un survivant taillé dans le roc de ses ancêtres. Son règne à la rue de Valois n'avait duré qu'un an et s'achevait ici même dans la station de métro Palais-Royal.

*

Dans la salle de contrôle de la RATP, Hugo Garcin et Fahim Bentala étaient de garde pour surveiller les quais de la ligne 7. Ils commentaient les résultats de la Coupe des champions, sans se soucier des écrans allumés devant eux, quand Fahim donna un coup de coude à Hugo en lui indiquant d'un geste du menton le moniteur qui retransmettait la vidéo du quai Palais-Royal-Musée du Louvre.

— Là, dit Fahim en tapotant un des écrans.

Hugo observa un homme, le dos voûté et les épaules basses. Il attendait le prochain métro qui n'arriverait que dans six minutes, ce qui lui laissait une marge confortable pour estimer le risque de passage à l'acte.

— Oui, je le vois. Qu'est-ce qu'il a de particulier ?

— Méfiance ! répondit Fahim.

— Et comment sais-tu ça, toi ?

— L'expérience, mon pote. J'ai le nez pour ça. Si j'avais eu mon bac, je serais devenu *profiler*, comme dans les séries américaines. Regarde bien. Qu'est-ce que tu vois ?

— Ben... rien. Il a la cinquantaine bien tapée. Son costume doit coûter un paquet de pognon, ce qui ne l'empêche pas d'avoir une allure de clodo.

— C'est tout ?

Hugo regardait son cadet en cherchant la réponse la plus appropriée. Cela faisait trois semaines qu'il avait décroché ce job et la période d'essai arrivait à son terme. Ce gamin, de l'âge de son petit frère, allait décider de son sort dans la boîte. Alors il mobilisa tout ce qui lui restait de concentration pour trouver la réponse en vue de décrocher un CDI.

— Il a l'air triste, dit Hugo, sans conviction.

— Putain, mais ils ont tous l'air triste, mec. C'est le métro, pas une plage à Ibiza. C'est une histoire de feeling. Si tu ne le chopes pas, tu n'iras pas loin dans la boutique. T'as pas besoin de connaître grand-chose sur le bonhomme pour te demander s'il va se transformer en hachis charpie et rougir les roues de la rame. Imagine ce qu'il se passe dans sa tête.

— Il a l'air de penser à quelque chose, dit Hugo.

— OK, continue, l'encouragea Fahim.

— Il est contrarié, il a eu une mauvaise nouvelle.

— Pas mal, tu commences à choper le truc.

— C'est sa meuf, c'est ça ? Elle vient de le plaquer ?

— Qu'est-ce tu me parles de sa meuf, gros ? Et d'abord, d'où tu la connais, sa meuf ?

— Mais j'en sais rien à la fin, dit Hugo à bout de nerfs, le gars là, il ne bouge pas, il est immobile, qu'est-ce que j'en sais de ce qui déconne chez lui !

— Oui ! répliqua Fahim. C'est l'métier qui rentre, ça. Tu l'as dit, mon pote : il n'a pas un poil de cul qui frétille et s'il n'y avait pas cette nana, à deux mètres de lui, qui se décoince le string en douce, on pourrait croire à une photo plutôt qu'à une putain de vidéosurveillance. Le type est figé dans ses pensées, il doit faire face à une situation très particulière, un choix à la Corneille, si tu vois ce que je veux dire ?

— Euh…

— Laisse tomber Corneille, dit Fahim. Une décision très difficile à prendre.

— Du genre je saute ou je saute pas ? hésita Hugo.

— Ça ou autre chose, qu'est-ce que j'en sais, moi ? Tu peux tirer un max d'infos rien qu'en regardant les gens bouger, ou ne pas bouger. Moi, ma mère, rien qu'à la manière que j'avais d'essuyer mes godasses sur le paillasson, elle connaissait la note que j'avais rapportée du bahut. C'était Sherlock Holmes, ma daronne. Tu connais Sherlock Holmes ? Eh bien, ce job, c'est d'être une sorte de Sherlock Holmes de la RATP, pour évaluer le risque qu'un type comme lui commette une infraction ou se balance sur les rails. Le reste, il peut bien être pape, on s'en branle. Cela dit, plus je le regarde et plus j'ai l'impression de l'avoir déjà vu quelque part.

Il ne restait plus qu'une minute avant l'impact.

— Alors qu'est-ce qu'on fait maintenant ? On le signale ? demanda Hugo.

— Pas la peine. Regarde-le, là, tu vois, il bouge. C'est bon, on peut se détendre, il passe un coup de fil. Fausse alerte ! Un type qui s'apprête à sauter a autre chose à foutre que de téléphoner.

*

Pour la deuxième fois, Christian regardait l'écran noir de son portable. Anna devait être en plein rush pour *Le Sacre*. Cela pourrait attendre demain matin. La nuit allait être longue. Il y aurait d'abord le journal télévisé et puis son téléphone se mettrait à sonner sans discontinuer. *Quelle journée de merde !* pensa-t-il en pénétrant dans la rame puante.

Chapitre 8

La nuit qui suit la première représentation d'un ballet est presque toujours une nuit d'insomnie. Anna se tournait et se retournait dans son lit, craignant de réveiller celui qui, à ses côtés, dormait comme un bébé.

« Sois patiente, tu vas finir par trouver le sommeil », lui répétait sa mère quand elle était enfant. Elle croyait alors que le sommeil était un être fait de chair et de sang, caché dans l'ombre de sa conscience, et qu'il fallait le débusquer pour s'endormir. Nuit après nuit, elle cherchait celui qu'elle imaginait vieux, barbu, le dos voûté, les dents jaunies, avec, à sa ceinture, une seule clé, celle du sommeil.

Le Sacre du printemps était une œuvre magistrale et un challenge d'organisation. La représentation s'était déroulée sans accrocs et le public s'était levé pour ovationner Pâris Besson à la fin du spectacle. Pour elle aussi, tout s'était bien passé. De près comme de loin, les peaux avaient reflété la lumière et les intentions du metteur en scène. Elle aimait comparer sa loge à une chrysalide, un lieu de métamorphose. Quand ils pénétraient dans la chrysalide, ils étaient Mei, Sienna, Santiago, Vadim, Faustine, Marco ou Perdita. Mais lorsqu'ils en sortaient, ils incarnaient l'autre : le prince Siegfried, Odile, Albrecht, Giselle, Juliette ou Roméo. Passer entre les mains d'Anna était l'étape ultime précédant l'entrée en scène. Elle en avait vu défiler des danseuses sportives, des premières de la classe, capables d'endurer des entraînements sans fin et des douleurs peu communes, mais celles-ci pour la plupart survivraient anonymes, à la périphérie des étoiles. Car ce n'est que lorsque le mouvement fait corps avec l'esprit que la magie opère. Un danseur de génie pouvait n'avoir eu dans toute sa carrière qu'un seul instant de grâce, dans un regard, une maladresse ou un index levé.

Anna ferma les yeux et tenta d'aspirer toutes les idées qui flottaient comme des particules de poussières dans un rai de lumière. Mais à défaut de tomber dans le vide qui précède l'endormissement, son pouls s'accéléra en songeant à l'avenir. *Le Sacre* était sans doute son ultime création en tant que maquilleuse. Elle allait bientôt lâcher la barre de son dériveur pour s'emparer du gouvernail d'un trois-mâts et elle doutait maintenant de sa légitimité à prendre cette place. Plus réveillée qu'un marin une nuit de tempête, Anna ruminait de vieux démons. Aussi loin qu'elle s'en souvenait, elle avait toujours souffert du syndrome de l'imposteur. On l'aimait parce qu'elle était la fille du beau Pâris. Si elle avait intégré l'école de Nanterre, c'était seulement grâce à son nom. Si elle dirigeait l'équipe de maquillage de l'Opéra Garnier, c'était sans doute à la faveur de son père, de son grand-père, de son oncle Christian ou même, allez savoir, de son amie Mathilde qui l'avait pistonnée.

C'était l'occasion d'une vie, elle n'avait pas le droit de se planter. La tâche qui l'attendait était très différente de ses expériences passées. Cette fois-ci, il ne s'agissait plus d'orchestrer une fête de famille chez les Besson, ni même d'organiser pour l'ambassade américaine un récital privé avec quelques danseuses. Il lui faudrait élaborer le cent cinquantième anniversaire de l'Opéra Garnier, soit la manifestation la plus importante des cinquante dernières années. C'était une commémoration nationale, de portée internationale. Elle n'aurait plus sous ses ordres une équipe de six maquilleuses, mais des dizaines et des dizaines de techniciens, de prestataires et d'artistes, sans parler des élus et fonctionnaires publics. Le sommeil pourrait bien ne jamais revenir.

Il y a six mois de cela, son père lui avait dit : « Je veux que ce soit toi. » Balayant les doutes et les incertitudes, faisant fi des critiques des membres du conseil d'administration. Depuis ce jour, Anna était comme possédée par cet impératif. Personne ne pouvait s'opposer à Pâris et surtout pas sa fille.

Samuel demeurait immobile. Par la fenêtre filtrait la lumière blafarde du lampadaire qu'Anna dézinguerait un jour d'un adroit lancé de chaussure. Elle avait à la fois chaud et froid, un creux dans l'estomac et la nausée. Un instant, elle se demanda si elle n'était pas enceinte et cette idée la rendit triste. Une vague douleur au ventre lui rappela que ses règles balayeraient bientôt ses espoirs, comme tous les vingt-huit jours avec une régularité métronomique. Puis ce fut le tic-tac de sa valve qui vint se produire sur l'avant-scène de sa conscience. Une chaleur dont elle ne se souviendrait pas déferla depuis ses orteils jusqu'à sa nuque. Son cœur ralentit et ses muscles se relâchèrent l'un après l'autre. Ses épaules, qu'elle pensait pourtant avoir décontractées, touchèrent enfin le lit de part et d'autre de l'oreiller. Anna était en train de s'endormir, l'utérus vide.

*

À l'ombre d'un chêne centenaire, près de la côte la plus septentrionale de sa conscience, se tenait un vieil homme, le dos voûté, les dents jaunies. Il jouait un air de violon d'une infinie tristesse. À sa ceinture cliquetait l'unique clé qu'il possédait. Lui savait ce qui tracassait Anna. Il regarda par-delà les marécages de son imagination et découvrit un ciel tourmenté. Il n'était pas météorologue, mais il avait entendu par deux fois le téléphone d'Anna tonner et se dit qu'un orage nommé Christian passait au maquillage pour se farder de noir, de suie, de sang et de larınes. La tempête qui avait commencé et qui n'était pour l'instant qu'une touche grisâtre dans l'azur éclatant ne serait pas une vulgaire intempérie, mais un tohu-bohu de tous les diables.

Chapitre 9

« Je reviens. »

Anna émergeait d'une nuit peuplée de cauchemars. À présent, les volets étaient ouverts. Sa première pensée fut pour son père : à l'heure où elle dormait encore, il avait embarqué pour Saint-Pétersbourg où il devait assister à l'avant-première de *L'Après-midi d'un faune*, auquel il avait contribué. Les angoisses de la veille lui parurent dérisoires et tout semblait possible à la lumière du jour.

Samuel n'était plus dans le lit, mais elle entendait des bruits de vaisselle dans la cuisine et sentait une douce odeur de bacon et de beurre fondu. Elle remonta la couette sur son nez, se lova sur le matelas qui avait conservé la forme de sa nuit et se rendormit quelques minutes.

Quand elle rouvrit les yeux, elle sentit sur sa bouche, des lèvres amies, parfumées au café torréfié. Samuel avait posé le plateau du petit-déjeuner sur la table de nuit ; il se glissa près d'elle sans faire de bruit. Il se hissa au-dessus d'Anna et lui prodiguait quelques baisers légers.

Anna retira sa chemise de nuit en prétextant le réchauffement climatique :

— Y a plus d'printemps, j'vous jure ! On passe directement de l'hiver à l'été. Pas moyen de savoir comment s'habiller.

Elle enfouit sa tête dans le cou de Samuel, plaqua le reste de son corps tout contre lui et s'enorgueillit de la tension qu'elle avait suscitée. Lentement, elle l'aida à se déshabiller. Une fois vêtue de rien, les mots laissèrent la place à des soupirs. Les mains, les pieds, les bouches se mêlèrent et s'unirent dans la douceur du printemps. Igor Stravinski, dans sa tombe, reconnut le rythme frénétique et singulier de *La Danse de la terre* qui clôturait la première partie du *Sacre*. Que son œuvre puisse ainsi déclencher d'autres ardeurs que des indignations lui réchauffa les os. Vaslav Nijinski, qui fut le premier chorégraphe du *Sacre*, salua l'énergie et la grâce de cette chorégraphie. Il avait à redire de la souplesse et de l'académisme de certains mouvements, mais préféra se taire et laisser les artistes s'exprimer à leur guise. Anna et Samuel dansaient l'un avec l'autre, l'un dans l'autre et l'un pour l'autre.

Anna percevait maintenant des relents de café refroidi et de bacon grillé. Les sens lui revinrent les uns après les autres, là où le plaisir avait tout dévasté. Elle avait pris l'habitude de rester couchée quelque temps après avoir fait l'amour. Samuel avait fermé les yeux, s'était endormi trois minutes puis s'était réveillé sans se lever du lit, sanctuarisant le rituel du *laissons le charme agir.* Anna regarda d'abord le plafond de sa chambre, puis machinalement elle alluma son téléphone portable, tandis que Samuel, sur le sien, semblait lire un article, l'air soucieux.

« Je reviens. »

— Putain, c'est la cata pour ton oncle ! dit Samuel à voix basse, commentant l'article.

« Je reviens. »

Le téléphone d'Anna s'était mis à sonner en même temps qu'elle tentait d'intégrer l'information floue que marmonnait Samuel. C'était son oncle. Qui d'autre ? Elle avait décroché puis il avait dit quelque chose qui maintenant semblait lui échapper. Qu'était-ce au juste ? Anna était incapable de s'en souvenir, comme dans un rêve.

— Pardon ? finit-elle par répondre.

— Je reviens, voilà tout.

Son oncle avait la voix de celui qui s'était levé il y a déjà longtemps. Anna se demanda si lui et sa tante faisaient encore l'amour.

— J'ai du temps, alors je vais prendre en main les opérations du cent cinquantenaire de l'Opéra. Tu n'as pas lu le journal ?

Anna entendit le froissement caractéristique du papier. Elle imagina Christian, assis à la table de sa cuisine, feuilletant *Le Monde*.

— Je suis désolée, mais je ne sais pas de quoi tu parles. Il est – elle regarda son réveil sans parvenir à comprendre tout de suite ce qu'il indiquait – sept heures trente, et je me suis couchée très tard hier à cause du *Sacre*. Je viens de rallumer mon téléphone.

— Aucun problème. Je te rappelle dans une heure et puis tu m'expliqueras les démarches, le programme, enfin, tout ce qu'il faut que je sache pour prendre le plus vite possible ta relève. Hors de question de rester sur le banc de touche trop longtemps. C'est exactement ce qu'ils attendent de moi. Excuse-moi encore de t'avoir réveillée, et bravo pour *Le Sacre*, il paraît que c'était très réussi. Je viendrai voir la représentation mardi prochain. J'aime bien laisser passer la période de rodage.

Christian raccrocha, laissant sa nièce suspendue au-dessus du vide. Anna avait la nette impression que les battements mécaniques de son cœur faisaient trembler les murs de l'appartement.

Elle s'assit sur le matelas puis se leva, sonnée par la nouvelle. Le charme était rompu. Elle prit conscience de sa nudité et eut honte. Le contact tiède avec le plancher lui indiqua que ses sens lui étaient revenus. Elle enfila une culotte, mit le premier tee-shirt qui lui tombait sous la main puis se dirigea vers la fenêtre ouverte. Elle regarda la rue en contrebas. Le trafic était dense. Elle pensa à Abel.

Samuel s'était rhabillé et l'avait rejointe dans l'embrasure de la fenêtre. Il posa ses mains sur ses hanches.

— C'est la merde, c'est ça ? Je viens de lire que ton oncle a démissionné hier soir, enfin, le connaissant, j'imagine qu'on lui a dit de le faire.

Anna ne répondit rien. Elle était en chute libre.

— Putain, quel con ! reprit Samuel. Pourquoi se met-il toujours dans des situations impossibles ? Qu'est-ce qu'il t'a dit ?

— Est-ce que tu sais s'il a été mis en examen ? demanda-t-elle d'une voix calme, presque éteinte.

— Non, pour l'instant, tout ce qu'on sait, c'est qu'il a démissionné. Pour le reste, le journaliste a l'air de dire qu'on en saura davantage d'ici quelques mois, le temps pour le parquet financier d'analyser les faits. D'après ce que j'ai compris, pas sûr que ça passe sous le coup de la loi, mais le mal est fait ! Merde, ça va swinguer dans les jours et les semaines à venir. Il n'avait vraiment pas besoin de ça.

— Il revient.

Anna avait parlé sans s'adresser à Samuel.

— Il revient où ? demanda Samuel.

— À ma place, souffla Anna.

— … au maquillage ?

— T'es vraiment con, Sam. Je n'ai pas envie de rire, là.

Lorsqu'il vit une larme couler le long de la joue d'Anna, Samuel se sentit coupable. Il savait mieux que personne tout ce qu'elle avait sacrifié pour en arriver là.

Il revient et c'est moi qui pars, pensa-t-elle. *De toute façon, moi ou quelqu'un d'autre, c'est la même chose. J'appartiens à un tout, et je ne suis rien.* Des larmes traçaient le sillon que d'autres emprunteraient, plus nombreuses et plus salées. Des larmes de rancune, de colère et de tristesse.

*

Les dernières semaines avaient été rudes pour Christian qui cultivait, comme à son habitude, une forme d'inconséquence à l'égard des faits qui lui étaient reprochés. À l'entendre, son statut de ministre le rendait intouchable. Anna l'avait déjà vu, par le passé, mettre *ses petites affaires* sur le compte de ses rivaux politiques, convaincus d'être une oie blanche dans la basse-cour de Lucifer. Il était un comédien, incapable de distinguer l'acteur qu'il était du héros qu'il interprétait. Mais Anna l'avait vu sans masque ni costume. Il y a un an, devant le cercueil d'Abel, il était méconnaissable, comme si la gravité de l'instant avait révélé sa véritable forme. Ce jour-là, elle avait vu son oncle, celui qui se dissimulait au regard du monde. Christian, s'il avait croisé un miroir, n'aurait pas reconnu son propre reflet. Dans les jours qui suivirent, Anna avait observé les traits de ce visage qu'elle connaissait bien : elle l'avait vu subir un rapide retour à la normale. La fêlure n'avait pas duré.

Christian aurait sans doute fait un bon ministre de la Culture s'il n'avait eu cette fâcheuse tendance à tout gâcher. Sa descente aux enfers avait commencé par la parution d'un article dans *Le Canard enchaîné* et s'était achevée dans les couloirs du métro Palais-Royal. Entre les deux, il y avait eu les perquisitions, les lettres anonymes, les menaces de mort et puis sa démission qui sonnait comme un aveu de culpabilité.

Claude Madayan, un gratte-papier de la Direction régionale des affaires culturelles que Christian avait remisé au placard dans le Finistère, n'aurait jamais imaginé contacter un jour *Le Canard* pour y lever un lièvre. Mais Christian avait accompli l'exploit de ressusciter la rage dans le corps mollasson de ce quinquagénaire. Tout avait commencé par une innocente remarque de Claude à la machine à café. Le ministre, qui se fichait des critiques de l'opposition, était capable d'entrer dans une colère noire lorsque l'un de ses collaborateurs lui manquait de respect. Christian avait convoqué Claude pour lui annoncer lui-même la nouvelle. Il avait d'abord vanté les mérites des côtes finistériennes avant de conclure, en lui remettant sa lettre de mission et une tape sur l'épaule : « Je vous envie, mon très cher Claude, Paris devient irrespirable ! » En quelques semaines, Claude avait dû quitter Paris. Avec le soutien anonyme et bienveillant de l'opposition politique, il avait vomi sa haine dans un article où il expliquait par le menu les arrangements, les passe-droits et le harcèlement dont il avait été témoin, parfois victime. Puis la machine s'était emballée et la parole s'était libérée.

*

Anna était furieuse, écumant de rage, désireuse d'en découdre. L'instant d'après, elle pleurait toutes les larmes de son corps, ratatinée, humiliée, niée, écrasée sous le poids de son clan. Quand elle était dans cet état, Samuel la craignait. Depuis la mort d'Abel, il avait compris que certains évènements pouvaient modifier durablement un être.

Finalement, Anna cessa de pleurer, mais Samuel avait vu dans le fond de ses yeux une étincelle étrange qui ne lui disait rien qui vaille.

Tu veux revenir ? Eh bien je t'attends ! Anna était prête à croiser le fer pour le salut de son âme.

Chapitre 10

Anna ne l'avait pas senti venir. À peine Samuel avait-il claqué la porte que le sang s'était mis à couler.

Elle retira sa culotte, examina la trace rouge et la jeta dans la corbeille à linge sale. Combien de fois avait-elle effectué ce geste ? Elle se moucha avant de prendre une serviette hygiénique dans la petite boîte en bois près du parfum d'ambiance. Elle sortit un large slip puis ce fut au tour de la douleur d'entrer sans frapper. Prise de vertiges, elle s'assit sur son lit, puis se laissa tomber sur le côté, en position fœtale. Elle demeura inerte pendant plusieurs minutes. Lorsque son oncle la rappela, comme il l'avait promis, elle décrocha, fatiguée comme après trois nuits blanches, et l'écouta, concentrée pour ne pas s'effondrer. Elle raccrocha dans un sentiment d'irréalité.

Elle enfila un vieux jogging, zippa un gilet sur son t-shirt, mit ses baskets de sport et sortit de chez elle. Ses yeux, étaient gonflés de haine et de chagrin. Elle avait besoin de marcher, mais il lui manquait une destination. À qui pouvait-elle parler ? Son père était à trois mille kilomètres de Paris et aurait certainement d'autres préoccupations. Sa mère, quant à elle, était à moins de dix stations de métro, mais à mille lieues de pouvoir la comprendre. Marie-Louise lui avait fait savoir sa réticence à l'idée qu'elle prenne la tête des opérations du cent cinquantenaire. Selon elle, Anna devait vivre sa vie et s'extraire de l'emprise des Besson. Évidemment, Anna s'était fâchée et elle ne voulait surtout pas prêter le flanc. Elle aurait volontiers appelé son frère s'il n'y avait pas eu six heures de décalage entre eux. Elle pensa à son grand-père, toujours attentionné, mais écarta l'idée. Le pauvre aurait bien du chagrin de cette situation. Alors elle se dirigea vers le Palais Garnier où, à n'en pas douter, Mathilde était déjà.

*

L'Opéra était encore fermé au public et les touristes immortalisaient sa façade. Anna n'eut pas d'égard pour sa magnificence, elle était ici chez elle et n'avait point besoin de flatter l'édifice pour qu'on lui ouvre la porte. Le gardien s'exécuta avec un large sourire.

— Vous êtes bien matinale, madame Besson.

— Est-ce que Mathilde est là ? demanda Anna sans prendre la peine de lui répondre, ce qui ne lui ressemblait pas.

— Elle est arrivée il y a au moins une heure.

Anna grimpa quatre à quatre les marches du grand escalier et se rendit dans la salle de spectacle.

En pénétrant dans le chœur de l'Opéra, elle fut prise d'un malaise, assaillie par une puissante odeur de Père-Lachaise. Au milieu de la scène, Mathilde, pieds nus sur la tourbe du *Sacre du printemps*, supervisait trois hommes aux pantalons retroussés sur les mollets. Deux d'entre eux utilisaient une sorte de fourche pour aérer la terre tandis que le troisième l'humidifiait à l'aide d'un tuyau d'arrosage. Anna eut envie de vomir.

Mathilde lui adressa de grands signes de la main. Anna sortit et descendit rejoindre son amie en passant par les coulisses. Elle s'arrêta au bord de la scène.

— Salut ma belle ! lui lança Mathilde. Qu'est-ce que tu fous là ?

Devant son silence, Mathilde plissa les yeux et reprit :

— Oh putain, t'as une de ces tronches, dis-moi ! T'as trop fait la fête hier soir ou quoi ?

Mais, même à quinze mètres de distance, une bonne amie reste capable de distinguer la fatigue de la tristesse.

— Viens me rejoindre, lui dit Mathilde d'un ton compatissant. Moi, je suis bloquée ici à surveiller ces types qui pourraient transformer cette scène en marécage en moins de trois minutes.

Anna ne pouvait pas répondre sans se mettre à pleurer. Elle ôta ses baskets, ses chaussettes et remonta son jogging sur ses jambes. Elle détestait ses mollets. Le contact de la terre humide entre ses orteils lui donna la chair de poule. Elle avait l'impression d'avancer vers la fosse où l'on avait enterré son cousin.

Mathilde prit dans ses bras Anna qui fondit en larmes.

— Eh ben ! Qu'est-ce qui t'arrive ?

Elle mit quelques secondes à cesser de pleurer et tenta, malgré l'émotion, de lui expliquer la situation.

Mathilde était au courant de la démission de Christian, mais pas de son retour.

— À peine a-t-il eu le temps de déballer son carton du ministère d'où on l'a congédié qu'il veut prendre ma place ! Il a essayé de m'expliquer que cette mission lui revenait, qu'elle était tout à fait adaptée à sa situation. Il me dit ça, presque en rigolant. Mais ça fait des mois que je bosse dessus, des semaines que je ne vis plus que pour ça. Il m'a fallu dix ans pour me faire accepter à l'Opéra, pour qu'on daigne me considérer autrement que comme la fille du maître de ballet. On m'a confié les rênes de cet évènement et j'ai bien l'intention de le mener à terme. Il n'avait qu'à pas lâcher son poste pour se faire prendre en photo dans *Paris Match* et se faire mousser au ministère. Je n'en ai rien à foutre de ses ambitions, de son ego et de ses casseroles. Il avait un travail en or à la Direction générale de l'Opéra. C'est lui qui a choisi de le quitter. Il est comme une mouche attirée par la lumière. Il faut toujours qu'il aille voir plus haut jusqu'à sentir l'odeur de ses ailes en train de griller.

Anna marqua un temps d'arrêt. Elle était rouge au niveau du col et une goutte de sueur perlait sur sa tempe droite. Mathilde restait interdite.

— Mais le problème, avec Christian, c'est que quand on lui claque la porte au nez, il passe par la fenêtre. Et tu ne sais pas la meilleure ? Il a eu le toupet de prétendre que le directeur des opérations du cent cinquantenaire avait une fonction politique que je n'imaginais pas, que c'était le timing parfait pour lui, un poste pas trop important, mais avec tout de même une certaine exposition, une mission d'un an et demi, suffisamment longue pour laisser aux procédures ineptes le temps de retomber, mais assez courte pour qu'on ne l'oublie pas. Il m'a dit que ça le remettrait en selle pour les échéances à venir, que ce job était taillé pour lui, que j'étais trop jeune pour endosser tout ça, que je courrais au désastre, bref, que l'Opéra avait besoin de lui.

— Ton oncle est un sale con. De toute façon, si c'est lui qui se colle au cent cinquantenaire, moi, je me mets en grève. Et je ne serai pas la seule, tu peux me croire. Parce qu'il est capable de pisser debout, alors il se croit tout permis. Mais tu sais quoi, Anna ? Toi et moi, on l'emmerde. T'as rien à prouver à personne. Ce boulot, tu ne l'as pas volé. T'as présenté un projet à tous ces vieux mâles du conseil d'administration et ils t'ont tous, sans exception, bouffé dans la main. Alors maintenant tu traces ta route, et le reste, tu t'en branles !

Mathilde avait une détestation profonde des hommes, il n'y avait que Pavel pour racheter à ses yeux la gent masculine. Parfois, Anna enviait sa liberté.

— Et il a réagi comment, le tonton flingueur, quand tu lui as fait part de ton intention de rester à ta place ?

— Il a continué sur un ton plus menaçant en m'expliquant combien c'était important pour mon père et mon grand-père que cet évènement se déroule sans accroc. Qu'après tout, j'avais déjà de la chance de pouvoir travailler là et qu'il fallait que j'apprenne à rester à ma place…

À cet instant précis, Anna sursauta et passa une main sur sa jambe dans un mouvement brusque et sans grâce. Elle avait senti puis cru voir une drôle de chenille blanche arpenter son mollet. La scène de l'Opéra Garnier était pleine de vies et d'insectes grouillants. La valve mécanique de son muscle cardiaque se mit à galoper.

— Ben alors ! s'exclama Mathilde sur un ton badin. Ce ne sont pas les petites bêtes qui vont manger les grosses.

Mais cette locution ne fit pas rire Anna. Elle mit un terme à cette conversation, qui de toute évidence ne l'aiderait pas à y voir plus clair. Elle remercia Mathilde, l'embrassa sur la joue, puis tenta de s'extraire de cette tourbière. Ses pieds s'engluaient dans l'engrais granuleux du *Sacre du printemps* comme dans le sol de la concession familiale. Alors qu'elle remettait ses chaussures, elle sentit la chenille remonter sur le haut de sa cuisse.

Dans un Palais Garnier à présent assiégé de hordes de touristes, Anna déambulait en se contorsionnant pour tenter de chasser le bombyx rampant le long de sa jambe. N'en pouvant plus, elle s'extirpa du Palais, le cœur au bord des lèvres.

Dehors, le printemps avait un goût terreux. Le soleil avait perdu son bel éclat et le ciel, pourtant dégagé, pesait sur ses épaules. Il n'y avait dans le monde qu'une seule personne qui pût l'apaiser.

À deux pas de l'Opéra, ne sachant où aller, Anna sortit son téléphone et appela son père.

Chapitre 11

Pâris, à plusieurs milliers de kilomètres de là, s'était douché, rasé et s'apprêtait à revêtir son complet bleu. Il n'était attendu que dans deux heures, ce qui lui laissait le temps de sentir le cœur de la ville battre sous ses pieds. Il n'était pas né russe, et cela ne changerait pas. Lui, l'ambassadeur de la danse classique à la française, avait gardé une fascination enfantine pour la musique et les ballets du Bolchoï.

Alors qu'il fermait les boutons de sa chemise blanche, il s'observait dans le miroir. Son corps était son principal outil de travail et il en prenait soin. Une violence quotidienne dont le seul bénéfice était d'obliger son reflet à se tordre selon sa volonté. Il n'avait pas cessé d'être ce gamin pleurnicheur, qui suppliait son père de le laisser en paix. Mais Lazare, inflexible pygmalion, avait allumé puis entretenu la flamme dans le cœur de l'étoile. Il lui avait sculpté un corps de danseur, l'avait béni de son intransigeance et lui avait prodigué l'onction consacrée aux aînés.

La boutonnière de son col lui résistait. Pâris était capable d'effectuer des pirouettes qui portaient son nom, mais il ne parvenait pas à introduire ce satané bouton en nacre dans cette fichue fente. Ses mains tremblaient. Ces secousses, il le savait, avaient pour cause une colère latente, qui ne l'avait pas quitté depuis qu'il avait feuilleté le journal du matin à l'aéroport. Il se retourna, toucha l'écran de son smartphone posé sur le lit qui lui indiquait les neuf appels en absence de Christian. Il ne lui répondrait pas. Pas aujourd'hui en tout cas. Il n'avait communiqué avec lui que par SMS, prétextant son voyage à l'étranger pour échapper au duel. Ses mots dépasseraient sa pensée et il ne voulait pas le blesser. Pâris éprouvait une certaine culpabilité envers son frère. L'avènement de Christian aux plus hauts sommets de l'État constituait, sans l'ombre d'un doute, l'apogée de sa carrière. Cependant, Pâris savait qu'il serait toujours le seul à faire briller les yeux de leur père.

Des deux cravates qu'il avait emportées, il prit la plus étroite, la passa derrière sa nuque, ajusta la longueur en deux pans inégaux et entreprit de la nouer. Que pourrait-il dire à son frère qui ne le blesserait pas ? Des conseils ? C'était un combat perdu d'avance. Ne rien dire. Ne pas parler. Se taire pour épargner le clan. C'était cela sans doute la bonne décision.

— Ta mère ne t'a donc jamais appris à nouer une cravate ? dit Patricia.

Une main fine à l'index serti d'un joli diamant passa derrière sa nuque, défit le nœud grossier, et se mit à l'ouvrage.

— Ma mère est morte quand j'avais neuf ans, lui répondit Pâris. À l'époque, je portais des tee-shirts.

— Alors tu as besoin qu'on s'occupe de toi, c'est ça ? chuchota Patricia.

— J'ai surtout besoin de prendre l'air. Veux-tu m'accompagner ?

Patricia observa Pâris avec intensité, cherchant à décrypter ce qu'il espérait cacher. Il ne parlait jamais de sa mère.

— D'accord, finit-elle par répondre. J'enfile ma robe et on y va.

Patricia s'en alla, laissant Pâris seul face à son reflet. Malgré ses cheveux blancs, ses rides et ses yeux fatigués il conservait un air juvénile. Il en avait passé du temps devant la glace, la barre à la main, à corriger son port de tête, ses épaules et son buste. Son père lui rabâchait souvent : « Ton allure, c'est ton passeport pour une vie plus grande », ce qui avait le don d'agacer Arlette qui ne comprenait pas pourquoi infliger pareille discipline à son fils. Pâris chercha dans les traits de son visage la trace de sa mère. À quoi ressemblerait-elle ? Il ne saurait l'imaginer. Il n'avait pas gardé assez de photos. Mais ce qu'il n'avait pas pu oublier, c'était le goutte-à-goutte de sa perfusion, l'odeur indescriptible de la chambre d'hôpital, la perruque brune posée sur une fausse tête et cette blouse entrouverte dévoilant une poitrine amputée de son sein.

Chapitre 12

Paris, 1961

Arlette avait les plus beaux seins que Lazare ait jamais vus.

— Tu les emmènes toutes ici, je suppose ? demanda-t-elle en minaudant.

Elle était nue. Elle avait les hanches solides et les fesses arrondies. Elle avait disposé sous sa tête sa robe roulée en boule et ne se lassait pas de regarder le plafond.

— C'est beau, n'est-ce pas ? dit Lazare en regardant l'*Olympe* se refléter dans les pupilles d'Arlette.

— Magnifique !

Les mots lui manquaient. C'était comme être couchée dans l'herbe une nuit étoilée. Seul le plafond était illuminé. Le reste de la salle était dans la pénombre.

— Eh bien, profites-en, parce que ça ne va pas durer.

Arlette se redressa comme si elle s'était couchée sur un clou.

— Qu'est-ce que tu racontes ?

— Figure-toi qu'ils vont le changer. La faute à ce maudit Malraux ! Il trouve ce plafond triste. Depuis que je suis gamin, je n'ai cessé de l'admirer et de le redécouvrir. Mais que veux-tu ? C'est de la politique, rien d'autre ! D'ici deux ans, peut-être trois, il aura disparu.

— Mais il est tellement beau ! J'ai l'impression d'être au paradis.

Arlette se recoucha sur la scène du Palais Garnier. La grande salle était totalement vide.

— Moi aussi, j'ai l'impression d'être au paradis, lui chuchota-t-il à l'oreille, avant de l'embrasser sur la joue.

Elle rougit et, sous sa main, Lazare sentit son téton se durcir. Contrairement à ce qu'elle avait pensé, c'était la première fois qu'il amenait quelqu'un ici. D'ailleurs, il valait mieux éviter que son père ne les découvre là, nus comme Adam et Ève. Il lui semblait qu'Arlette méritait mieux qu'une loge exiguë. C'est pourquoi, lui, le fils du concierge, le successeur pressenti, préposé aux poubelles et aux tâches ingrates, se dit qu'il offrirait à Arlette une vie à l'image de cette première fois sous l'*Olympe* des dieux. Une vie d'aventures, de luxe et de paillettes.

Arlette n'était plus une jeune femme, elle avait vingt-cinq ans et du tempérament à revendre. Lazare n'était pas seulement son premier grand amour, mais il serait l'unique, et cela elle l'avait compris dès le premier regard. Il n'était pas seulement beau, il avait de la grâce. Des prétendants, son père lui en avait présenté des brassées, mais jamais avant lui elle n'avait trouvé de terre où plonger ses racines.

— As-tu déjà assisté à un ballet ? lui demanda Lazare, en parcourant de son doigt une ligne entre ses seins et son nombril.

— Jamais.

— Ton innocence est une bénédiction. Tu as tout à apprendre et je serai ton professeur. Je te montrerai ce qu'il y a de plus beau : *La Bayadère*, *Cendrillon*, *Petrouchka* et *La Flûte enchantée*. Tu verras des danseurs s'envoler, des danseuses tourbillonner, des chanteuses tenir des notes qui fêleront le cristal et des chanteurs à la voix si grave que les murs trembleront.

Lazare avait des étoiles dans les yeux.

Il se pencha sur elle puis déposa, sur ses lèvres, un langoureux baiser. Il passa sa main dans sa longue chevelure brune et bouclée, puis l'embrassa dans le cou et s'enivra de la prodigieuse odeur de sa peau transpirante. Elle sentait bon la levure de bière. Une odeur chaude et sucrée.

Les corps, d'abord, s'unirent dans une étreinte charnelle et mouvante. Les sens de Lazare se mêlèrent aux essences d'Arlette, produisant une danse lancinante qui ouvrit une brèche entre les mondes. Puis aux corps physiques succédèrent les âmes et l'acte d'amour se poursuivit sur les planches de l'Opéra Garnier. Chacun avoua ses arcanes insondables et ses plus intimes secrets. Scandales et résiliences, serments d'amour et d'allégeance. Arlette et Lazare se promirent l'un à l'autre jusqu'à la fin des temps.

Concevoir une étoile à même la scène de l'Opéra Garnier ! Pouvait-on imaginer un plus joli ballet ? Là-haut dans la peinture d'Eugène Lenepveu, parmi *Les Muses et les Heures du jour et de la nuit*, nombreuses furent celles qui s'en émurent et versèrent une larme. C'était un spectacle rare, même pour les dieux. Alors que dans l'obscurité de ce théâtre, deux âmes l'une dans l'autre faisaient germer une étoile, les spectres et les fantômes, lointains et proches aïeux des deux enchevêtrés, se pressaient dans le chœur et s'installaient dans les loges et sur les strapontins. La file était immense de cette procession venue assister à ce drôle de miracle. Chacun dans son fauteuil regardait le destin s'accomplir.

Chapitre 13

Paris, avril 2023

Pâris, toujours devant le miroir, eut la désagréable sensation que le souvenir de cette poitrine nue et vide le hanterait jusqu'à son dernier jour. La sonnerie de son téléphone interrompit le flot de ses pensées. Sans hésiter, cette fois, il décrocha.

— Salut ma puce !

— Salut papa. Je ne te dérange pas ?

— Tu ne me déranges jamais. Tout va bien ?

— À dire vrai, pas tellement. Je t'en supplie, tu dois gérer Christian, il est incontrôlable. Il m'a appelée ce matin pour m'annoncer qu'il allait organiser le cent cinquantième anniversaire à ma place ! Il dit que c'est mieux pour moi, pour toi et pour grand-père. Mais c'est hors de question ! Je comprends qu'il aille mal, mais là, tu dois intervenir. Il n'y a que toi qui puisses lui faire entendre raison.

Anna savait décrypter les silences et les respirations de son père. Elle comprit l'infâme hésitation qui le taraudait et son cœur de plus belle repartit en fanfare.

— Ce n'est pas si grave, non ? finit-il par lui dire. Tu connais ton oncle, il est comme il est, on ne le changera pas.

— Qu'est-ce qui n'est pas si grave ? dit Anna, regrettant par avance de lui faire formuler ce qui était limpide.

— Disons que ce serait peut-être plus simple de le laisser faire comme il l'entend. Après tout, il connaît bien la maison. Christian ne sait rien faire d'autre que de la politique alors que toi tu as d'autres cordes à ton arc.

Anna voulait parler, mais sa gorge était nouée. Considérant le silence de sa fille comme inhabituel, le maître de ballet, un brin mal à l'aise, continua :

— Qu'est-ce que ta mère en pense ? botta-t-il en touche, regrettant de convier Marie-Louise, même en pensée, dans cette chambre d'hôtel, où il venait de faire l'amour à sa maîtresse quelques instants plus tôt.

Anna se tut.

— C'est mon frère ! dit Pâris en haussant le ton. Ne me demande pas de choisir entre lui et toi. Tu es une grande fille, tu dois le comprendre. Je te demanderai seulement d'éviter d'en faire tout un foin. Va le voir et parles-en de vive voix avec lui. Nous en discuterons à mon retour. Je t'embrasse ma puce, je dois y aller. On m'attend au théâtre.

Pâris avait raccroché.

Anna rangea son téléphone. Il y avait chez son père quelque chose de son oncle. Dans son dos, l'Opéra Garnier, fièrement dressé, n'avait pas vacillé sous la déflagration. « C'est mon frère ! » lui avait-il dit. *Mais moi, qui suis-je ?*

De manière instinctive, Anna s'était remise en mouvement. Il fallait avancer, s'éloigner de la place qu'on lui avait assignée, faire confiance à son corps. La destination viendrait d'elle-même. L'instant était crucial.

Elle emprunta le boulevard Haussmann, passa devant les grands magasins et continua droit devant elle. Marcher lui permettait de déconnecter son corps de son esprit. Lorsque cette chienne de machine avait un os à ronger, elle cessait d'importuner son maître et le laissait vaquer à ses occupations.

Anna s'était toujours sentie Besson, de la racine de ses cheveux jusqu'à la pointe de ses orteils. Elle avait jalousement conservé son nom de jeune fille sans jamais songer à faire différemment. Personne à l'Opéra ne connaissait celui de son mari. Pour tous, c'était Samuel, le mari d'Anna, ou le gendre de Pâris. Il arrivait parfois qu'on l'appelle monsieur Besson et cela l'amusait. Lui-même se servait de ce nom lorsqu'il réservait une table dans un grand restaurant. De toute façon, Anna n'aurait jamais pu aimer un homme qui lui imposait de changer d'identité.

Soudain, alors qu'elle marchait, perdue dans ses pensées, le long du boulevard Poissonnière, elle identifia le moment où la bascule s'était opérée, et se souvint du jour où elle avait quitté sa trajectoire jusqu'à s'extraire de son système solaire.

*

Au premier tour, elle s'était sentie heureuse, d'être en orbite autour de Samuel, constatant, soulagée, que tout le monde était là pour célébrer son mariage, faisant fi des clivages et des dogmes religieux. Ses parents, assis devant elle, sous le dais nuptial, se prêtaient au folklore d'un rite qui n'était pas conforme à celui de leurs ancêtres. Lazare, son grand-père, était là lui aussi. Il aurait pu considérer cette comédie avec un œil sévère, mais il semblait au contraire parfaitement à sa place.

Au deuxième tour, elle se rapprocha de Samuel, comme s'il exerçait sur elle une attraction magnétique. Anna n'était pas du genre à être sûre de ses choix. Pourtant, concernant son amour pour lui, elle n'avait jamais douté. C'était drôle de le voir ainsi vêtu de son *talit*, lui qui n'allait jamais à la synagogue. Samuel était un gendre idéal. Étudiant en pharmacie, il était poli, bel homme, avait de l'humour et faisait preuve de patience avec Anna. Enfin, il était parfait si l'on faisait abstraction de la calotte en chair de quelques centigrammes qui lui manquait sur le bout du gland. Le prépuce, même s'il n'était pas plus utile qu'un parapluie dans le désert d'Atacama, pouvait, lorsqu'il avait été volontairement raccourci, constituer un frein à la mention *idéal* apposée à celle de *gendre*. Par ailleurs, Anna avait été surprise de constater à quel point cette drôle d'écharpe pouvait être encombrante. Dans la tradition juive, il semblait que celui qui s'allège de cette capuche ingrate s'alourdisse en contrepartie du poids des millions d'âmes juives qui l'avaient précédé. Or si l'on estimait à la louche que le poids de l'âme (qu'elle soit juive ou autre) se situait autour de vingt et un grammes, cela faisait tout de même pas loin de cent trente tonnes, soit l'équivalent d'une grue dans le caleçon de Samuel. À cette idée, Anna avait baissé les yeux vers le pantalon de son futur mari et avait rougi.

Aux troisième et quatrième tours, Anna comprit qu'au-delà d'une antique tradition qui consistait pour l'épouse à tourner sept fois autour de son mari, quelque chose se nouait dans cette mascaronde sans queue ni tête. Il y avait dans cette chorégraphie une dynamique d'influences et d'attractions réciproques, comme le mouvement des planètes dans un système solaire. Pendant les vingt-cinq premières années de sa vie, Anna n'avait jamais tourné qu'autour de son père. Mais voilà qu'aujourd'hui elle était prise dans le champ gravitationnel d'un étranger à son sang. La distance qui la séparait de sa maison semblait alors subir une inflation exponentielle, si bien qu'elle pourrait changer de trajectoire et ne plus jamais tourner qu'autour de Samuel.

À travers son voile de mariée, Anna devinait, sous l'ample costume de Pâris et son apparente décontraction, qu'il tentait de la ravir à cette destinée. Il n'avait pas de réticence particulière à l'encontre de Samuel qu'il trouvait charmant. Ce n'était pas non plus le fait qu'il était juif, qui lui posait problème.

En réalité, le maître de ballet voyait surtout sa fille lui échapper et craignait de la perdre à jamais.

À la fin du septième tour, Anna s'immobilisa en face de Samuel. Sans bouger la tête, elle fit la mise au point sur l'arrière-plan. Elle intercepta le feu brûlant des yeux bleus de son père. Sa ronde avait fini par lui coller la fièvre dans une transe étrange.

Elle n'aurait pas pu changer d'orbite sans l'assentiment de son père. Le chorégraphe, dans un mouvement de danse, lui sourit, et jamais son sourire n'avait été aussi nostalgique. Son bras droit s'éleva, c'était à peine perceptible, tous ses muscles s'harmonisèrent de concert, permettant au poignet, à la main et aux doigts de s'envoler, comme une plume qui se soulève au gré d'un courant d'air. Le temps interrompit sa course et le danseur, dans un geste inconscient, lui adressa un vœu : *Bon vent !* Un aller sans retour loin du clan et des siens.

*

Lorsqu'elle émergea de sa rêverie, Anna était arrivée aux portes du Père-Lachaise. Elle s'engouffra dans le cimetière par l'entrée principale. Sur le monumental pylône de gauche était gravé en latin, comme une dédicace : « L'espérance est pleine d'immortalité. »

Pas de plan ni de repère. Sans hésitation, Anna laissa ses pas la guider vers l'endroit précis où plusieurs mois auparavant elle avait enterré son cousin.

La nature entre-temps avait déjà repris ses droits. Elle huma les senteurs herbacées des tilleuls, des hêtres et des érables.

Elle arriva devant la stèle d'Abel, dont le granit noir et luisant paraissait encore neuf. Quelques gravillons avaient été déposés sur la pierre tombale, sans doute apportés par le vent ou quelque oiseau. Anna se rendit compte qu'elle n'avait jamais cessé d'être là. Elle avait passé l'année tout entière debout devant cette tombe, seule et silencieuse. Alors qu'elle croyait vivre, travailler et faire l'amour, elle n'avait rien fait d'autre qu'attendre ici, parfaitement immobile, sous le soleil de plomb, la lune changeante, la neige et les intempéries, jour après jour, saison après saison, espérant que le mouvement puisse à nouveau renaître.

— Salut.

Pas de réponse.

— Ça fait un bail. Alors comme ça, tu as fait la rencontre d'Arlette. Veinard ! Tu lui diras que je regrette de ne pas l'avoir connue. Tu lui diras aussi que si son fils ne parle jamais d'elle, il n'y a pas un jour de sa vie où il ne danse en son honneur.

Pas de réponse. Un oiseau coloré, digne et gracieux, sans doute un pinson, vint se poser sur la stèle.

— Tu sais, Vadim était magnifique dans *Le Sacre*. Tu l'aurais vu danser, on aurait dit un ange. Tu lui manques beaucoup.

L'oiseau regardait Anna, l'œil pétillant d'intelligence.

— Je crois que je commence à comprendre, dit Anna, et c'est grâce à toi. Je sais que je n'ai pas été là quand tu en avais besoin et pourtant, toi, tu l'es.

Anna inspira profondément, l'air était chargé d'épices nouvelles. Demain serait un autre jour, une autre vie. Elle s'accroupit et posa ses lèvres sur le granit. Elle s'en alla, sans pleurer, déterminée à conquérir sa liberté.

Elle lui devait bien ça.

Deuxième acte

Salomé

Note adressée à la direction du théâtre d'opéra impérial et royal de la Cour :

« Donnant suites au Rapport Z297 du 31 août de cette année, nous notifions à la direction impériale et royale que, pour des raisons religieuses et morales, l'autorité de censure s'est prononcée contre l'admission du Livret de l'opéra *Salomé*, musique de Richard Strauss, et qu'ainsi l'intendance générale est dans l'impossibilité d'accorder l'autorisation de représenter cette œuvre scénique au théâtre d'opéra de la cour. »

Vienne, le 2 septembre 1905.

« *Salomé* est l'opéra le plus significatif de Strauss. Il a englobé toute la décadence artistique fin de siècle, d'une manière à la fois incandescente et analytique. »

Biographe de Strauss, Michael Kennedy.

Chapitre 1

Paris, janvier 1942

— Avec ce froid, tu vas attraper la mort !

Lazare ne réagit pas. La main posée sur la barre, son regard se perdait au loin. Ses pieds nus faisaient grincer les planches.

Sous la coupole du Palais Garnier, la rotonde Zambelli, du nom de la première danseuse étoile de l'Opéra de Paris, était inondée d'un soleil hivernal. Tous les stocks de charbon ayant été réquisitionnés par l'occupant, le bâtiment était plongé dans un froid permanent.

Lazare, seulement vêtu d'un slip et d'un maillot de corps, avait encore la physionomie d'un enfant. Émile le trouvait beau, Lazare avait la grâce qu'il n'aurait jamais.

— Rhabille-toi ! Si ta mère te voit comme ça, elle va te renvoyer dare-dare à Aincourt.

— Aucun risque ! Le sanatorium a été réquisitionné par les Boches. De toute façon, je m'en fiche !

Comme si le simple fait d'y penser avait soudain ravivé la tuberculose qui sommeillait dans ses poumons, Lazare fut pris d'une violente quinte de toux et tous les muscles de sa cage thoracique se contractèrent frénétiquement. Puis il lâcha la barre à laquelle il s'était retenu, rectifia sa posture, gonfla sa poitrine et adopta la cinquième position, les pieds collés l'un devant l'autre, le talon du pied droit contre la pointe du gauche et les bras en couronne. Il avait l'air d'un phénix.

— N'empêche que tu devrais quand même faire attention. Tu vas retomber malade.

— Oh ! Tu ne vas pas t'y mettre, toi aussi, dit Lazare dont la rage lui fit rompre la pose. Si mes parents le pouvaient, ils me mettraient en cage pour m'empêcher de vivre. Mais pour moi, la vie, c'est la scène. Et je peux te dire qu'il n'est pas encore né le bacille qui m'empêchera de danser ! De toute façon, ils ne comprennent rien.

Lazare reprit ses exercices sans quitter des yeux son reflet dans la glace.

— Moi, ce que je comprends, dit Émile, c'est que j'ai ramené mes meilleurs soldats de plomb et que d'un instant à l'autre ils vont donner l'assaut. Alors j'te préviens que s'ils ne rencontrent aucune résistance, je ne vais pas seulement libérer Paris, mais quelque chose me dit qu'on va porter le béret et manger des baguettes jusque dans les rues de Berlin !

— Ouais, c'est ça, tu rêves ! dit Lazare en lâchant la barre en bois. Tu vas encore me faire le coup de la ligne Maginot, c'est ça ?

Lazare entreprit de remettre ses chaussettes et d'enfiler son pantalon.

— Pourquoi c'est toujours moi qui joue les Boches ? J'en ai marre d'avoir le rôle des méchants.

— Attends, t'es sérieux ? N'oublie pas que tu parles au youpin de la classe. Et puis je te rappelle que c'est toi, l'ami du Führer, non ?

Lazare fit mine de se fâcher sans parvenir à camoufler son hilarité.

— Arrête avec tes conneries !

— Ben quoi ? Il t'a quand même rendu visite en personne, non ? Mon père dit que c'est la première chose qu'il a faite lorsqu'il est venu à Paris. Ma mère a failli tomber dans les pommes en apprenant la nouvelle.

— Ouais, ben mon père, lui, ça ne l'a pas tellement fait rire, poursuivit Lazare tandis qu'il positionnait ses soldats en face de ceux d'Émile. Tu sais qu'on aurait pu se faire buter ce jour-là ! Et puis j'te ferais dire que ton père à toi, il connaît le Maréchal, non ?

— Alors, c'est bon, tu es prêt ? demanda Émile, énervé de ne pas avoir eu le dernier mot.

Lazare organisa ses troupes en prenant soin d'observer celles qu'Émile avait déployées sur le sol incliné de la rotonde. Soudain, il fronça les sourcils :

— Attends un peu… C'est quoi ce soldat ? C'est ça ta botte secrète ? Il est bizarre…

— Il n'est pas bizarre, rends-le-moi ! réagit Émile. Il a juste un défaut de fabrication. Il a été mal fondu ou quelque chose comme ça, mais moi, je l'aime bien.

— Tu as raison, il est tout mal foutu, comme toi, dit Lazare, fier de sa blague. Un gars bossu, c'est pas un cadeau pour le régiment.

Émile se redressa, l'air grave.

— Arrête ! Rends-le-moi maintenant ! Figure-toi que mon père, il était comme ce soldat. Et tu sais quoi ? Ça ne l'a pas empêché de gagner la bataille de Verdun. Et avec le Maréchal en personne !

Lazare se pinça les lèvres pour ne pas pouffer. Il avait du mal à imaginer le tailleur bossu de l'Opéra en vaillant soldat, bras dessus bras dessous avec son pote Pétain. Il savait qu'avec Émile on pouvait rire de tout, sauf de son père. Lazare finit d'installer son infanterie, positionna trois cavaliers usés sur le front de l'Est et un seul au Nord, puis il dit :

— C'est bon, je suis prêt.

Émile ne répondit rien. Il pensait à son père, ou plutôt à ses silences lorsqu'il l'interrogeait sur la Grande Guerre. Il avait vu ses cicatrices quand il allait au bain, mais il savait que les blessures les plus profondes qu'on lui avait infligées n'étaient pas visibles. Avner, qui n'était déjà pas de nature très loquace, devenait muet quand il s'agissait d'évoquer Verdun, son enfance à Amsterdam ou encore l'origine polonaise de ses grands-parents.

— Pardon, dit Lazare, gêné de voir son ami ainsi troublé.

Émile regardait la scène jonchée de ces soldats de plomb, immobiles, dans l'attente du premier sang. Dans sa tête, la boîte à histoire venait de se rouvrir et déjà le dibbouk y piochait un ouvrage pour en faire la lecture. Émile prit son soldat tordu dans la main droite et partit en campagne, seul, contre les casques à pointe. La rotonde Zambelli se mit à tournoyer sur elle-même. La scène se transfigura et les arbres envahirent tout l'espace alentour. Il faisait nuit maintenant. Le froid était cuisant et le calme était feint dans la forêt du bois des Caures.

*

Verdun, 21 février 1916

À Verdun, chacun tenait sa position, guettant l'ennemi presque autant que l'ennui. Le lieutenant-colonel Driant avait clamé à qui voulait l'entendre que cette maudite bande de terre de moins de dix kilomètres de long, consciencieusement désarmée par les élites gouvernantes, deviendrait la ligne de front la plus convoitée de la Wehrmacht. Mais pour l'instant, le soldat Avner, du cinquante-sixième bataillon de chasseurs à pied, trouvait l'endroit plutôt tranquille.

Avner avait de bons yeux, un nez plus sensible que la truffe d'un chien et une ouïe affûtée. Mais ce matin, ses yeux ne lui servaient à rien et son nez, congestionné de morve, était plus irrité que la pine d'un marin rentrant du port. Alors il tendit l'oreille et perçut le sifflement aigu d'un obus de belle taille. Il n'eut pas le temps de se coucher au sol qu'une déferlante s'abattit sur lui. Le terrain se souleva d'un bon mètre. Avner tomba en arrière sur sa gourde en ferraille et vit le ciel s'emplir d'innombrables obus. Les Boches étaient passés à l'action et, comme d'habitude, c'était grandiloquent. La Grosse Bertha vomissait sa valda dans un boucan d'enfer.

Péniblement, il se releva, préférant mourir debout plutôt que couché dans la boue. Les secondes qui suivirent furent d'une indicible longueur. Des orifices glaiseux surgissaient du sol sans que l'on pût déterminer si l'impact venait du haut, du bas ou des deux à la fois. Les mouvements de masses d'air et de terre se déversaient en trombes sur les pantins costumés de cette triste bataille. De part et d'autre du front, d'aveugles ogives tombaient sur les soldats de l'armée française autant que sur leurs frères de l'autre côté du Rhin.

Le feu qui allumait le ciel donna une teinte inédite à ce champ de bataille, prenant la couleur crépusculaire du solstice de la guerre. Verdun devint le centre de l'univers, le point de convergence du passé, du présent, des possibles et du néant.

Avner au dos tordu se remit en marche entre les trous d'obus. Plusieurs projectiles passèrent quelques centimètres à peine au-dessus de sa tête. S'il n'avait pas hérité d'une tare familiale qui semblait s'aggraver à chaque génération, il aurait sans doute été tué ou salement amoché. À croire que la providence l'avait sculpté pour survivre à la guerre.

Les secondes, les minutes et les heures s'égrainèrent avec un arrière-goût d'éternité. À force d'enjamber les fragments déchiquetés de ses frères d'armes du cinquante-sixième bataillon, Avner fut pris d'une soudaine envie de mourir et se mit à faire de brusques embardées comme pour tromper le destin et se jeter sous l'éclat d'une bombe. Mais, chaque fois qu'il bondissait, cela lui sauvait la vie. Il arriva à l'orée d'une clairière fantomatique où régnait une quiétude vibratoire toute relative. Il ralentit le pas et regarda autour de lui. Pas d'alliés ni d'ennemis, rien que des trous remplis d'eau croupie. Puis, derrière une nappe de brouillard qui semblait s'évanouir, il crut apercevoir la silhouette blanche et voûtée d'un vieillard.

Le dibbouk ! pensa Avner, tandis que ses poils se hérissaient au garde-à-vous.

C'est alors que les tirs d'artillerie se renforcèrent dans un capharnaüm de tous les diables. L'armistice avait été de courte durée, sans doute pour laisser aux Allemands le temps de recharger leurs armes. Le ciel n'était plus ni gris ni noir, il était plein du feu des hommes qui ont perdu la raison. Mais le dibbouk l'appelait à son chevet, et Avner n'avait eu d'autre choix que d'obtempérer et de s'en approcher, glissant entre les gouttes d'acier, mourant puis ressuscitant à chacun de ses pas. Les yeux embués de larmes, de sang et de boue, il crut reconnaître un vieillard, la tête penchée sur son violon, lorsqu'une explosion le projeta à terre et lui fit perdre connaissance.

Lorsqu'il revint à lui, Avner cracha puis vomit de la tourbe noirâtre. De ses doigts tremblants il essuya ses yeux obstrués de gadoue. Le brouillard s'était dissipé, les tirs avaient cessé, il était dix-sept heures et la nuit tombait. Avner se demanda combien de temps avait duré son absence. Il leva son regard et contempla *la chose* qu'il avait d'abord prise pour le dibbouk. Dans un trou d'obus rempli d'eau de pluie nageait un cygne blanc paisible, immaculé et digne. En voyant Avner, il inclina sa tête puis secoua ses ailes dans un bruissement doux. Avner se rapprocha de lui et tendit une main terreuse vers l'interminable encolure du farouche animal qui se laissa longtemps caresser par le poilu fangeux.

Alors qu'au loin tonnait l'orage de février et que presque tous ses frères du cinquante-sixième étaient morts, Avner, son arme sur l'épaule, attendait la fin de la guerre, remerciant le dibbouk de lui avoir, une fois encore, sauvé la vie.

*

— Ça s'peut pas ton histoire, parce que les dibbouks, ça existe pas, dit Lazare, fâché d'avoir perdu la bataille.

— Parce que tu crois que les fils de concierge qui deviennent danseur étoile ça court les rues peut-être ? répondit Émile, couché sur le dos, les mains derrière la tête.

Lazare sourit tandis qu'il rangeait ses figurines dans un grand sac en toile.

— La prochaine fois, c'est toi qui feras les Boches, dit Lazare avant de s'allonger à côté d'Émile.

Vus du dessus, Émile et Lazare se ressemblaient : les mêmes yeux, presque les mêmes cheveux. Mais lorsqu'ils étaient debout, impossible de se tromper. Le premier était bossu, la tête au niveau des épaules, alors que le second avait un corps de danseur, un dos parfait et une nuque impeccable.

Tous deux savaient que la guerre n'était pas un jeu et que, dehors, les soldats qui tombaient n'étaient pas faits de plomb.

— On ne va pas les laisser nous séparer hein ? dit Lazare.

— Juré, répondit Émile, sans quitter la coupole des yeux.

Chapitre 2

Paris, mai 2023

Anna s'était réveillée de bonne heure. La bobine de son mariage, exhumée la veille, continuait de tourner sur le vieux projecteur de son cinéma intérieur.

D'un geste automatique, elle remplit une tasse. Cinquante-cinq secondes au micro-ondes, c'était suffisant pour sortir une boule à thé, la garnir d'un mélange qui sentait bon le jasmin, se verser un verre d'eau fraîche puis avaler son comprimé d'anticoagulant en réalisant une bascule de la tête vers l'arrière, mouvement qui accompagnait tous les matins sa déglutition infantile.

Elle laissa son téléphone posé face contre table. Ce dernier lui avait suffisamment causé de contrariétés au cours de ces dernières vingt-quatre heures.

Elle avait pris rendez-vous avec son oncle Christian et se demandait par quel prodigieux tour de passe-passe il avait réussi à se convaincre que c'était lui qui la convoquait. *Les Besson sont tout de même de drôles d'oiseaux*, pensa-t-elle en se souvenant du pinson qu'elle avait vu la veille sur la tombe d'Abel.

Anna avait mauvaise mine, les paupières encore gonflées, elle s'apprêtait, comme tous les matins, à s'appliquer à la va-vite un peu de cache-misère, quand elle suspendit son geste avant que le pinceau ne touchât ses pommettes. Elle avait passé une bonne partie de sa vie à prendre soin des autres, à les installer, à leur parler et à leur faire une beauté dans un cocon douillet. Alors pourquoi devait-elle tous les matins et tous les soirs se maquiller et se démaquiller dans une salle de bains sombre et minuscule ? Fallait-il toujours qu'elle se serve en dernier ? Les désirs de Pâris et de son petit frère n'étaient jamais rationnés, eux.

Anna prit ses pinceaux, son maquillage et se mit à l'ouvrage.

Quelques minutes plus tard, Samuel, en caleçon, passa près d'elle, la regarda d'un air intrigué, puis entra dans la cuisine pour allumer la machine à café.

— Qu'est-ce que tu fais ? lui demanda-t-il en cherchant son mug.

— Ça ne se voit pas ? Je me maquille.

— OK. Mais pourquoi dans le salon ?

— Écoute-moi Samuel, je me maquille où je veux et quand je veux, compris ?

— Ouh là ! C'est à cause de ton rendez-vous avec ton oncle que tu es dans cet état ?

— Laisse-moi tranquille.

— Bon, dit Samuel, je vais prendre mon café dans la cuisine. Si tu veux me dire quelque chose, sans crier de préférence, sache que je suis là pour encore quinze minutes. À bon entendeur… Ah, au fait. Ce rouge te va très bien.

Anna leva la tête, le pinceau dans la main droite, regarda Samuel et lui sourit comme elle n'avait pas souri depuis longtemps. Dans le miroir elle constata, étonnée, qu'elle avait déposé sur la partie externe de ses paupières un peu de fard rouge. C'était la première fois.

De toutes les femmes puissantes, ce fut le personnage de Salomé qui s'imposa dans son esprit. À la fois cruelle et sensuelle, ingénue et provocante, libre et soumise, raisonnable et folle, Salomé concentrait tout ce qu'Anna aurait voulu incarner.

Au bout d'un quart d'heure, Samuel revint dans le salon et s'immobilisa, comme frappé de stupeur. Si c'était bien Anna qui était assise là, elle semblait différente.

Quelques minutes plus tard dans les rues de Paris, elle dégageait une aura singulière. Nul doute qu'il y avait chez elle quelque essence de Salomé dangereusement fragile et délicieusement cinglée.

Ce fut Estelle qui lui ouvrit la porte. Anna vit dans les yeux écarquillés de sa tante son étonnement de la découvrir ainsi. Estelle l'avait embrassée avant de bredouiller :

— Ton oncle est dans son bureau, je crois qu'il t'attend.

C'était l'heure de vérité. Anna traversa le couloir sans s'arrêter devant la chambre où jadis dormait son cousin. Elle arriva devant le bureau, inspira profondément et frappa trois fois à la porte. Dans l'intervalle de temps précédant son entrée, le huis clos résonnant des coups fraîchement portés, Anna imagina son oncle comédien, en train de répéter ses répliques et de rectifier son teint. *La vie est une pièce de théâtre*, se dit-elle. *On ne fait que jouer.* Anna se redressa et pensa à Sarah Bernhardt, scandaleuse et indomptable dans le rôle de Salomé.

*La scène, le théâtre, les trois coups du brigadier sur le plancher qui résonne. La lumière qui s'éteint, les rideaux qui s'écartent, l'impatience grandissante du public qui découvre un décor et l'attente qu'un personnage apparaisse et déclame l'*incipit.

Chapitre 3

ANNA, CHRISTIAN, dans le bureau
de Christian.

CHRISTIAN
Entrez donc mon enfant, je vous vois trépigner,
N'ayez crainte, il paraît que vous vous méprenez.
Viendra le temps des mots et des arrangements,
Des menus compromis, des accords bégayants.
Mais avant il fallait que je félicitasse,
Ma nièce qui maquille les figures en grimaces.
Le Sacre du printemps, mon Dieu, mais quelle audace !
Heureusement j'aurai par mon frère une place.
Pas un soir, j'en suis sûr, sans qu'à guichets fermés
Le cul de ces bourgeois vous ne fassiez lever ?
Longtemps de l'Opéra je me suis absenté :
Je le trouve plus beau qu'il n'a jamais été !
Pour Lazare merci, merci du fond du cœur :
De donner à ce lieu ce qu'il y a de meilleur.
Crois bien, ma chère Anna, je t'aime tendrement
Et lorsque je te vois, je revois ma maman.
Qui mieux qu'elle pourrait te dire combien je suis

Attristé que mon foin te cause tant d'ennuis ?
Mais assez de palabres, il me faut réagir :
Un accablant destin m'oblige à revenir.
Je ne veux de ta part ni larmes ni pitié,
Et je t'ai fait venir afin de m'expliquer.

ANNA
Mon oncle, me voici : je m'assieds devant vous,
Le cœur au bord des yeux, la corde autour du cou.
Voilà cent cinquante ans que j'attendais ce jour :
Que vous le ravissiez est un bien mauvais tour !
Sans doute je devrais me taire, en révérence,
Comme un laquais soumis qu'on réduit au silence ;
Ne rien dire à celui qui a déjà souffert,
Éviter d'aggraver encore son enfer.
Je vous aime, mon oncle, un lien fort nous unit,
Ce litige entre nous sera bientôt fini,
Mais il me faut lutter pour sortir de ce piège :
Je ne peux dire oui sans me lever du siège !
(Soudain, Anna se lève.)
Mienne est cette mission, Pâris en est témoin :
Personne ne viendra me voler mon destin !
Car pour grand-père j'ai Lazare, ce géant
Qui vainquit le cancer, en plus des Allemands.
La mort dans l'âme, oui, je dois rester debout,
Malgré tout votre charme et tout votre courroux.

CHRISTIAN
Entendez donc raison : ce travail est trop dur,
Le fruit, tant convoité n'est de loin pas si mûr.

Vous avez devant vous la vie, et plus encore :
Ne hâtez point vos pas, l'attente est un trésor.
Votre fougue m'émeut : elle est toute guerrière ;
Quand viendra votre tour, vous serez l'héritière.
Patientez, profitez : la jeunesse est un don
Qu'il ne faut pas gâcher en étant trop glouton.
La chose est dite : allons, le temps fera le reste.
Je prends la relève, endossant cette veste.
Vous aurez, j'en suis sûr, des cartes à jouer,
Nous sortirons vainqueurs, je connais mon métier.

ANNA
M'avez-vous entendue, ou suis-je transparente ?
Je veux le premier rôle, pas être figurante !

CHRISTIAN
Cette conversation commence à m'agacer,
Tu n'es qu'une gamine, et moi, je suis l'aîné.
Il est chez les Besson des règles et coutumes :
À vouloir t'envoler tu vas perdre des plumes.
Je crois bien t'avoir mis le pied à l'étrier :
N'es-tu point satisfaite en ton bel atelier ?
Ingrate je te vois ; pourtant je te pardonne :
J'ai pitié pour ma nièce enviant ma couronne
Pas de diplomatie, moi, je suis souverain.
Je mate l'ennemi et n'ai pas de dauphin.
Ton rôle, penses-y, consiste à maquiller
Et toute étoile au ciel n'a pas de quoi briller.

ANNA *(reste debout, ne bouge pas, s'empourpre et pleure.)*

CHRISTIAN
Je t'ai brusquée : allons, pardonne ma franchise :
Rien ne sert de pleurer, ma décision est prise.
Quand tout sera réglé, dans moins d'une semaine,
Nous irons déjeuner sur les bords de la Seine.

ANNA *(se dirige vers la porte, s'arrête, puis se retourne.)*
En tournant les talons tout au long de ma vie,
Je fuierais les sermons et bien d'autres soucis.
Mon oncle, évite donc de tracer mon chemin :
J'ai peur de constater qu'il s'éloigne du tien.
Derrière cette porte, un destin difficile,
Une terre étrangère, un désert, un exil.
C'est sans crainte pourtant que j'irai par les dunes
Chercher mon avenir, moi seule, et sans rancune.
Je reste, et resterai contre vents et marées :
Il faudrait un engin pour me déraciner.
Si grenade je suis, saisis donc ma goupille,
Tu connaissais Pâris, et bien voici sa fille !

*

Anna claqua la porte, sans doute un peu plus fort qu'elle ne l'aurait voulu. Elle traversa le couloir dans l'autre direction et n'eut pas un regard pour Abel, qui par-delà le trou de la serrure de sa chambre vide n'avait pas perdu une miette de cette passe d'armes. Estelle la dévisagea puis s'écarta pour la laisser passer. Sans un au revoir, Anna quitta l'appartement, certaine de ne jamais y remettre les pieds.

Elle marchait maintenant dans les rues, affichant un sourire conquérant et un brin azimuté. Excitée, elle réfréna un rire nerveux et quelques pas de polka puis se mit à marcher de plus en plus vite. Le soleil était sa poursuite, les passants, ses spectateurs et le trottoir, encore un bout de scène.

De retour chez elle, elle envoya valdinguer ses chaussures à l'autre bout de la pièce en secouant ses pieds et ouvrit la fenêtre d'un geste théâtral. Elle inspira bruyamment les odeurs du printemps puis se laissa tomber sur le lit.

Elle resta quelques secondes, allongée sur le dos, à regarder le plafond lézardé de sa chambre à coucher. Elle rejouait la scène et le rôle qu'elle avait incarné. « Si grenade je suis, saisis donc ma goupille. » Elle s'était trouvée bonne. Excellente, même. « Tu connaissais Pâris, et bien voici sa fille. » En réalité, elle n'avait qu'une hâte, y retourner. Là, tout de suite, et ressentir encore l'adrénaline de l'audace. Un dernier rail de liberté.

Elle se rassit, passa une main sur sa joue, comme pour se remémorer les contours de son visage, puis se frotta les yeux, oubliant le maquillage qu'elle avait déposé-là une heure et demie plus tôt. Lessivée, elle se releva, chancelante, puis marcha jusqu'à la salle de bains.

Elle se refléta longuement dans le miroir avant d'imbiber, d'un geste automatique, deux cotons ronds de liquide micellaire qu'elle posa négligemment sur ses paupières fermées. Elle demeura ainsi pendant quelques secondes, tel un panda paisible. Elle s'étonna de les retrouver blanches, comme si le maquillage rouge refusait de s'en aller. Cette fois-ci, elle effectua un mouvement appuyé de l'intérieur vers l'extérieur, mais rien n'y fit. Le fard s'obstinait. Elle changea de coton, soudain anxieuse, et reproduisit l'opération, en vain. Elle vérifia le flacon démaquillant, à moitié vide. Elle en ouvrit un neuf et en versa une lampée sur un coton carré. Le criquet qui tenait lieu de cœur dans sa poitrine cliqueta à tue-tête tandis qu'elle sentait le sang buter contre ses tempes. Elle frotta plus fort, se lava le visage à grande eau brûlante et se frictionna la peau avec une serviette rêche. Mais la frénésie du rouge, loin de s'estomper, gagnait du terrain, s'étendant vers la gorge et au-dessus des seins. Elle retira ses vêtements, pour s'inspecter, cherchant à endiguer la possible infection. Prise de panique, elle hésita un instant à s'asperger la figure avec le dissolvant pour les ongles, posé sur l'étagère. Mais la puissante odeur d'acétone interrompit son geste. À moitié nue, devant sa glace, le visage cramoisi dégoulinant de larmes et de morve, les cheveux en pagaille, elle avait l'air d'une folle échappée de l'asile. Elle se laissa glisser sur le carrelage. Plus jamais elle n'oserait sortir de cette salle de bains.

Chapitre 4

Quelques jours s'étaient écoulés. La fourmilière qui grouillait encore il y avait moins d'une demi-heure venait de s'endormir, laissant l'homme de ménage seul.

Le Sacre à peine achevé, un autre spectacle s'apprêtait à voir le jour. Il s'agissait d'un WAM – Wolfgang Amadeus Mozart –, et pas des moindres. *Don Giovanni* avait été joué à d'innombrables reprises entre ces murs, mais il restait un évènement hors-norme pour tout opéra qui l'accueillait.

— Au revoir madame Besson. À bientôt j'espère. Et puis, bon courage !

Anna craignait d'avoir pris la mauvaise décision. *Et si mon oncle avait raison ? Et si cette mission était trop difficile pour moi ?* Elle avait passé la journée à se demander s'il n'était pas plus facile de revenir en arrière. Elle pourrait tout aussi bien présenter ses excuses à Christian et proposer son aide à la création du prochain opéra, reprendre sa vie d'avant et réprimer ses velléités d'indépendance.

— Au revoir, Sergio, répondit Anna. Je déménage dans le bureau libre, sous les combles. En réalité, vous verrez, ça ne changera pas grand-chose.

Anna cherchait à se rassurer. Pourtant, le lendemain, son rapport aux autres allait se modifier. Jusqu'à présent, son rôle consistait à embellir, écouter, rassurer et parfois câliner les danseuses et les danseurs de la troupe. Elle devrait transiger, exiger, décevoir pour que la belle mécanique du cent cinquantenaire ne s'enlise pas au moindre grain de sable.

Pour la première fois, l'Opéra ne remplissait plus sa fonction de foyer protecteur. Il y flottait des odeurs de transpiration, de crèmes, d'acétone et de bois. Il y avait encore, çà et là, quelques notes de musique suspendues entre le sol et le plafond, rémanence sonore des cent quarante-neuf dernières années. Elle posa son carton plein de fards et de pinceaux, s'approcha du miroir, devant lequel les artistes s'échauffaient avant d'entrer en scène, ôta ses souliers, ses chaussettes et son pantalon. Elle se tint face au tain, attacha ses cheveux en chignon et adopta la première position. Anna n'avait pas dansé depuis des années et le contact de la barre dans sa main lui procura un frisson de bien-être. Elle effectua les gestes ancestraux que son maître de danse lui avait inculqués. Le corps avait changé, vieilli, mais la danseuse sommeillait en elle. Elle se hissa, d'abord en demi-pointe, tous les muscles bandés, puis sur la pointe de ses orteils. Le corps n'oublie jamais. Ses bras étaient immobiles dans une courbure parfaite, ses mains se regardaient sans se toucher et ses doigts formaient un éventail à peine déplissé. Un instant, elle crut pouvoir s'élever vers le ciel et rejoindre le plafond, lorsqu'une crampe au mollet lui fit rompre la pose et perdre l'équilibre. Elle se laissa tomber sur les fesses puis se massa le pied. Sans un regard pour la danseuse qu'elle avait été dans le miroir, elle se rhabilla, prit son carton et s'en alla par la sortie des artistes.

Une fois dehors, elle consulta son téléphone. Trois appels en absence, deux de Samuel et un de son père, elle rappela ce dernier, sans hésiter.

— Salut, ma puce ! lui dit-il.

— Salut, papa, dit Anna d'une voix blanche après avoir laissé s'écouler quelques instants de silence.

Lorsqu'elle ne donnait pas de nouvelles pendant un certain temps, son père finissait toujours par l'appeler. Alors Anna prit la parole pour deux :

— C'est dingue ! On se croise tous les jours et on n'a même pas le temps de se parler. Il faut dire qu'on a été très occupés avec *Le Sacre*. Mais c'était bien, hein ?

Pas de réponse.

— Tu sais, je crois que Mei s'en est bien tirée finalement. J'espère juste que Sienna n'a rien de grave, mais d'après ce que m'a dit Mathilde, elle était surtout vexée. Sacrée Sienna…

Toujours ce silence au bout du fil.

— C'est marrant, ce soir j'ai traîné au Palais, le temps de remballer toutes mes affaires, et tu sais quoi ? J'ai trouvé ça un peu glauque ! J'ai l'impression de quitter l'Opéra alors qu'en fait j'y serai tous les jours. C'est étrange, non ?

Rien.

— Papa, Samuel n'est pas là ce soir. Est-ce que ça vous irait à maman et à toi si je passe vous faire un bisou ?

Elle avait suffisamment retardé le moment où elle devrait s'entretenir avec lui de ses choix et de leurs conséquences.

*

Cela faisait longtemps que sa mère ne cuisinait plus. Quand Anna était enfant, Marie-Louise s'efforçait de mettre sur la table quelque chose qui pouvait, en cas de visite impromptue de la DDASS, ressembler à un repas. Mais depuis que son frère et elle avaient quitté les lieux, elle ne s'encombrait plus de formalisme. La table de la salle à manger n'avait plus qu'un rôle décoratif. Ses parents, lorsqu'ils dînaient encore ensemble, utilisaient un mange debout. Sa mère y avait posé, sans amour, un bol de salade verte, une bouteille d'huile d'olive, quelques toasts de pain de mie et une barquette de saumon fumé façon gravlax dont l'opercule avait été soigneusement décollé afin que l'on pût la refermer sans s'en mettre plein les doigts. L'estomac noué, Anna n'accepta qu'un verre de vin rouge.

Elle regrettait l'époque des dîners tardifs avec Pavel et toute la clique. Il y avait eu tant de joie dans cette salle à manger ! Si rien n'avait vraiment changé, que ce soient les peintures accrochées aux murs ou la sculpture noire de cette danseuse aux seins virevoltants, tout était pourtant différent. Il n'y avait plus de complicité entre Pâris et Marie-Louise.

— Tu as eu Christian au téléphone ? demanda Anna.

— Oui, répondit son père.

— Que comptes-tu faire ?

— Rien.

Marie-Louise s'était assise sur une chaise haute, un peu à l'écart, l'air pincé.

— Comment ça, rien ? répondit Anna. Ton frère me marche sur la gueule, me parle comme à une gamine, et toi, tu ne lui dis rien ?

— J'ai essayé de lui parler, mais tu connais Christian, c'est un véritable pit-bull. Quand il a les mâchoires serrées, impossible de lui faire lâcher le morceau. Si tu veux mon avis, tu n'as que de mauvais coups à prendre dans cette histoire. Il m'a appelé juste après ton départ, furieux comme jamais.

— Mais papa ! C'est toi qui m'as proposé ce travail. Je ne l'ai pas rêvé !

— Je sais ma puce, et je suis convaincu que tu es capable de mener ce projet. Je pense seulement que tu pourrais faire une concession. Il est dans une impasse. Il subit une pression de dingue, les journalistes, le parquet financier et tout le reste. Et puis, il n'y a rien d'officiel, mais ça ne va pas très fort non plus avec Estelle. Il se sent acculé. Je pense qu'on doit tous fournir un effort pour lui venir en aide. Une famille, ça sert à ça ! Je te demande de reconsidérer ta décision.

— Ma décision est prise ! lui répondit Anna, hors d'haleine. Je lui ai dit non ! Pourquoi personne ne tient jamais compte de ce que je dis dans cette famille ? C'est à devenir dingue ! Je reste sur ce poste, un point c'est tout. Rien ne me fera changer d'avis.

Marie-Louise se leva, le poing serré. Pâris la regarda avec dureté. Elle s'en alla fumer sur le balcon, laissant la fenêtre ouverte.

— Qu'en pense Samuel ? demanda Pâris. Il a sûrement de bons conseils à te donner.

— Samuel ? Mais il n'en pense rien, Samuel ! répondit Anna. Il dit que je dois faire mes choix et suivre mes envies, voilà ce qu'il dit. Et puis merde, à la fin ! Je n'ai pas besoin de tes conseils ni des siens. Je te le répète, ma décision est prise. Tout ce que j'attendais de toi, c'était du soutien.

— Tu comptes la laisser se faire bouffer, c'est ça ? intervint Marie-Louise, la cigarette à la main, en regardant Pâris. Tu as raison, il faut tuer la révolte dans l'œuf. Elle n'a qu'à retourner dans son atelier. C'est très bien, ça, le maquillage. Tu sais Anna, il faut laisser les choses sérieuses aux hommes. Avoir une carrière, se faire prendre en photo par les journalistes, être célèbre, c'est un métier très difficile. Tout ça n'est pas pour toi.

Anna ne savait pas si sa mère était de son côté ou non. Pâris se permit de rectifier :

— Tu dis n'importe quoi. C'est très important le maquillage à l'Opéra.

Anna se rendit alors compte que pendant toutes ces années elle s'était fourvoyée. Non, le maquillage n'était pas si important. La danseuse danse et la chanteuse chante qu'elle soit maquillée ou non.

— Tu veux briller, Anna, c'est ça ? Tu es vraiment comme ton père, dit Marie-Louise avec dédain. Mais j'aime autant te prévenir : tant que tu resteras à l'Opéra, tu seras corvéable et méprisée par les tiens. Pars loin et vite, avant qu'il ne soit trop tard. C'est ce que j'aurais dû faire moi aussi, il y a déjà longtemps.

Anna sentit son cœur bondir dans sa poitrine, incapable de faire taire sa valve frénétique. Marie-Louise quitta la pièce sur ces mots. Anna détestait son père sans parvenir à lui en vouloir et avait pour sa mère une pitié sévère et culpabilisante. Le sentiment d'être seule au milieu des autres allait l'accompagner longtemps sur les sentiers de son exil.

Chapitre 5

Trois coups brefs.

Anna, trempée de sueur, accroupie, se battait contre le dernier tiroir de son bureau qui refusait de s'ouvrir. Elle se releva dans un craquement de dos et répondit du fond de la pièce.

— Si vous ne craignez pas la poussière, entrez !

Se pouvait-il que Mathilde ait encore grandi ? Anna en doutait. Pourtant, dans l'embrasure de la porte, il lui semblait que si.

— Ouah ! Mais c'est la super classe, lui dit Mathilde. Une pièce pour toi toute seule, sans danseuse mécontente et surtout sans Pâris et son humeur de chien. Ça, c'est de la promotion !

— Tu parles d'une promotion ! T'as vu la tronche de mon bureau, on dirait plutôt la piaule de Harry Potter. Quarante degrés sous les combles, sans pouvoir ouvrir la fenêtre, tout ça parce qu'une bande de frelons à la con n'a rien trouvé de mieux à faire que d'installer sa colonie, juste là, derrière la lucarne. Mais viens, je t'en prie, entre et installe-toi !

Mathilde se déploya à l'intérieur de l'étroit bureau, et Anna pensa à cette scène d'*Alice au pays des merveilles* où, après avoir consommé un biscuit magique, Alice se met à grandir jusqu'à se retrouver coincée dans une chambre devenue trop exiguë pour elle.

— Alors, poursuivit Anna, ce WAM, il se prépare bien ?

— Comme sur des roulettes ! Candice a pris les choses en main et, pour l'instant, elle assure. J'ai l'impression que tu vas rater un *Don Giovanni* comme tu les aimes.

— Ne me dis pas ça ! Ma chrysalide me manque, tu me manques et, tu sais quoi, même Mei, avec sa peau cradingue, me manque. Je me demande si je n'ai pas fait la pire connerie de ma vie.

— Haut les cœurs, ma belle ! Ça ne fait même pas une semaine que t'es sur ton perchoir. Tu vas t'y faire. Une femme dans un univers de mecs, je connais ça. Je passe ma journée à hurler sur des techniciens qui ont deux neurones et une paire de couilles. Toi, tu vas devoir apprendre à bosser avec des gars qui ont beaucoup de neurones et juste une demi-paire de couilles, et je ne sais pas si tu y gagnes au change.

— Ça m'avait l'air plus simple, vu d'en bas. J'ai mille choses à faire et je ne sais pas par où commencer.

— En tout cas, moi, je suis hyper fière. En bas, comme tu dis, on ne parle que de toi et de tes prises de position. Les langues se délient à propos de ton oncle et ce n'est pas reluisant. On va concocter ensemble un cent cinquantenaire de malade dont on parlera encore au siècle prochain. Je vois d'ici la soirée de gala. Ça va être magique !

Anna était déjà épuisée par l'ampleur du travail qui l'attendait, mais elle était tellement excitée !

— Le gala de janvier, c'est une chose, mais en fait, c'est presque tout le mois de décembre qui sera consacré aux commémorations. L'enjeu est énorme, et pas seulement pour moi. C'est quitte ou double pour l'Opéra Garnier. Tu le sais aussi bien que moi, l'Opéra de Paris n'est plus ce qu'il était et il joue sa place sur le podium international, notamment pour la danse. Et je ne parle pas du jour où mon père quittera la compagnie. Cet anniversaire, c'est avant tout l'occasion de lui donner l'impulsion nécessaire à sa résurrection. Du coup, j'ai l'impression que le destin de l'Opéra repose sur mes épaules.

— Putain, fais gaffe, Anna, tu commences à parler comme un mec. Laisse-toi guider par ton cœur. C'est vrai qu'il fait un drôle de bruit, mais il a l'air de savoir où aller.

Anna sourit. Cela lui faisait du bien de parler avec Mathilde. Depuis une semaine, elle n'avait rien trouvé d'autre à l'Opéra qu'une source de contrariétés.

— Et Pavel, demanda Anna, comme pour détourner l'attention de sa petite personne. Comment va-t-il ?

— Comme un Russe, répondit Mathilde dans un éclat de rire. Un Russe avec beaucoup trop de neurones et de couilles. Il essaie de composer avec ton père qui est un peu en roue libre en ce moment. Mais qu'est-ce qui lui prend au juste ?

— J'en sais rien, mentit Anna. Cela fait des jours qu'on ne se parle plus. Il a toujours eu des périodes où il était taciturne.

— Putain, taciturne, mon cul ! Il est insupportable, oui ! Tu sais qu'il a failli en venir aux mains avec Vadim. Il va falloir qu'il se calme avec les étoiles, sinon il va finir par toutes se les mettre à dos.

— Je me sens tellement seule ! J'ai envie de tout lâcher et de reprendre ma vie d'avant. Je ne parle à personne et je rumine à longueur de journée. Dès que j'essaie de m'attaquer à un problème, j'en ai dix autres qui surgissent, plus insolubles encore. On n'a pas le droit de se planter sur le choix du spectacle qu'on présentera au gala et je n'ai pas le début d'une idée. Et puis j'ai l'impression qu'il ne va rien se passer de tout l'été. Paris se vide, tout le monde s'évade et plus rien n'avance. Je vais me retrouver toute seule, tout l'été, dans cette espèce de cagibi surchauffé.

— Tu n'as qu'à prendre une chouette, dit Mathilde. C'est ce qu'aurait fait Harry Potter. Bon, ça n'a pas beaucoup de conversation, mais au moins ça chassera les souris.

Une larme coula sur la joue d'Anna.

— Qu'est-ce qu'il y a ma chérie ? C'est à cause des souris ? Je blaguais, il n'y a pas plus de souris que de fantôme à l'Opéra.

Il y en a au moins un, songea Anna.

— Je crois que j'ai besoin de temps pour trouver mes repères. Le changement est radical, et à tous les niveaux.

Anna ne s'était pas préparée pour le grand saut. Il y avait tant de choses à prévoir, de réunions à planifier et d'obstacles à surmonter que les dix-huit mois à venir risquaient de ne pas suffire.

— Tu n'as qu'à partir en vacances toi aussi. Je pense que tu en as besoin. Tu sais, ce cent cinquantenaire, c'est un marathon, pas un cent mètres.

Un marathon, pensa Anna. Une course d'endurance dont la ligne d'arrivée serait la soirée de gala du samedi 11 janvier 2025, point culminant de cette célébration. Elle était exténuée avant même de commencer à courir. Elle avait travaillé jour et nuit et depuis des mois à l'élaboration d'un programme qui avait finalement été accepté sous réserve de certaines conditions budgétaires. Anna redoutait maintenant que le chemin fût parsemé d'embûches. Communiquer à temps, cueillir les journalistes, les spectateurs et les élus dans une période de l'année peu propice aux festivités, le tout, à quelques mois des législatives. Soudain, la tâche lui parut démesurée. Dix-huit mois, une éternité et un claquement de doigts. Au moins pouvait-elle se rassurer d'avoir Mathilde à ses côtés.

Elle sourit et ses yeux cessèrent de se lubrifier.

— Merci Mathilde. Les personnes bien intentionnées à mon égard se font rares en ce moment. Reviens quand tu veux.

— Je ne vais pas me gêner ! Et puis la prochaine fois, je mettrai mon maillot, je prendrai une serviette de plage et je ferai une demi-heure de sauna dans ton bureau. Il paraît que c'est bon pour la peau. Tiens, je vais le conseiller à Mei.

Mathilde était sur le point de refermer la porte, quand elle passa sa tête dans l'encadrement. Anna ne put s'empêcher de repenser à Alice.

— Au fait Anna, comment va ton oncle ?

— Lequel, demanda Anna en souriant, Christian ? Je ne m'inquiète pas pour lui, il ne tardera pas à rebondir, mais je préfère garder mes distances. De toute façon, je ne saurais même pas où chercher l'information. C'est le silence radio chez les Besson. Mais peut-être aurai-je du courrier par chouette interposée ?

*

Seule sur son perchoir, assise face à l'écran de son ordinateur, Anna prit la ferme décision de chercher une animalerie à Paris ouverte pendant l'été. Une chouette ? Peut-être pas. Elle avait autre chose en tête.

Chapitre 6

Anna avait demandé s'ils avaient des pinsons. Le vendeur, un peu surpris, lui avait répondu que c'était l'une de leur spécialité. Cependant, il s'était empressé d'ajouter qu'on ne pouvait pas choisir un oiseau comme ça, sur un coup de tête. Il s'agissait d'êtres vivants, fragiles, dotés d'une âme, d'un caractère, et dont la durée de vie pouvait dépasser les dix ans. Acheter un oiseau, c'est comme adopter un enfant, avait dit le vendeur avec beaucoup de sérieux. Puis il avait posé à Anna toute une série de questions.

— La pièce où vous allez installer votre oiseau est-elle fraîche et aérée ? Ce mois d'août est infernal et pas plus tard qu'hier, un client m'a ramené son diamant de Gould déshydraté. Le pauvre animal a bien failli mourir de chaud. Je peux vous dire qu'il m'a entendu, celui-là, et que je ne suis pas près de lui en vendre un autre !

— Oh oui, mentit Anna, évidemment, c'est la pièce la plus fraîche du Palais. Il y fait cinq ou même dix degrés de moins que partout ailleurs.

Le vendeur avait l'air satisfait, même s'il avait un peu tiqué sur le terme *Palais*. Il n'aimait pas trop qu'on se moque de lui.

— Est-ce que la pièce est bien éclairée ? Parce que les pinsons ont besoin de beaucoup de lumière, hiver comme été, sinon ils dépriment.

Anna fit semblant de réfléchir et lui dit finalement :

— Une grande baie vitrée laisse passer le soleil.

Le vendeur, qui préférait les oiseaux à ses congénères, paraissait comblé. Soudain, pris d'un élan de suspicion, il changea de ton :

— Êtes-vous certaine d'avoir assez de place, mademoiselle ? Parce que les pinsons ont besoin de voler. Ils ne supportent pas les volières trop étroites. Vous, les Parisiens, êtes habitués à vivre dans un cloaque de quinze mètres carrés, mais eux, ne l'oubliez pas, sont épris de liberté. Voyez-vous, je ne vends pas des oiseaux, je les confie.

Anna retint une furieuse envie de rire. Elle voulait un pinson. Elle le voulait vraiment.

— Ah, mais bien sûr. Je lui consacrerai toute une pièce. D'ailleurs, je vais vous prendre une volière. Anna regarda autour d'elle et en désigna une de grande taille qui abritait une dizaine d'oiseaux très colorés qui ressemblaient à de petits perroquets.

Le vendeur leva ses sourcils et sourit. C'était gagné.

— Une dernière chose, dit le vendeur. Je vous conseille d'en adopter au moins deux. Ce sont des oiseaux très sociables, qui aiment vivre en famille.

Pas celui-là, pensa Anna.

— Je vais déjà commencer par en adopter un. Je ne voudrais pas diviser l'attention que je lui porterai.

Cet argument sensible l'emporta sur la raison.

Anna put enfin choisir son pinson. Elle n'imaginait pas qu'il pût y avoir autant de différences entre deux oiseaux de la même espèce. Elle trouva finalement son bonheur. Il était tellement proche de celui qu'elle avait rencontré au Père-Lachaise qu'elle se demanda si ce n'était pas le même. L'oiseau la regarda, fit un brusque mouvement de tête et produisit un chant d'une beauté sans pareille.

*

Pavel était en sueur. La volière n'était pas particulièrement lourde, mais elle était encombrante et de prise difficile.

— Il fait vraiment chaud par ici, dit Pavel avec son accent reconnaissable entre mille. Tu dois souffrir, ma chérie. Pourquoi t'installes pas la clim ou le ventilateur ?

— L'Opéra n'a pas de budget pour ça, Pavel. C'est la clim ou toi !

Pavel, essoufflé, eut un rire caverneux. Il était comme un oncle pour Anna. Il avait toujours fait partie de sa galaxie.

— *Ptichka !* dit Pavel avec un regard tendre.

— Quoi ?

— C'est comme ça que je t'appelais quand tu étais petite. *Ptichka* c'est un *petit oiseau*. Je constate aujourd'hui que *Ptichka* a bien grandi et peut prendre un autre petit oiseau sous son aile.

Anna vint se blottir dans les bras de Pavel et, immédiatement, le cliquetis de son cœur rajeunit de quinze ans. Adolescente, elle s'échappait parfois de chez elle pour aller trouver son ancien professeur de danse. Pavel avait toujours su la réconforter. Anna se souvint du jour où Mathilde lui avait annoncé leur liaison. Elle avait ressenti un sentiment mêlé de gêne rétrospective, d'interdit incestueux, de jalousie et de bonheur intense. Finalement, Anna avait été confidente et témoin de leur amour, et la joie de voir réunies deux personnes aussi chères à son cœur l'avait emporté sur le reste.

Anna s'extirpa de l'étreinte du danseur.

— Merci, je n'aurais jamais pu monter cet immense machin toute seule. Ça fera une jolie maison pour mon pinson, n'est-ce pas ?

— Je ne suis pas certain d'avoir tout compris de ta soudaine passion pour les volatiles, mais si tu es contente, alors je suis content. As-tu besoin d'autre chose ?

Anna réfléchit. Elle pouvait tout lui demander.

— Tu pourrais peut-être parler à mon père, parce qu'il ne m'adresse plus la parole.

— Personne ne peut lui parler. Pâris ne parle pas. Pâris danse.

— Alors tu pourrais lui danser quelque chose ?

Pavel sourit.

— Ne t'inquiète pas trop, Anna. Il peut passer des semaines entières sans parler à personne. Il peut même être franchement désagréable. Mais, ne doute jamais de son amour pour toi.

Anna tourna le dos à Pavel, prit la petite cage posée sur son bureau et enleva la serviette qui la recouvrait. L'oiseau s'ébroua et se mit à gazouiller. Elle posa son doigt contre le grillage, lui chuchota un mot doux et sentit un bec pointu. Ne sachant trop comment faire, elle entrouvrit la volière et prit l'oiseau craintif dans le creux de sa main. Le cœur du pinson battait tellement vite qu'on aurait dit la vibration continue d'un diapason. Anna posa ses lèvres sur la tête de l'oiseau et le libéra. Il resta quelques secondes à voltiger dans son nouvel espace avant de s'installer sur un morceau de bois, visiblement ravi, à en juger par ses piaillements mélodieux.

— Je sais que tu as raison, Pavel. Mais je me suis toujours inquiétée pour tout et pour tout le monde. Je m'inquiète pour mon oncle, qui, à presque soixante ans, se retrouve célibataire, au chômage et menacé de poursuites judiciaires. Je m'inquiète pour Samuel, qui doit supporter les monstrueuses vicissitudes de la famille Besson. Je m'inquiète pour mon grand-père à qui j'inflige le triste spectacle d'une famille qui se disloque par ma faute alors que j'ai toujours voulu l'inverse. Je m'inquiète pour ma mère qui a l'air plus malheureuse que les pierres.

— Tu t'inquiètes trop, *Ptichka*.

— Crois-tu que mon père puisse avoir une maîtresse ?

Et Pavel d'éclater d'un rire gargantuesque.

— Qu'est-ce qu'il y a de drôle ?

— Peut-être te rends-tu compte que tu ne connais pas vraiment les membres de ta famille ou qu'ils ne sont pas tels que tu les imaginais ? Ce n'est pas mon rôle de te dévoiler quoi que ce soit. Ton père t'aime, c'est tout ce que tu as besoin de savoir. Pour le reste, comme on dit chez nous : *l'oiseau préfère la liberté à une cage dorée.*

Pavel s'approcha de la volière où le pinson sautait d'une branche à l'autre. Il posa un doigt, gros comme un rouleau à pâtisserie, mais gracieux comme le col d'un cygne, sur les barreaux de la cage et à nouveau le pinson vint picorer le bout de chair à sa disposition.

— Tu devrais lui donner des graines et de l'eau, je crois que ton oiseau a faim.

Puis Pavel s'en alla, passant de profil dans l'encadrement de la porte. Anna l'entendit rire en s'éloignant dans le couloir. Il se répétait à lui-même : « Pâris, une maîtresse ? Elle est bien bonne celle-là ! »

*

L'été qui touchait à sa fin avait été chaud et solitaire pour Anna. Il régnait dans la capitale, au mois d'août, une ambiance singulière. Désertée des touristes, elle redevenait, pour deux ou trois semaines, une ville de province. Anna, en temps normal, s'y serait promenée à toute heure. Mais au lieu de cela, elle passait son temps à travailler, ressassant les mêmes dossiers. Ils auraient pu partir quelques jours dans la maison familiale de Samuel, dans le sud de la France, mais à peine s'éloignait-elle de l'Opéra qu'elle était en proie à un sentiment de panique. Son bureau était devenu une sorte de bunker où même son mari n'osait pas la déranger. Le conflit qui couvait entre Anna, son père et son oncle se cantonnait pour l'instant à la sphère intime, mais chaque armée semblait positionner ses pions sur l'échiquier familial, attendant le bon moment pour sonner le clairon et passer à l'attaque.

Ce moment se présenta, peu après la rentrée de septembre, lors d'un dîner chez son oncle Gilles.

Chapitre 7

Gilles avait le front haut de Lazare et le menton en galoche de Margot, alors que Pâris et Christian avaient hérité de feue Arlette un appendice mentonnier qui, sans être tout à fait fuyant, savait se faire discret sous une bouche fine. Anna était hypnotisée par le spectacle de Gilles, dont la proéminence enflant la partie basse de son visage était toujours luisante. Avec régularité, sa fourchette déposait sur son menton quelques traces de ce qu'il absorbait.

Anna s'était étonnée d'être invitée chez son oncle et sa tante, un soir de semaine, sans raison particulière. D'abord hésitante, elle avait accepté, y voyant l'occasion de briser la glace avec une partie des Besson. Car en matière de relation familiale, il y avait eu un avant et un après sa dispute avec Christian. Anna avait grandi en se berçant de l'illusion qu'elle était indispensable à la solidité du clan. De toutes les fêtes et de toutes les réunions familiales, elle facilitait, du moins le croyait-elle, les liens. Il faut dire qu'elle avait, très tôt, été investie de cette drôle de mission, probablement, parce qu'elle avait fait irruption dans un royaume presque exclusivement masculin. En effet, Lazare n'avait jamais engendré que des garçons. Pâris, Christian puis Gilles et Vincent. Le concierge avait une chance sur seize d'avoir quatre garçons d'affilée avec ses deux épouses. C'est dire si la venue d'un bébé dépourvu de pénis fut une surprise pour lui. Anna devint dès lors un prodigieux trésor aux yeux de son grand-père. Des petites-filles, il y en eut d'autres par la suite : Emmanuelle et Carine. Mais aucune d'elles ne portait le sceau de celle qui avait su rompre le charme. Sans le vouloir, Anna incarnait la rébellion contre l'ordre établi.

À table, Samuel faisait la conversation pour Anna, qui gardait le silence. Le malaise était aussi pesant qu'un bruyant convive. Gilles l'écoutait d'une oreille distraite parler de la difficulté qu'avaient les pharmaciens à faire payer les clients pour des médicaments. Sans doute la gêne y était-elle pour quelque chose, car Samuel, d'une nature pourtant discrète, affichait une exubérance maladroite. Il parlait fort, avait un rire nerveux et se trémoussait sur sa chaise. Anna, se sentant coupable de ne pas lui venir en aide, s'apprêtait à prendre la parole, lorsque Samuel s'exprima pour la dernière fois de la soirée.

— Léna, c'est délicieux ! Il faut que vous me donniez la recette de cette daube !

C'est alors que Gilles se leva de sa chaise, l'air exaspéré et le menton frétillant.

— Samuel, pourriez-vous s'il vous plaît cesser de tapoter sur ma jambe, comme s'il s'agissait d'un piano ? C'est insupportable !

Le pauvre Samuel ne savait plus où se mettre. Il avait, c'était tragique, confondu la jambe de bois de Gilles avec un pied de table et cela faisait cinq minutes, qu'en soliste accompli, il avait déjà exécuté tout un répertoire musical allant du *Beau Danube bleu* à *We will rock you.*

Anna avait toujours connu son oncle avec une prothèse en bois. Très tôt, elle avait su qu'il n'y avait pas là sujet à plaisanterie. Gilles avait souffert de son membre et de son dos dès le début de l'adolescence. Il s'agissait d'un problème de croissance qui avait nécessité une chirurgie. L'intervention était banale, mais c'était sans compter l'indomptable purulence d'un staphylocoque doré. Deux années s'écoulèrent où Gilles endura tant qu'il supplia qu'on l'ampute. La prothèse et la canne devinrent alors deux éléments constitutifs de son costume. Boitillant sur trois pattes, dont deux inertes, il affichait un air douloureusement mécontent à longueur de journée. Son ventre bedonnant, son pantalon tenu par de larges bretelles, sa pipe malodorante et ses cheveux en bataille complétaient son attirail d'artiste maudit. Car Gilles était écrivain. Autoproclamé romancier, il cherchait l'inspiration, son carnet à la main, le stylo dans la poche et les yeux dans le vague. Il avait déjà commis deux ou trois fictions. La première, sa meilleure, avait quinze ans et il y décrivait les banales péripéties d'un vieux pêcheur de Pornichet. Le livre n'était pas mauvais, il n'était pas bon non plus, mais grâce aux amitiés de Pâris, Gilles avait été invité sur quelques plateaux de télévision. Il en avait vendu assez pour que son prénom et sa photo apparaissent au moins une fois dans les trois premières pages d'une recherche Google sous le mot-clé *Besson.* On l'appelait *l'écrivain à la jambe de bois, sans langue de bois.* Sa prothèse était sa marque de fabrique et, à ce titre, elle méritait plus d'égards qu'un banal pied de table.

Léna se leva pour débarrasser le couvert. Il restait le fromage et la tarte aux pommes. Samuel n'eut pas le temps de présenter ses excuses puisque, à son tour, Anna se mit debout, toisa son oncle et dit d'une voix posée :

— Je crois que nous devrions y aller. Pardon Léna, mais je ne suis pas dans mon assiette et Samuel non plus, apparemment. Gilles, tu ne m'as pas adressé la parole depuis le début du repas Je ne sais pas si ton invitation est en lien avec ma décision de ne pas laisser mon poste à Christian, mais je ne supporte plus la façon dont on me traite dans cette famille. Je crois que tu ne m'as jamais aimée et je n'en demande pas tant, puisque c'est réciproque. En revanche, la seule chose que j'exige, c'est du respect.

Anna avait le cœur qui tambourinait dans sa poitrine. Elle avait beau mimer l'assurance, à l'intérieur du véhicule, la conductrice était tétanisée, les mains exsangues, crispées sur le volant.

— Assieds-toi ! lui dit Gilles d'un ton sec. Anna se rassit, coupa le contact. Son oncle poursuivit :

— Tu imagines bien que je ne t'ai pas conviée chez moi pour me laisser insulter. Je t'ai invitée parce qu'il est de mon devoir de te dire ce que tu peux faire et ce que tu ne dois pas faire au sein de cette famille. Et ce n'est pas parce que ton père et ton grand-père ont décidé, allez savoir pourquoi, qu'il faudrait bêtement se taire, que je vais faire de même !

Anna sentit le danger. L'automobiliste intérieure introduisit sa clé de contact, la tourna à deux reprises, mais le moteur bégayait, refusant de démarrer.

— J'ai discuté avec Christian, vois-tu. Tu sais, ton oncle, celui-là même qui t'a permis de travailler à l'Opéra, quand tu as dû raccrocher tes ballerines. C'est aussi lui qui a inhumé son fils, il y a à peine un an, et qui doit faire son deuil. Tu étais à l'enterrement, tu devrais t'en souvenir. Puisqu'on ne peut pas compter sur ton père, c'est à moi de remettre l'église au milieu du village et de t'intimer l'ordre de te retirer avant qu'il ne soit trop tard. Ton attitude est indigne et tu devrais avoir honte de te comporter comme une enfant gâtée.

Dans le véhicule, une odeur d'huile rance commençait à refouler. Anna n'avait que des connaissances rudimentaires en matière de mécanique automobile, mais elle savait qu'en continuant de la sorte, elle risquait de noyer le moteur et de ne plus jamais pouvoir redémarrer. Mais Gilles n'en avait pas encore fini avec elle.

— Qu'est-ce que tu croyais au juste ? Pouvoir t'en tirer comme si de rien n'était ? L'Opéra est une affaire sérieuse, ma chère ; il ne s'agit pas d'organiser une fête d'anniversaire surprise pour ton grand-père chéri avec des petits-fours, des confettis et une playlist. C'est un événement politique et tu devrais laisser travailler les adultes plutôt que de t'y accrocher comme une gamine capricieuse. Lazare aura beau prendre ta défense, tu céderas ta place à Christian et tu cesseras une fois pour toutes tes enfantillages.

— Est-ce que grand-père t'a dit quelque chose à mon sujet ? demanda Anna d'une voix si lointaine qu'elle donnait l'impression d'être derrière une vitre fermée. À l'intérieur du véhicule, Anna appuya sur le bouton du lève-vitre automatique.

— Ton grand-père est une très vieille personne. Pour des raisons que j'ignore, il semble avoir pour toi une affection particulière. Il a toujours eu ses préférences. Et puis quand il s'agit de ton père, le pauvre Lazare n'a plus toute sa tête. Tu es loin de tout connaître à son propos, mais je ne voudrais surtout pas briser tes rêves ni la belle petite histoire que l'on t'a racontée. Sache qu'il n'est pas tout à fait cet exemple de bravoure qu'on nous dépeint à chaque réunion de famille. Il a son côté sombre, ses petits secrets honteux. Alors, ma très chère nièce, tu remballes ta fierté et tu laisses à Christian le temps de se relever. Et maintenant, ma chérie, je prendrais bien un peu de fromage.

Le menton de l'oncle Gilles se mit à trépider, tant il était avide de lait caillé et fermenté, quand soudain, alors qu'Anna n'avait même pas remarqué sa présence, Salomé, assise sur le siège passager, la poussa sans ménagement pour prendre sa place au volant. Elle avait des mitaines en cuir rouge et des lunettes de soleil. Elle tourna habilement la clé dans le contact, donna un grand coup de pied sur l'embrayage et, mystère du moteur à quatre temps, le voilà qui démarre et, putain, il en a sous le capot !

— Ce qui se passe entre Christian et moi, dit Anna avec un calme non feint, ne concerne personne d'autre et surtout pas toi.

Léna remarqua un éclat dangereux dans le regard d'Anna et préféra aller dans la cuisine chercher le camembert tant convoité par son mari. Samuel, quant à lui, ne s'en effraya pas, ayant déjà été témoin, au cours de ces dernières semaines, des brusques irruptions de Salomé dans sa vie quotidienne.

— Qu'avec papa vous vous cherchiez des noises depuis que vous êtes gosses, je n'en ai rien à faire. Cette odieuse jalousie qui oxyde ton cerveau et encrasse tes artères, je m'en lave les mains. En revanche, je te prierai de laisser mon grand-père tranquille. Je n'ai plus l'âge de recevoir des ordres ni des consignes sur ce que je peux ou devrais faire.

Anna ne tremblait plus, son cœur battait presque plus lentement que d'habitude. Elle se releva de sa chaise sans faire le moindre bruit, paraissant plus grande qu'elle ne l'était vraiment. Ses cheveux ondulèrent comme si l'air dans la pièce se faisait plus liquide. Elle devint un courant marin, fluide, surmonté d'une écume. Samuel ne dit rien, emporté par les flots. Elle n'avait nul besoin d'un chevalier servant, elle était capitaine.

Chapitre 8

Dans les jours qui suivirent le dîner chez l'oncle Gilles, l'excommunication fut mise en œuvre et Anna découvrit combien la solitude dont elle pensait déjà souffrir n'était rien en comparaison de l'isolement qui l'attendait.

Elle avait tenté d'appeler son grand-père à la rescousse, mais ce dernier n'avait pas jugé nécessaire de décrocher son téléphone ni de la rappeler. Son oncle Christian l'avait bannie de ses amis sur les réseaux sociaux. Elle n'était plus fréquentable, instagramable ou hashtagable, et le seul oiseau qui la sifflait encore n'était plus le pigeon bleu de Twitter mais un pinson guilleret qui lui rappelait son cousin. Elle avait voulu s'imposer, mais le clan, comme un seul homme, s'y était opposé. Elle devait rester à sa place de femme et de fille, telle était sa sentence.

En ce jeudi vingt-six septembre de l'an de grâce 2023, le tribunal familial, après de brèves délibérations et à l'unanimité moins deux voix, a jugé Anna

Atlan coupable de traîtrise à son nom. Pour avoir introduit l'abomination dans sa propre famille en récusant l'autorité de son oncle. Pour avoir emprunté le chemin de l'autonomie et de la mutinerie. Pour avoir usé de manière illicite de ses cordes vocales à des fins anticompaternelles. Pour s'être moquée d'une infirmité motrice sur une personne vulnérable et mentonièrement hypertrophiée. Et enfin, pour avoir usé de la danse comme d'une arme de dissuasion. L'excommunication est prononcée et son application est immédiate, sans recours possible. Anna Atlan, fille de Pâris et Marie-Louise Besson, petite-fille de Lazare et Arlette Besson et arrière-petite-fille de Jean-Jacques et Maryse Besson, est condamnée par contumace à l'anathème irrévocable. Elle perd de manière définitive et rétroactive l'usage et la jouissance du nom de son père pour ne garder que la mention « Atlan » attenante à son prénom. Par cette décision, elle ne pourra pas transmettre le nom de Besson à sa progéniture. Si son utérus maudit sur dix générations devait tout de même germer de quelque façon que ce fût, ni sa descendance ni la descendance de sa descendance ne pourrait se prévaloir d'appartenir de près ou de loin à la famille Besson. Elle perd l'ensemble des privilèges et des droits fondamentaux durement acquis par Lazare, son ex-grand-père, au fil de la Seconde Guerre mondiale et de sa vénérable carrière. Elle ne pourra plus pénétrer dans l'enceinte de l'Opéra Garnier pour assister à un spectacle sans avoir préalablement payé sa place (et ce, sans réduction). Elle devra limiter au maximum son intérêt pour la danse ainsi que pour toutes les activités connexes. Aucun membre de son ex-famille (à l'exception de son ex-père) ne sera autorisé à lui parler ou même à la regarder dans les yeux sans être lui-même frappé d'anathème. La pénitence ne peut être une procédure envisageable. Elle n'aura de compte à rendre qu'à Dieu le jour de sa mort véritable. Chaque membre de la famille Besson devra poursuivre son existence sans mentionner sa personne, sans revenir sur les termes du jugement ni sur les accusations qui l'ont menée jusqu'à lui. Son nom sera effacé de l'histoire des Besson et il n'y aura plus qu'une case vierge dans l'arbre généalogique au côté de Simon Besson, désormais fils unique et dernier héritier de Pâris et Marie-Louise Besson. Les photos de famille où elle figure seront censurées, sa biographie sera falsifiée et son souvenir discrédité. Bien évidemment, elle ne pourra prétendre qu'au seul héritage de sa mère, et ne bénéficiera d'aucune prise en charge médicale ni d'aucune empathie en cas d'affection génétique liée à sa présumée lignée paternelle.

Anna ne sortait presque plus de son bureau. Elle accomplissait, sans se plaindre, son labeur quotidien, remplissant des dossiers, des polices d'assurance, négociant des devis, faisant jouer la concurrence pour s'en tenir à l'impossible enveloppe que son ministère de tutelle avait exigé d'elle. Elle passait ses journées au téléphone ou devant son écran à rédiger des e-mails, à remplir des tableaux Excel et à relire des contrats. Elle rentrait tard le soir et partait tôt le matin, embrassant Samuel quand il dormait déjà ou dormait encore. Elle s'éloignait des sentiers dansants, s'abîmant le corps et l'esprit dans des tâches trop utiles pour être belles et trop concrètes pour être fertiles, ignorant les claquements réprobateurs de sa valve cardiaque.

Les semaines se succédèrent, tristes et sans surprise. Les feuilles sur les arbres jaunirent puis tombèrent. Abel mourut, comme chaque année à la même époque, et Salomé se fit de plus en plus rare sur l'avant-scène de sa conscience. Le rouge dans le fond de sa culotte, toujours très ponctuel, opérait sur Anna une forme de routine cruelle. Le temps s'écoulait comme le sang, immuable hémorragie qu'on ne pouvait retenir. Au fur et à mesure, Anna se renferma, se négligea. Elle se remit à fumer, comme au temps de son adolescence, entassant les mégots, enfumant son oiseau, aérant son bureau le moins souvent possible.

Le dimanche midi, Samuel et Anna déjeunaient toujours chez Pâris et Marie-Louise. Un semblant de normalité s'était finalement rétabli entre la fille et son père. Tant qu'elle n'abordait pas avec lui l'épineuse question de sa condamnation, tout allait bien : il lui répondait quand elle lui posait une question, la prenait dans ses bras quand elle s'y blottissait. Mais pas une fois elle n'avait su tenir sa langue jusqu'à la fin du repas et dès lors qu'elle évoquait Christian, elle sentait Pâris se refermer, ce qui ne manquait jamais de la plonger dans une profonde tristesse. Avec sa mère aussi, la communication était devenue difficile. Marie-Louise passait tout son temps à se plaindre de son époux, de ses déplacements et de ses absences.

Souvent, en début d'après-midi, lorsque Anna revenait en marchant jusqu'à l'Opéra Garnier, elle appelait son frère, avec qui le décalage était essentiellement horaire, mais pas seulement. Elle lui racontait ses malheurs et il les écoutait d'une oreille bienveillante, sans toutefois parvenir à réfréner son exaspération à la voir tous les jours ruminer les mêmes rancœurs. Cette après-midi-là, Anna était encore à ressasser les mêmes choses, lorsqu'en ouvrant la porte de son bureau elle tomba sur Vadim.

Le danseur étoile, penché sur la volière, regardait l'oiseau avec envie. Vadim était un chat, évidemment, pensa Anna. Il en avait la souplesse et la légèreté, mais également la noblesse et l'insolente beauté. Il était, pour quiconque voulait s'en approcher, tantôt velours et tantôt griffes, hypnotique et dangereux.

Vadim se retourna et l'espace d'une seconde elle crut voir dans ses iris verts, la pupille verticale du félin. Il tenait dans ses pattes le pinson affolé.

— J'adore cet oiseau, lui dit-il. Quand il chante, on a l'impression qu'il parle.

Puis il le remit dans sa cage.

Anna, sous le choc, s'excusa auprès de Simon et raccrocha en pénétrant dans son bureau.

— Je t'ai fait peur, pardon. J'avais besoin de te parler.

Anna recouvra ses esprits, ôta son manteau et le jeta sur le canapé.

— Je me fais chauffer de l'eau, veux-tu boire quelque chose ?

— Je ne bois rien.

Anna s'assit derrière son bureau.

— Tu veux t'asseoir ?

— Non, je suis mieux debout, merci.

Vadim avait l'air gêné.

— Tu as des problèmes avec mon père, c'est ça ?

— Tout le monde a des problèmes avec lui, mais je crois surtout que c'est lui qui en a un avec moi. Il me traite comme… comme…

— Comme un enfant ?

— Oui, c'est exactement ça, comme un enfant ! Je ne supporte plus la manière qu'il a de me reprendre tout le temps et de m'humilier devant tout le monde. Ce matin, il m'a dit que je dansais comme un paysan du Danube ! Tu te rends compte ?

Anna ne put contenir un sourire, car c'était bien là une expression de son père.

— Mathilde m'en avait parlé, mais je pensais que ça s'était calmé entre vous.

— Ça se calme, ça se tend puis ça finit par éclater. Je ne vais pas tenir longtemps. Je ne sais pas ce qu'il a contre moi, enfin si, j'en ai quand même une petite idée, mais je ne le supporte plus. J'ai l'impression de le revoir avec Abel et ça me rend malade.

Le maître de ballet était un danseur comme on n'en faisait plus, et apprendre à ses côtés était un privilège qu'il fallait souvent payer de sa personne. Abel, tout particulièrement, en avait fait les frais. Pâris avait pour son neveu une exigence zélée, comme s'il était à la fois son grand rival et son seul héritier. Il était tout le temps derrière lui, le dénigrant pour qu'il aille chercher le meilleur de lui-même, le rabaissant pour lui inculquer l'humilité dont la nature l'avait privé. Il avait tout prévu pour lui, ou presque. Abel s'était révélé être une prodigieuse recrue pour l'Opéra de Paris. Passé directement coryphée sans devenir quadrille, il fut brièvement sujet avant d'accéder au titre prestigieux de premier danseur, avant-dernier échelon au pied du firmament. On le remarquait autant par son nom de famille que par l'élégance et l'amplitude de ses pirouettes. Lorsqu'il était à l'affiche, il remplissait les salles, et quand il saluait, on criait son prénom.

Si Pâris, avare de mots, se répandait peu sur les talents de son neveu, Anna enrageait de le voir tant l'admirer. À presque trente ans, elle n'était encore qu'une enfant jalouse.

La Bayadère aurait dû consacrer Abel. Tout était programmé pour qu'il devienne, à la suite de cette représentation, la prochaine étoile du Ballet national de Paris. La chose était acquise. Pâris Besson devait monter sur scène, à la fin du spectacle, pour lui annoncer sa nomination. Le communiqué avait déjà été rédigé, mais tout ne s'était pas déroulé comme prévu.

Vadim gardait les yeux fermés, écoutant le pinson gazouiller avec mélancolie. Jamais l'oiseau n'avait piaillé de la sorte, produisant des salves aiguës et de longues complaintes. Puis l'oiseau se tut et quelques secondes s'écoulèrent pendant lesquelles Anna et Vadim restèrent silencieux.

Anna se leva. Elle en avait terminé de cet entretien improvisé. Pour la première fois depuis longtemps, elle entendit son cœur battre et sut ce qu'il lui restait à faire.

— Je vais lui parler dès aujourd'hui. Tu as raison, je crois moi aussi que tout cela n'a que trop duré. Je te remercie Vadim !

Elle raccompagna le danseur étoile à la porte de son bureau, retourna vers la volière et observa son pinson. Elle travailla toute l'après-midi, laissant dans son esprit germer la détermination. La nuit était tombée lorsqu'elle se drapa de courage et mit son manteau.

Chapitre 9

Sur scène, ce soir-là, une tragédie en un seul acte. Une scénographie lapidaire. Une cuisine sobrement aménagée. Sur le plan de travail, deux verres à pied et une bouteille de graves, vide. L'endroit, presque trop propre pour paraître réel, ressemblait au showroom d'un magasin. À la lumière, rien que des spots blancs, immobiles, sans filtre adoucisseur, projetant sur les peaux dépouillées d'artifice un impitoyable éclat de vérité. Les costumes étaient simples, sans fioritures, mais d'une justesse à couper le souffle. Une chemise en flanelle et un pantalon gris pour Pâris. Un jean délavé et un tee-shirt blanc pour Marie-Louise. Deux danseurs aux pieds nus. Il n'y avait qu'une seule spectatrice pour assister à l'unique représentation de ce drôle de ballet.

Anna s'était invitée. Déterminée à en découdre, elle avait été étonnée de ne trouver personne dans le vestibule ou le salon. Elle atteignit la cuisine sans se faire remarquer. Pas de fauteuil en velours ni même de strapontin. Anna, côté jardin, demeurait silencieuse, sidérée par le spectacle de ces deux âmes dans leur intimité.

Pâris et Marie-Louise étaient serrés dans les bras l'un de l'autre. Pas de mots, pas de phrases, rien qui pût corrompre l'honnêteté des corps. Anna, prise de panique, aurait voulu s'enfuir et ne rien regarder de cette chorégraphie. Mais, incapable de produire le raclement de gorge qui l'aurait fait passer de l'ombre à la lumière, elle était le témoin, figée par la stupeur, de cet instant volé. Elle essaya, en vain, de faire semblant de n'y rien comprendre. Mais des deux traumatismes qui peuvent mettre un terme à l'enfance, voir ou savoir ses parents faire l'amour et les voir ou savoir se quitter pour toujours, Anna sut d'instinct, lequel des deux tangos s'exécutait ici.

Pas de cris, pas d'insultes, pas de mensonges. Pas de soupirs, pas de sanglots, pas de colère non plus. Pâris et Marie-Louise, enlacés à leur corps défendant, dansaient une dernière fois ce qu'ils avaient vécu. Plus tard, ils gâcheraient, récriraient et saliraient ce qui naguère avait été beau et pur. Ils diraient du mal l'un de l'autre, se vengeraient et se détesteraient. Les mots rappliqueraient, tournoyant comme des vautours sur la charogne fumante de leur amour. Mais pour l'instant, Pâris et Marie-Louise s'étreignaient.

Puis les deux corps se séparèrent. Le geste était parfait et Anna, bien qu'étourdie, n'avait pas d'autre choix que de trouver ça beau. Marie-Louise, trahie par sa main droite, s'agrippait à Pâris comme si sa vie en dépendait.

Ils s'étaient connus jeunes. À l'époque, elle s'appelait seulement Marie, Louise étant le nom de famille qui figurait sur son état civil. Si on pouvait dire de Pâris qu'il avait toujours été Pâris, ce n'était assurément pas le cas de Marie-Louise. Abandonnée dès sa naissance, Marie s'était construite sur un sol plus meuble que du sable mouvant, arrachant à ses familles d'accueil des bribes de leur histoire pour tenter de combler le vide de la sienne. Lorsqu'elle épousa Pâris et l'ensemble du clan, on lui offrit une terre pour qu'elle la tienne en fief. Charge à elle d'y planter ses racines et d'y faire fleurir de jolis magnolias. Pour conserver le peu qu'elle avait, elle brigua son patronyme en composant son prénom. C'est ainsi que Marie Louise devint Marie-Louise Besson. Un nouveau nom pour une nouvelle vie. Dès lors, elle voua son existence à son mari – et ses encombrants désirs – puis à ses deux enfants. Les années passèrent, elle en oublia presque ses fondations fragiles, imaginant qu'avec le temps la greffe avait pris. Mais aujourd'hui, elle comprenait qu'il n'en était rien. Elle allait devoir, comme d'autres avant elle, quitter sa terre fertile et rassurante. Désormais, elle n'était plus ni Marie Louise ni Marie-Louise Besson, mais Marie-Louise l'Apatride, amputée des Besson.

Puis les mains finirent par ne plus se toucher et les yeux par ne plus se croiser.

Chapitre 10

Anna était décomposée. Tous les matins, dans son lit, elle devait d'abord se rassembler comme les pièces d'un puzzle avant de se lever. Tous les jours, elle avait l'impression de remplir une jarre fêlée, et le week-end, c'était pire. Réveillée à cinq heures, elle temporisait sur son téléphone portable.

Ce dimanche-là, ils se réveillèrent tôt tous les deux. Samuel quitta le lit en premier et prit une douche. Anna retardait le moment où elle devrait sortir de sa couette. Elle y serait volontiers restée toute la journée, la tête enfouie dans son oreiller. Mais aujourd'hui, ils devaient aider sa mère à déménager et, en toute franchise, cette perspective ne l'enchantait guère. Elle aurait voulu que Simon fût là, lui aussi. Pas pour ses biscotos ou son sens de la dérision, mais simplement pour porter avec elle le poids du destin qui s'abattait sur eux. Mais il était bloqué en plein tournage sur la planète Mars, quelque part dans un désert à l'extrême sud de la Jordanie. Anna aurait payé cher pour un tel alibi.

Samuel fut prêt en premier. Il avait enfilé un vieux jogging et un gros pull mité. Il avalait son café en pressant Anna d'en faire autant. Elle avait envie d'aider sa mère comme d'aller se pendre et s'en voulait de penser cela.

Lorsque Anna et Samuel arrivèrent devant l'appartement familial, avec une camionnette louée pour l'occasion, Marie-Louise l'Apatride attendait déjà sur le trottoir. Elle avait les cheveux en l'air et la mine sombre des mauvais jours. Tous trois montèrent en pestant par avance contre les ascenseurs parisiens et contre toutes ces choses que l'on pouvait accumuler en plusieurs dizaines d'années.

Marie-Louise s'était confectionné un balluchon hétéroclite. Elle disposait pourtant de valises Samsonite à roulettes dernier cri et même d'une immense malle Vuitton, mais elle avait préféré de grands cabas en plastique et en toile pour y fourrer ses fripes. Une fois encore, elle devait quitter sa famille d'accueil pour embrasser un avenir incertain. Comment avait-elle pu s'habituer au confort, elle qui n'avait connu que la précarité ? À force de vivre auprès d'eux, elle s'était embourgeoisée et avait fini par croire qu'elle aussi était devenue une Besson. Quelle naïveté !

En réalité, ce qui l'angoissait, à ne plus pouvoir déglutir sa salive, et qui avait le don d'agacer sa fille, c'était de continuer à dépendre de Pâris. Elle ressassait le film de sa vie, regrettant de n'avoir pas pu travailler pour acquérir son autonomie financière.

Elle détestait l'idée d'avoir à quémander quelques subsides pour survivre.

Confusément, Anna avait envie de la secouer et de lui dire qu'elle aurait dû y penser avant. Elle n'imaginait pas qu'on pût être à ce point dépendante de son mari. Anna n'avait cependant aucune inquiétude matérielle pour sa mère. Elle aurait de quoi s'acheter un bel appartement en plein cœur de Paris et partir en vacances à l'autre bout du monde une à deux fois par an sans avoir à toucher à ses bas de laine.

Alors que Marie-Louise, les bras chargés de sacs en plastique, s'apprêtait à quitter l'appartement qu'elle avait intégralement aménagé, Anna ne pensait qu'à son père et à la solitude qui serait la sienne dans les heures et les jours à venir. Anna eut la fugace perception de l'injustice de ses sentiments. Tout aurait dû l'inciter à prendre le parti de sa mère, mais c'était son père, et toujours son père, qui obtenait ses faveurs. Elle en avait conscience, mais ne parvenait pas à faire différemment. Pourtant, on ne manque jamais d'être déçue par son père. Moins de quinze jours après avoir été le témoin de la dernière danse de ses parents dans la cuisine familiale, il lui avait parlé de Patricia, comme de la nouvelle actrice vedette de la troupe familiale. Il avait beau lui expliquer qu'elle n'y était pour rien dans sa séparation avec Marie-Louise, que c'était le hasard d'une rencontre conjuguée avec la fin d'une belle et longue histoire, qui n'en finissait plus d'agoniser, Anna n'était pas dupe. Elle comprenait mieux l'éclat de rire de Pavel, lorsqu'elle avait évoqué avec lui l'éventualité d'une liaison extraconjugale de son père. Elle était comme d'habitude le dindon de la farce, la seule à ne pas savoir que son père était un homme à femmes. Elle ne mesurait pas encore toute l'étendue des dégâts de ces récents séismes. À l'heure où Marie-Louise, au sommet de sa névrose, se demandait s'il lui faudrait faire appel à la soupe populaire, Anna pleurait son idole perdue. Qu'il était dur d'ouvrir les yeux sur soi et sur les siens sans se brûler la rétine !

*

Samuel conduisait, tandis qu'Anna demeurait silencieuse, assise à côté de lui. La camionnette était vide maintenant et il faisait nuit noire.

— Une bonne chose de faite ! dit Samuel, les mains sur l'immense volant.

Anna ne répondit rien. Elle était le fantôme qui dormait à côté de Samuel et qui hantait les combles de l'Opéra Garnier.

— Tu as l'intention de ne plus jamais m'adresser la parole ? insista-t-il.

Anna resta muette. Elle n'avait ni l'envie ni la force de commenter quoi que ce fût. Elle posa son front sur la vitre et le froid lui fit du bien.

— Je veux bien me lever à sept heures le dimanche et passer ma journée à me casser le dos pour ta mère, mais je commence à en avoir marre de tes silences.

Anna fouilla dans son sac à main et sortit un paquet de cigarettes. Elle en prit une, la mit entre ses lèvres, l'alluma et tira sur le filtre jusqu'à la faire rougir. Elle inspira une bouffée, la garda longtemps, puis l'expira. Tout l'habitacle fut rempli d'une fumée blanche épaisse et malodorante.

— Putain, c'est une camionnette de location ! Ils vont nous garder la caution avec tes conneries !

Samuel s'empressa d'ouvrir sa vitre. À l'extérieur, l'air était glacé.

— Et franchement, te remettre à fumer, c'était vraiment pas l'idée du siècle ! Le gynéco te l'a dit, en plus, c'est pas comme ça qu'on va réussir à faire un bébé.

Anna ferma les yeux en inspirant une grande gorgée de cancer. *Un bébé, il ne manquerait plus que ça !*

— Et puis merde, ça t'arracherait la gueule de me répondre ? T'as l'air d'en penser quelque chose, alors vas-y, crache.

Elle ouvrit les yeux.

— Qu'est-ce que tu voudrais que je te dise ? Que j'ai passé une super journée ? Que ma vie est vraiment trop cool en ce moment ? Oh, et puis je viens de finir le déménagement de ma mère qui est tellement flippée à l'idée de manquer d'argent qu'elle préfère demander à sa fille plutôt qu'à des déménageurs de trimballer toutes ses merdes à l'autre bout de la ville ! Et puis t'as raison, maintenant que j'y pense, la cigarette, c'est pas bon du tout pour mes pauvres ovaires, déjà qu'ils ne sont pas très vaillants. Remarque, comme ça au moins, on saura que c'est ma faute si on n'arrive pas à avoir un enfant et on arrêtera de tergiverser sur la question. Mais Sam ! Tu crois que j'ai envie de pondre un gosse dans cette famille de dégénérés ? Moi-même j'aurais préféré ne pas y naître ! Alors t'es gentil, mais laisse-moi tranquille avec tes conseils de pharmacien de mes couilles. Si j'ai envie de cloper, je clope. Si j'ai envie de bosser, je bosse. Je suis une grande fille qui n'aime pas trop qu'on lui donne des conseils. Je n'ai besoin de personne, moi, tu comprends ? Personne ! Et surtout, j'ai pas besoin qu'on vienne m'emmerder.

Ce fut au tour de Samuel de rester silencieux. Ses oreilles bourdonnaient encore de la tempête qui venait de souffler. Lui gardait les yeux rivés sur la route, les mâchoires crispées. Avec lenteur, la colère retomba et il détendit ses muscles. Anna était un animal blessé qui montrait les crocs, mais elle avait besoin de soins et de tendresse.

Samuel n'était pas un danseur, il n'avait pas grandi auprès d'un maître de ballet, ni même d'un concierge. Cependant, comme tout un chacun, il était capable, lorsque la situation l'exigeait, d'effectuer quelques mouvements gracieux. Et ce fut le cas ce jour-là. Tous ses gestes se combinèrent dans une chorégraphie simple, presque évidente. D'abord, il tourna la tête vers Anna. Lui aussi soufflait de la fumée, mais c'était la vapeur chaude de sa respiration dans l'air glacé de l'habitacle. Ses yeux plongèrent dans ceux de sa femme. En tenant le volant de sa main gauche, il souleva sa main droite et, dans une arabesque, vint chercher, loin du côté passager, le paquet de cigarettes, posé au-dessus de la boîte à gants. D'un geste sûr et élégant, il jeta ledit paquet par sa vitre ouverte qu'il s'empressa de refermer. Le tout n'avait duré que deux ou trois secondes, mais le mouvement était dense. L'histoire d'Anna était aussi son histoire. Sa route était la sienne et ses ovaires faisaient désormais partie intégrante de son anatomie masculine. Lorsque, bien des années plus tôt, Anna et Samuel s'en étaient allés tisser à sept reprises leur âme ensemble, ils avaient enchevêtré leur passé, leur présent et leur avenir.

Quelques secondes s'écoulèrent, peut-être deux minutes. Dans le corps d'Anna, la métamorphose inconsciente qui s'était amorcée au Père-Lachaise et qui, depuis, ne s'était jamais interrompue, continua de plus belle. Anna ouvrit sa fenêtre et jeta son mégot dans les rues de Paris.

Beaucoup plus tard dans la nuit, après avoir pleuré, crié, ri et finalement fait l'amour, Anna et Samuel décidèrent de prendre rendez-vous pour s'engager dans un parcours d'aide médicale à la procréation.

Chapitre 11

— Monsieur le ministre…

— Oh, tout ça, c'est de l'histoire ancienne. Nouvelle année, nouveau travail, nouveau départ. Appelez-moi Christian, monsieur le directeur.

— Voulez-vous qu'on vous apporte un café, Christian ?

— Non merci. J'ai vu où était le distributeur, j'irai plus tard. Pour l'instant, je vais prendre mes quartiers et me présenter aux équipes.

Christian avait dû apprendre certains gestes de la vie quotidienne, tels que faire bouillir de l'eau avant d'y plonger des pâtes, tirer sa couette le matin ou accepter de se coucher le soir dans un lit défait. Le plus dur restait sans doute de se coucher seul. Par habitude, il s'allongeait toujours du même côté sans jamais occuper tout l'espace. Sans contrepoids, il avait vite compris que le sommier allait se déformer, mais il ne dormait paisiblement qu'au bord du précipice.

Il lui fallait aussi apprendre à obéir plutôt qu'à donner des ordres. Il se consolait à l'idée de travailler pour la Conservation régionale des monuments historiques d'Île-de-France. C'était un poste qui, pour son père, avait une dénomination très respectable et, pour l'instant, il devrait bien s'en satisfaire.

C'était son premier jour de travail. Voulant faire bonne impression, il avait mis son costume anthracite, celui qu'il aimait porter lors du Conseil des ministres, avec une chemise blanche qu'il avait récupérée au pressing en bas de chez lui. Sur le plan vestimentaire, les suggestions d'Estelle lui manquaient. Jour après jour, il faisait moins attention à coordonner ses chaussettes. Il lui arrivait de mettre une chemise mal repassée ou d'assortir deux couleurs qui n'avaient rien à faire ensemble. Christian apprenait la vie en célibataire.

Le directeur régional, d'au moins dix ans le cadet de Christian, était sur le point de quitter la pièce lorsqu'il ajouta :

— Êtes-vous certain de vous sentir à votre place ici ?

— Soyez rassuré, monsieur le directeur. Je suis précisément là où je dois être. Je l'ai toujours été d'ailleurs. Votre sollicitude vous honore, mais ne craignez rien. Je ne suis pas homme à me laisser abattre et mon père a l'habitude de dire que je suis un garçon plein de ressources.

Chapitre 12

— Comment dites-vous ?

— Besson. B-E-S-S-O-N, Anna.

— Et vous avez rendez-vous avec qui ?

— Avec le docteur Farouk.

La secrétaire regarda son écran d'ordinateur, la mine renfrognée.

— Aujourd'hui ?

— Oui, aujourd'hui. Nous sommes bien le 11 mars ? répondit Anna exaspérée.

— 2024 ?

— Bien sûr, 2024 ! Regardez, c'est écrit, juste ici.

La secrétaire regarda le carton de rendez-vous qu'Anna lui tendait. À nouveau, elle scruta son écran.

— Eh bien, je ne vous ai pas, madame. Je vous donne un autre rendez-vous.

— Mais enfin, j'étais là la semaine dernière !

— Oui, mais moi, je ne vous ai pas sur mon planning ! Figurez-vous que j'étais en arrêt maladie la semaine dernière. Et je vous préviens que je ne suis qu'à deux doigts d'y retourner. Alors, s'il vous plaît, baissez d'un ton ou j'appelle la sécurité !

— Mais je suis suivie pour une fécondation *in vitro*, chuchota Anna au bord des larmes. C'est aujourd'hui qu'on doit prélever mes ovocytes…

Samuel passa devant son épouse, posa une main sur son épaule et, de sa voix la plus douce, dit à la secrétaire.

— Essayez de la rechercher sous le nom Atlan. A-T-L-A-N.

La secrétaire grommela quelque chose puis, devant le sourire de Samuel, jeta un ultime coup d'œil à son planning.

— Atlan Anna. Ah, ça y est, je vous ai trouvée. Mais, bon sang ! Pourquoi ne me l'avez-vous pas dit tout de suite ? On a pris ses petites affaires ?

Samuel leva un sac de voyage pour qu'elle puisse le constater d'elle-même.

— Très bien. Je vous laisse ces formulaires à remplir. Vous pouvez vous installer dans la salle d'attente.

*

Le docteur Farouk était un Libanais d'une cinquantaine d'années, solaire et enjoué.

— Alors, c'est le grand jour ?

— On est prêt, dit Samuel.

Anna hocha la tête en signe d'assentiment.

Elle se remémora toutes les consultations qui avaient eu lieu ici même au cours des semaines précédentes. Elle se rappela l'attente, les prises de sang, les injections d'hormones et les échographies à répétition. Le docteur Farouk parlait de ses ovocytes comme s'il s'agissait d'enfants. Ils étaient, selon les jours, mignons, dodus, ou en pleine forme. Il était impressionné par leur progrès et cela rendait Anna fière sans qu'elle sût vraiment pourquoi. Il y avait tout juste trente-six heures, on l'avait déclenché, et maintenant, d'après le médecin, il était grand temps d'aller à la pêche pour en prélever quelques-uns.

Anna fut transférée au bloc opératoire tandis que Samuel s'en allait dans une pièce isolée, où étaient disposés des magazines pornographiques. Un bocal à la main, il referma la porte, la verrouilla puis tenta de l'ouvrir. Il savait ce qui lui restait à faire. Il s'assit sur la banquette, baissa son pantalon et attendit. L'idée que tout puisse capoter par sa faute le tétanisa. Cette fécondation *in vitro* était un véritable parcours du combattant pour eux deux, mais lui n'avait aucune raison de se plaindre. Après tout, c'était Anna qui avait fait le plus dur. Il n'avait qu'à se masturber pendant qu'à quelques mètres, une sonde de prélèvement perforait la paroi vaginale de son épouse en vue d'aspirer le liquide qui contenait ses œufs. Cette idée ne l'excita guère. Il feuilleta l'un des magazines à sa disposition et ne put s'empêcher de penser à sa tante qui, lors d'un shabbat, à midi, lui avait raconté cette blague : « Samuel mon chéri, tu sais pourquoi les mères juives regardent les films pornographiques jusqu'à la fin ? » Il n'avait rien répondu et elle lui avait dit, dans un éclat de rire tonitruant : « Pour voir s'ils se marient ! » Maintenant qu'il y pensait, cette actrice aux cheveux noirs ressemblait un peu à sa tante, avec trente ans de moins et douze bonnets de plus. Ça n'était pas la bonne recette pour durcir sa politique. Le temps passait et Samuel se demandait ce que pouvaient penser les gens, en dehors de la chambre. Finalement, après avoir feuilleté la totalité des trois magazines à sa disposition, sans avoir trouvé le moindre indice d'un quelconque mariage, il revint à cette actrice aux cheveux noirs et parut s'en satisfaire. L'affaire vite conclue et la noce rapidement consommée, Samuel s'en alla sans un au revoir, le gobelet plein d'espoir.

*

Le reste se déroula dans le huis clos douillet d'un incubateur à trente-sept degrés Celsius.

Un parmi des millions, un parmi des milliers. Improbable rencontre au sommet dans une boîte de Pétri. Un spermatozoïde de Samuel, pétri lui aussi d'une grâce immémoriale, exécuta sans le savoir la première de ses sept rondes autour de l'ovule d'Anna qui l'observait, médusée et l'œil écarquillé devant cette surprenante inversion des rôles. À la seule force de son flagelle, animé par on ne sait quelle volonté qui lui serait propre, voilà qu'il se démenait comme un diable et tentait d'assiéger le sanctuaire à l'intérieur du sanctuaire. L'ovule d'Anna l'accepta lui, et aucun autre. Pour entrer, il dut abandonner son enveloppe charnelle sur le seuil du temple qui daignait l'accueillir et se débarrasser de l'accessoire pour ne garder que l'essentiel.

*

Cinq jours plus tard eut lieu le transfert de l'embryon. Un peu après dix heures, Anna et Samuel sortirent main dans la main de la clinique. Le printemps frémissait mais ils grelottaient autant de froid que d'excitation. Quelques flocons de neige, résidus de l'hiver, saupoudrèrent leurs épaules. Désœuvrés, ils trouvèrent un refuge au café d'à côté.

— Qu'est-ce qu'on fait dans ces cas-là ? demanda Samuel en souriant.

— On commande un thé au jasmin et on laisse le charme agir...

Tous deux se turent, laissant les volutes parfumées faire des arabesques et dessiner des visages au-dessus de leur tasse. Samuel regardait sa poupée russe en se demandant quelle danse pouvait bien l'agiter à l'intérieur. Les derniers mois avaient été d'une particulière densité. Il avait vu Anna s'enfermer dans le travail, accuser le coup de ses parents qui se séparent et, malgré les tempêtes, tenir le cap. Elle avait des ressources, plus qu'elle ne l'imaginait, mais pourrait-elle sans fin absorber les grains, auxquels il faudrait désormais ajouter la fatigue, les nausées et l'angoisse d'être mère ? Il prit ses mains dans les siennes et d'un regard lui fit comprendre qu'il serait là, toujours.

Anna avait les mains gelées. Elle se défit de son étreinte douce et enserra la tasse de ses phalanges exsangues. Plusieurs gorgées de jasmin liquide ne suffirent pas à réchauffer son corps. Elle avait l'impression d'avoir embarqué pour un vol long-courrier dont la destination demeurait incertaine. Elle avait peur. Elle aurait voulu avoir son frère au téléphone, là tout de suite, pour lui parler de tout, de rien, échapper au secret dans lequel Samuel et elle venaient de s'enfermer. Mais pour Simon, c'était encore la nuit. Alors elle imagina parcourir la distance qui la séparait de lui. Elle vit Paris, sous les nuages et sous la neige qui, dehors, s'intensifiait. Elle vit la tour Eiffel, le bois de Boulogne, Nantes puis la côte Atlantique, Pornichet et même La Bessonière. Elle traversa mentalement l'océan, comme une étendue grise sans fin d'où jaillissait parfois un dauphin. *Y a-t-il seulement des dauphins dans l'océan Atlantique ?* Elle continua sa traversée, rasant la surface ridée de vagues, puis passa au-dessus de la statue de la Liberté pour s'engouffrer dans Manhattan. Elle slalomait entre les buildings, traversait Central Park, puis s'arrêtait, à la manière d'un colibri, devant la fenêtre entrouverte d'une chambre au vingt-quatrième étage où son frère et Janet dormaient paisiblement. Comme quand elle était enfant et qu'elle venait dans la chambre de Simon pour lui dire qu'elle avait peur du *truc* qui bougeait dans son armoire, elle le vit, les yeux entrouverts et une jambe hors du lit. Elle n'avait pas le droit de réveiller ses parents alors, c'était lui, toujours lui qui, armé d'une raquette à mouche électrique, inspectait son armoire et l'interstice sous son lit, avant de se recoucher, non sans oublier de l'insulter, mais toujours avec amour. Aujourd'hui, comme hier, elle avait peur du *truc* qui bougeait dans son armoire. Une peur panique, tandis que son frère dormait à plus de cinq mille kilomètres.

— Ça ne t'embête pas si on passe voir ma mère ?

Anna avait dit ça sans réfléchir, sans rien préméditer. Samuel la dévisagea puis lui sourit. Ils finirent leur tasse de thé et s'en allèrent.

*

Marie-Louise, en peignoir, portait à ses pieds de vieux chaussons d'hôtel. Elle avait emménagé dans un appartement lumineux d'une charmante copropriété. Elle disposait d'un balcon bien exposé et d'un intérieur très coquet avec moult bibelots achetés pour l'occasion. *Un musée*, pensa Anna. Elle fut étonnée de constater à quel point la décoration était différente de celle de son ancien appartement, sans aucune référence à son passé, comme si sa mère en avait profité pour repartir d'une page blanche. Samuel enleva ses chaussures et déposa des viennoiseries sur la table de la cuisine.

— Quelle bonne idée ! Ça me fait très plaisir de vous voir, dit Marie-Louise.

Anna ne répondit rien. Elle retira ses bottines mais garda son manteau. Impossible de se réchauffer.

— Vous voulez boire quelque chose ? demanda Marie-Louise. Anna, ma chérie, tu devrais enlever ton manteau sinon tu vas attraper la mort en sortant d'ici.

Anna la détesta pour ce qu'elle venait de dire, mais daigna toutefois se défaire de sa veste. Elle s'installa sur le canapé du salon et se blottit dans un plaid douillet qui sentait la lessive.

— T'as du thé ? demanda Anna.

— Je ne bois pas de thé, lui répondit sa mère.

— Pas grave. De toute façon je viens d'en prendre un. Ça m'évitera d'aller faire pipi toutes les cinq minutes.

Marie-Louise se fit couler un expresso puis rejoignit Anna et Samuel au salon. Elle affichait un grand sourire et dit :

— Alors ma fille, j'ai l'impression que ça fait une éternité qu'on ne s'est pas vues. Comment vas-tu ?

C'était précisément de ça dont elle avait besoin, d'une mère qui s'inquiétait pour elle. Anna sentit le sang revenir jusqu'au bout de ses doigts. Même si elle ne pouvait pas lui parler du cathéter qu'on avait inséré, il y a moins d'une heure, dans son intimité, au moins, pourrait-elle se plaindre de son travail, de ses responsabilités et même, allez savoir, de sa famille.

— Je morfle à l'Opéra, dit Anna en soupirant.

Marie-Louise, qui visiblement ne s'attendait pas à cette réponse, se crispa ostensiblement en s'asseyant sur un fauteuil.

— J'ai un boulot de dingue et je n'arrive pas à m'en sortir. J'ai l'impression de partir à la guerre tous les matins.

Samuel, qui partageait pourtant la même assise qu'Anna, avait l'impression d'assister à la scène depuis les derniers rangs de la salle de spectacle. Le visage de sa belle-mère se faisait plus sévère tandis que son épouse avait baissé sa garde.

— Et papa, il ne m'aide pas tellement. Je me sens seule.

Un instant, bref comme une brûlure, s'écoula sans qu'un mot fût prononcé.

— Ce n'est pas faute de t'avoir prévenue Anna ! dit finalement Marie-Louise, sèchement. Tu ne peux t'en prendre qu'à toi-même. Ton frère a compris qu'il valait mieux s'éloigner de cette famille de merde, mais toi, tu t'obstines à vouloir y rester. La ferraille rouillée, ça file le tétanos, faut pas s'en étonner.

Anna regretta d'être venue. À quoi s'attendait-elle ? Elle imagina son frère qui dormait paisiblement, loin de toutes ces histoires. Elle aurait payé cher pour être à sa place, ne serait-ce qu'un jour. Traverser l'océan sur le dos d'un dauphin. Quitter Paris, l'Opéra, ces cent cinquante bougies, et s'en aller le plus loin possible des Besson, pour qui, de toute façon, elle n'existait déjà plus. Elle fut forcée d'admettre qu'elle s'était engagée dans une traversée de l'existence en solitaire où ni sa mère ni son frère ne pouvaient l'aider à virer de bord.

— Laisse tomber, maman. C'est pas grave.

Samuel vit la danseuse, au fond d'elle, tirer sa révérence. Elle n'était plus désormais qu'un astre froid. Ce qui fait briller les étoiles peut aussi les éteindre.

Chapitre 13

Quelques jours plus tard, vers la fin du mois de mars, les flocons cessèrent de tomber et la température daigna s'élever au-dessus de la barre symbolique des dix degrés. Le soleil réchauffait de ses rayons le sol détrempé des jardins de Paris. Au bout des branches grossissaient les protubérances qui deviendraient des bourgeons puis, un jour, des feuilles grasses et vertes. Dans sa volière, Abel le pinson pépiait d'impatience.

Anna se faisait à l'idée d'être considérée comme une pestiférée au sein de sa tribu. Une année s'était écoulée depuis la dernière réunion de famille.

Ce matin, sans crier gare, son téléphone sonna. C'était Lazare.

— Grand-père ?

La voix d'Anna était claire. Toute trace de rancœur s'était évaporée.

— Grand-père ? répéta Anna.

Le temps se distendit d'un monde à l'autre, puis Lazare fit son entrée.

— Anna ! Comment va ma petite-fille préférée ?

Lazare cherchait à tâtons la juste tessiture. Anna se rendit compte qu'une voix pouvait vieillir tout autant qu'un visage. Elle sut qu'il était à La Bessonière parce que cette bâtisse avait sa propre acoustique. Elle se figura son grand-père assis à son bureau et pouvait presque sentir l'odeur du tabac froid qui planait dans l'antichambre du concierge. Il portait sûrement une de ses fameuses cravates. Elle entendit le tintement d'un verre qu'il posait sur la table et sut qu'il contenait du brandy. Elle lui en avait si souvent servi que ce bruit lui était devenu aussi familier que le son de sa voix. Puis d'autres parfums arrivèrent par vagues successives : l'ambre cuivré de l'alcool, le musc animal de son sous-main vert pomme et son eau de Cologne, extrait pur de Lazare.

— Ça va, répondit-elle.

Anna n'avait rien d'autre à dire. *Maintenant, ça va aller*, pensa-t-elle, et un sourire s'épanouit sur son visage. Elle sentit se contracter des muscles qu'elle croyait avoir perdus pour toujours. Lazare poursuivit, assez mal à l'aise.

— Je me disais… La semaine prochaine c'est Pâques. Tu seras là, n'est-ce pas ? Il y aura tout le monde. Et puis, c'est toujours toi qui rapportes le plus d'œufs en chocolat.

Anna était comme hypnotisée. Elle se revit gamine dans la maison de Pornichet, un dimanche après-midi. Son grand-père était assis à son bureau au coin du feu. Dans le cendrier, l'extrémité rougeoyante d'un cigare exhalait sa fumée épaisse et odorante. Un vinyle sur la platine, laissant grésiller l'inimitable voix de la Callas interprétant *Norma* de Vincenzo Bellini, enregistrée dans les murs mêmes de l'Opéra Garnier. De l'autre côté du monde, son téléphone portable à la main, Anna sentit la nostalgie l'envahir. Son sang glacé se réchauffa, elle répondit : « Je serai là ! »

*

Anna s'enfonça dans son siège, sentit les muscles de son cou se relâcher. Son regard ne pouvait se fixer sur un point tant les arbres se succédaient, les talus montaient et descendaient comme le signal d'un électrocardiogramme. Elle connaissait par cœur les quatre cent cinquante kilomètres qui séparent la gare Montparnasse de celle de Pornichet.

Cette fois-ci, elle ferait l'aller-retour dans la journée. Elle n'avait emporté qu'un petit sac et c'était bien suffisant puisqu'elle n'avait pas l'intention de s'éterniser là-bas. Son grand-père avait été un brise-glace, mais déjà la banquise, après lui, se refermait, la laissant prise au piège. Anna accomplirait ce pour quoi elle avait été programmée, comme une obéissante petite-fille. Elle posa une main sur son ventre en pensant qu'elle serait bientôt fixée. Si elle n'avait pas ses règles aujourd'hui, elle irait demain au laboratoire pour faire des analyses.

Personne ne vint la chercher à la gare. Le temps était clément, alors elle décida de faire le chemin à pied. Elle n'était pas pressée d'arriver et si, par hasard, quelque chose d'inattendu devait la détourner du clan, elle accepterait de bon gré cette éventualité. Peut-être, au fond, l'espérait-elle.

À mesure qu'elle se rapprochait de sa destination, la côte s'ensauvageait comme pour la mettre en garde. Les jours passés ne reviendraient plus. Elle hésita à rebrousser chemin, puis, finalement, continua sa route.

La Bessonière était un lieu identitaire. La vieille baraque à trois étages avait une âme. Anna se demanda si elle allait l'accueillir à bras ouverts ou bien si, acquise à la cause familiale, elle se défendrait de sa venue comme un organisme vivant pouvait lutter contre un corps étranger.

Anna passa entre les battants en fer forgé du portail. La végétation, d'habitude luxuriante, traînait encore dans son pyjama d'hiver. La Bessonière demeurait invisible. Il fallait, pour la mériter, franchir les deux cents mètres d'un sentier caillouteux bordé de châtaigniers. Au dernier virage, elle daigna se dévoiler, pudique demoiselle qu'elle était.

Anna aurait préféré sauter la case du déjeuner familial et atterrir directement à celle du dessert et de la chasse aux œufs. Au lieu de cela, elle allait arriver sous le regard accusateur et carnassier de sa famille au grand complet. Rien n'était plus dangereux qu'un Besson affamé.

Comme elle franchissait la porte d'entrée, ce fut l'odeur de tabac et de brandy qui lui monta au nez.

Au bout du vestibule s'ouvrait une large pièce, traversée de lumière et remplie de Besson. Elle déposa sa veste sur un crochet libre en pensant aux carcasses dépecées qu'on accroche dans les chambres frigorifiques des boucheries. Elle garda son sac contre son ventre comme pour s'en faire un bouclier. Au loin, elle sentait le bassin frétiller de piranhas. Lazare et Pâris se levèrent et vinrent à sa rencontre.

— Salut ma puce ! lui dit son père en la serrant contre lui. Tu aurais dû m'appeler, je serais venu te chercher à la gare.

Anna lui rendit son étreinte puis ce fut au tour de Lazare de la prendre dans ses bras. Sa barbe piquait. Anna se dissolvait dans son parfum. En la serrant fort, il lui confia à l'oreille :

— Je suis content que tu sois là.

Accompagnée de deux des trois hommes de sa vie, elle avança dans les flots tumultueux et glacés du fleuve. Elle avait de l'eau jusqu'à la taille quand elle pénétra dans la salle à manger. Ce dimanche de Pâques fut pour Anna comme un jour de baptême.

*

La salle à manger était rectangulaire, ouverte sur un salon bordé d'une bibliothèque et garni d'un piano à queue. Comme d'habitude, trois tables étaient dressées. L'organisation du dimanche pascal était d'une immuable orchestration. Chacun était fidèle à son poste, chacun avait une attitude figée dans un rôle précis. Anna pensa qu'il pourrait y avoir une guerre ou un débarquement sur les plages de La Baule, que les Besson resteraient assis, leur cul posé sur ces chaises, à radoter les mêmes histoires.

Au centre de la table principale, celle *des adultes*, siégeait Lazare, un verre de vin rouge levé en l'air, annonce d'un discours à venir. À la droite du concierge, son chorégraphe de fils faisait tinter son verre pour réclamer le silence. Si chacun s'étonnait de la présence d'Anna, personne, en revanche, ne semblait s'inquiéter de l'absence d'Estelle, l'ex-femme de son oncle Christian, ni de celle de Marie-Louise l'Apatride. Anna pensa aux apparences et à la façon dont sa mère avait disparu du jour au lendemain, sans que cela suscite une quelconque émotion. Arlette, puis Florence, et maintenant Estelle et Marie-Louise. Toutes avaient tragiquement été rayées de la mémoire des Besson et remplacées.

À la suite du récent mercato, Patricia et Véronique, qui occupaient désormais les postes de Marie-Louise et Florence, avaient été placées l'une à côté de l'autre. Celles qu'on appellerait bientôt « Pat » et « Véro » paraissaient s'entendre comme larrons en foire. Véro indiquait à Pat la conduite à tenir pour être titularisée.

Chaque membre de la famille avait un rond de serviette en bois avec son prénom pyrogravé dessus. Anna était en compagnie de ses cousins.

Carine, la fille de Gilles, s'étonna de ne pas voir Samuel. Anna lui expliqua que la pharmacie où il travaillait était de garde et qu'il n'avait pas pu se faire remplacer.

— De toute façon, poursuivit Carine, Samuel est juif, n'est-ce pas ? Si je ne dis pas de bêtise, ce qu'il préfère manger à Pâques, c'est du pain azyme et non des œufs en chocolat. Remarque, quitte à se tuer le bide, je préfère encore le chocolat.

Antoine rit de bon cœur à la blague de sa sœur. Il avait, comme son père, un menton galochant exerçant un magnétisme puissant sur les liquides en tous genres.

— Entre nous, dit Antoine, si j'avais eu la possibilité, moi aussi, de me soustraire à cette tradition débile, je ne serais pas venu aujourd'hui. Je trouvais ça déjà moyennement drôle quand nous étions gamins… Vous allez voir que papi va encore nous faire son autopromo suivie d'une homélie dont il a le secret.

Antoine joignit ses deux mains, leva les yeux vers le plafond et chantonna d'une voix basse :

— Rendons grâce à Notre Seigneur Jésus-Christ, qui a fait de moi le père du roi Pâris et le Sauveur de l'humanité… *Amen.*

— Et ton frère ? renchérit Carine. Ça fait des lustres qu'on ne l'a pas vu par ici. Il ne nous snoberait pas un peu, par hasard ? La dernière fois que je l'ai croisé… c'était quand, Antoine ?

— Sur Netflix peut-être ?

— Ah oui, il était en contre-plongée dans une maquette hollywoodienne de la tour Eiffel avec un ventilateur qui lui soufflait les cheveux vers l'arrière.

En charmante compagnie d'ailleurs. Tellement charmante qu'elle aussi on la voit partout. Enfin, surtout dans les magazines, parce que chez les bouseux Besson, niet.

— Tu as raison, Carine. J'ai l'impression que le sens de la famille s'étiole un peu du côté de « la branche authentique ».

Antoine jeta un coup d'œil appuyé en direction de sa sœur. « La branche authentique » était une façon de parler des enfants et petits-enfants nés du premier mariage de Lazare avec Arlette. Un aphorisme lourd de sous-entendus.

— Il va très bien, ne t'inquiète pas, lui répondit Anna. Tu sais, les rassemblements familiaux, ça n'a jamais été son truc. Mais avec lui on peut s'attendre à tout ! Même qu'il rapplique à la dernière minute. Il est très libre.

Antoine n'eut pas le temps de réagir à ce tacle. Tous les regards se tournèrent vers Lazare, qui, son verre à la main, se raclait la gorge pour obtenir enfin le silence de ses ouailles.

— Mes chers enfants, mes chers petits-enfants, ma bien-aimée Margot.

Lazare fit une pause. Il avait les yeux humides et les conjonctives rouges. Il considéra tour à tour les membres de sa famille. Son visage s'ombragea puis il reprit :

— C'est mon dernier Pâques à vos côtés.

Silence, puis légère agitation, du côté de Gilles qui, mal à l'aise, cogna sa prothèse contre la table en se réinstallant. Margot regardait son mari, l'air de n'avoir pas compris ce qu'il venait de dire.

— N'ayez pas peur, je ne vais pas vous annoncer une maladie incurable que l'on viendrait de me diagnostiquer. Mon médecin est optimiste, il me prête une bonne santé, mais il y a certaines choses que la médecine ne peut pas savoir.

Lazare semblait songeur. Un malaise silencieux se répandit entre les trois tablées.

— Je n'ai pas non plus l'intention de céder à la facilité qui consisterait à quitter la scène au milieu de la pièce.

Lazare avait le souffle court. Entre chacune de ses phrases, on pouvait se projeter dans sa disparition.

— Si l'Opéra m'a appris quelque chose, c'est qu'il faut savoir soigner sa sortie. L'improvisation est un art mineur qui n'a pas sa place dans une troupe comme la nôtre. Bientôt, je vous le dis, ma chaise sera vide et vous resterez seuls sur les planches. Il n'y aura plus de souffleurs pour vous donner la réplique. À l'horizon désormais, sans plus aucun rempart, vous ferez face à votre propre mort, tout comme je contemple la mienne depuis que mon père n'est plus là. Et puisque ma mort est à portée de main, il me faut décider, comme le dernier passager d'une montgolfière qui perd de l'altitude, ce dont je vais me délester et ce qui m'accompagnera dans les profondeurs où je vais échouer. Car, dans cette course contre la montre, c'est toujours la montre qui gagne. Vous recevrez de moi quelques biens matériels, quelques émoluments en guise de consolation, mais tout le reste, sans exception, demeurera prisonnier entre mes lèvres closes et cousues de secrets, couché sous la terre fraîche.

Lazare, roi du silence, regardait au-delà des êtres assis autour de lui. Anna l'observait, la gorge nouée, ne sachant que penser.

— J'ai assez peu de regrets. J'ai vécu d'innombrables vies, ai rencontré des personnes influentes, assisté à tant de prodiges que je pourrais m'endormir mille ans sans jamais m'ennuyer. J'ai apprécié cette vie, faite d'engagements, de luttes, de musique et de danse. Une vie que tant d'autres auraient rêvé avoir. J'ai aimé, par deux fois. J'ai vu naître quatre garçons et j'ai même accouché d'une étoile. Mais il y a tant de choses que vous ne savez pas.

Anna remarqua que la fossette de Lazare se creusait. Elle se dit alors que son grand-père faisait tout sauf improviser. Elle sentit son cocon remuer. Une angoisse sourde se mit à galoper au rythme de son cœur.

— Je n'ai pas peur de mourir mais de vous laisser démunis. Vous aurez beau briller, je crains que vous ne soyez pas de taille à lutter contre l'obscurantisme qui s'étend. Quelle que soit la direction dans laquelle je regarde, je ne vois qu'un soleil crépusculaire d'Est en Ouest. Les étoiles sont une espèce en voie d'extinction. Dans un monde où la bêtise et la médiocrité auront élu domicile, l'anomalie ce sera vous et pas eux ! Quand j'y pense, cela me plonge dans une profonde mélancolie et je me demande à quoi bon faire briller des étoiles au milieu d'un trou noir !

À La Bessonière, le malaise devenait palpable. Lazare scrutait les réactions dans une salle à manger suspendue à ses lèvres. Il espérait des pleurs ou des rires. N'importe quoi, pourvu que se déchaîne la vie dans ce clan moribond. Mais le silence prospérait comme de la mauvaise herbe. *Tant pis pour eux*, pensa-t-il avant de poursuivre.

— La fête de Pâques célèbre à la fois l'eucharistie, la Passion du Christ et sa résurrection, autant de simagrées qui ne sont que des foutaises !

Clameur cette fois-ci dans la salle à manger. Margot mit sa main devant la bouche puis émit une brève inspiration sonore. Lazare avait toujours été un bon catholique, respectueux des traditions. Il était un pilier de sa paroisse et l'un de ses plus généreux donateurs. S'il lui arrivait de blasphémer, jamais il ne l'avait fait en public.

— Ne me regardez pas comme une bête curieuse : il est bien évident que ce ne sont que des sornettes. Quelle personne sensée irait croire qu'il y a dans ces fariboles une once de vérité ? Il n'y a là à manger que pour des ânes sans cervelle. La vérité, c'est que lorsqu'elle ne tue pas, la religion rend con. Elle peut parfois nous donner l'illusion du bonheur, mais croyez-moi, plus je vieillis, et plus le bonheur me paraît une valeur dérisoire. C'est peut-être cela, au fond, mon testament. Soyez libres mes enfants ! Libres d'être tristes, libres d'avoir mal. Soyez libres d'avoir peur de vivre avec la certitude absolue qu'après la mort il n'y aura rien d'autre que des vers et des cloportes pour se nourrir de vos chairs. Ouvrez grands vos yeux et brûlez vos rétines au soleil de la liberté. C'est le seul combat qui mérite d'être mené.

Anna perçut un craquement dans le scaphandre de sa chrysalide. Il lui sembla que la frontière imperméable qu'elle s'était fabriquée pour se protéger de la violence de sa famille se trouait par endroits.

— Quand vous serez plongés dans les ténèbres, lorsqu'il n'y aura plus rien à quoi vous raccrocher et que tout espoir paraîtra vain, alors surtout, ne comptez pas sur Dieu pour vous montrer le chemin. La seule lumière qui pourra vous guider sera celle que vous produirez vous-même. Croyez-vous que c'est Votre Seigneur Jésus-Christ qui m'a permis d'échapper à une mort certaine pendant la guerre ? Pourquoi moi, Lazare Besson, aurais-je survécu là où d'autres sont morts, par milliers, par millions ? Avais-je mieux prié ? Étais-je plus méritant ? Mon cul, oui ! La vérité, c'est que lorsqu'il fait nuit, en dehors de nous, rien ne brille dans le ciel !

La chrysalide d'Anna s'effrita en larges plaques à la manière d'une croûte qui s'enlève et laisse à l'air libre une peau rose et neuve. Lazare toussa trois fois pour cacher un sanglot. Un bref vertige lui fit poser une main sur la table. Il se racla la gorge, redressa la tête, puis, sur son visage, l'ombre s'en alla comme elle était venue. Il sourit et récupéra toute sa bonhomie. Tous à l'exception d'Anna oublièrent, comme par magie, l'intempérance de sa prise de parole.

— Allons, dit Lazare comme si de rien n'était, vous n'allez pas vous laisser abattre par les ruminations séniles de l'ancêtre de la famille. Nous sommes là pour faire la fête après tout, non ? Je crois que Mauricette s'est encore surpassée cette année, alors, sans plus attendre, je vous propose que nous lui fassions honneur et que nous mangions jusqu'à l'épuisement. Je vous souhaite à toutes et à tous un excellent appétit, mais gardez-en un peu pour les œufs en chocolat.

Lazare se rassit. En quelques secondes, chacun reprit sa vie là où il l'avait laissée. Christian, sur son smartphone, photographiait son père qui pour cette occasion levait vers lui son verre. Pâris, d'un geste tendre, caressait la chevelure de Patricia, de la même manière qu'il le faisait avec Marie-Louise quand elle était à sa place. Antoine et Carine se plaignaient de la nourriture qu'on allait leur servir. Anna, en pleine confusion, voyait l'amnésie galoper dans les plaines de La Bessonière. Elle se sentit mal et nauséeuse. Sa vision s'embua et les sons autour d'elle parurent capitonnés. Elle se répéta les paroles de Lazare comme les chiffres d'un numéro de téléphone pour ne pas les oublier.

Elle passa le reste du repas sans mot dire.

Chapitre 14

Vint l'heure de la traditionnelle chasse aux œufs. Chaque petit enfant irait chercher ce que Margot avait dissimulé le matin à l'intérieur et à l'extérieur de La Bessonière. Celui ou celle qui en rapporterait le plus aurait droit à un cadeau de la part de Lazare, qui avait pris l'habitude de distribuer des reliques de l'Opéra Garnier accumulées au cours de sa carrière.

Aujourd'hui, il avait posé sur le piano à queue une chose insolite cachée sous une cloche opaque. Dans un geste théâtral, Lazare découvrit l'objet de toutes les convoitises. Il y eut un cri d'effroi.

— N'ayez crainte, elle est inoffensive. Je vous présente la tête coupée du prophète Jokanaan, posée sur son plateau d'argent. En réalité, il s'agit d'une des deux têtes confectionnées pour *La Tragédie de Salomé*, dont le ballet, dirigé par Guerra et Chevillard, a été joué pour la toute première fois en avril 1919 à l'Opéra Garnier, bien avant ma naissance. Ce trésor a une valeur symbolique inestimable. Il me vient de mon père. Cette tête a été tenue par la danseuse la plus exceptionnelle qu'il m'ait été donné de rencontrer, Ida Rubinstein. C'est cette tête-là qu'a embrassée la belle Ida incarnant Salomé à la fin de la quatrième scène ! Bien sûr, elle n'est plus de première fraîcheur, le sang a perdu son éclat vermillon et je ne sais pas si l'un d'entre vous souhaiterait la posséder, mais ce dont je suis sûr, en revanche, c'est qu'elle appartiendra à celui ou celle qui aura trouvé le plus d'œufs en chocolat.

Puis, il lança, comme chaque fois : « Que le meilleur gagne ! » Et tous se dispersèrent.

*

Anna crut d'abord voir la tête d'Abel posée sur un plateau d'argent. Abel, dont le rond de serviette avait été remisé avec celui d'Arlette, de Florence, d'Estelle et de Marie-Louise. Elle n'avait pu s'empêcher de pousser un cri lorsque son grand-père avait soulevé d'un coup sec la cloche qui dissimulait l'extrémité céphalique de Jokanaan. La tête ensanglantée de son cousin laissa une empreinte indélébile dans l'esprit de la jeune femme. Anna ne parvenait pas à détacher ses yeux de cette tête décapitée à l'aspect suranné. Alors que le monde autour d'elle reprenait ses couleurs les plus vives, le visage de son cousin paraissait pâle et terne. L'échancrure effilochée à la base de son cou se teintait d'un vieux rose qui naguère était rouge écarlate. Peut-être le pigment avait-il perdu de son éclat en restant exposé aux rayons du soleil ? Peut-être était-ce parce que l'image lui parvenait d'une autre dimension ? Anna ne pouvait passer outre cette anomalie. *Ça manque de rouge*, se disait-elle, et cette idée s'incrusta dans son esprit jusqu'à l'obsession, jusqu'à la folie, jusqu'à ne plus savoir qui, d'elle ou de Salomé, devait chercher des œufs. Indéniablement, cela manquait de rouge et il fallait y remédier…

[Premier acte]

Salomé commença par explorer le premier étage de La Bessonière. Elle monta les escaliers et poussa la porte de la chambre à sa gauche. C'était la chambre jaune, celle du Pleyel droit, le seul piano de la maison que, enfant, elle avait le droit de caresser. À l'époque, elle parcourait de ses doigts le clavier noir et blanc, espérant qu'un beau jour, à force d'appuyer au hasard de ses touches, naîtrait une sonate digne d'être jouée à l'Opéra Garnier. Mais Salomé n'était pas seule. Vincent et Véronique, comme deux adolescents, étaient trop occupés à se bécoter dans un coin de la pièce pour faire grand cas de sa présence. Silencieuse, Salomé entra, retira ses souliers et poussa la porte derrière elle. Au loin, par la fenêtre, elle voyait l'océan. Elle surplombait la mer morte sur une des terrasses du grand palais d'Hérode. Elle incarnait cette femme, qui avait exigé du roi la tête de Jokanaan comme ultime trophée avant de lui baiser ses lèvres mortes et d'être assassinée. Elle se rapprocha discrètement du couple illégitime, tira de son sac un long couteau puis, d'un geste vif, plus rapide que l'éclair, trancha le cou de son oncle Vincent et dans une même arabesque, la gorge de celle qu'on appelait Véro. Elle avait imaginé une besogne plus pénible. Manquerait-elle de force ou de technique pour accomplir un tel exploit ? Devrait-elle s'y reprendre pour achever sa proie ? Le vendeur lui avait promis que sous son fil, le cuir d'un chevreuil deviendrait plus tendre qu'un filet de bœuf rosé à cœur. Il n'avait pas menti. Le coup porté avait tranché le lard jusqu'aux cordes vocales et une bonne épaisseur de cartilage et de tissus laryngés avait volé à travers la pièce, mouchetant d'un beau rouge glaireux le mur à la couleur de pisse. Le sang giclait, formant une fontaine à l'eau plus rouge et plus visqueuse que la lave d'un volcan. Salomé fut surprise de la température et de l'arrière-goût rouillé de ce liquide brûlant qui l'éclaboussait en gerbes incandescentes. Elle sortit de la pièce, l'air apaisé, et rangea son couteau dans son sac. Elle respira profondément et poursuivit sa route en laissant derrière elle des empreintes rougies à la forme de ses pieds.

Ça manque de rouge.

[Deuxième acte]

Salomé descendit par le grand escalier et sortit dans le jardin sans rencontrer âme qui vive. Les adultes étaient tous réunis dans le salon. Sans doute parlaient-ils d'Anna.

Les extérieurs de La Bessonière étaient constitués de différents espaces aménagés, communiquant entre eux par des couloirs végétaux composés de haies de charmille taillées comme des murs. Quand on découvrait cet endroit, on avait l'impression d'entrer dans un labyrinthe. Il y avait des impasses, un bord de plage privée, le jardin principal – avec son magnolia et sa vieille balançoire qui pendait à sa branche –, et même un court sentier en pente raide, qui, lorsqu'on l'empruntait, montait jusque vers une sorte de belvédère très peu sécurisé d'où l'on pouvait contempler l'océan qui venait se briser sur les rochers dix mètres en contrebas.

Salomé prit d'abord le chemin de gauche. Au bout d'une quinzaine de mètres, le sol sous ses pieds se modifia et le gravier se fit plus fin jusqu'à devenir du sable blanc. Le sang de ses victimes avait séché sur la plante de ses pieds, lui faisant des semelles en cuir plus rouges qu'une paire de Louboutin. Elle débarqua à l'extrémité de la bande de sable qui bordait l'océan. Patricia, ignorant tout des us et coutumes de la chasse aux œufs, fouillait fébrilement une malle remplie de pieds de parasols. Pour faire bonne impression, la maîtresse de Pâris s'était jetée dans la compétition, sans savoir que cette discipline était réservée aux petits-enfants. *Pas de chance.*

Adossée au brise-vue qui séparait la plage privée du reste du littoral, Salomé trouva la pelle utilisée pour déblayer les dunes qui se formaient au gré du vent. L'instrument était lourd et difficile à manier.

Patricia se redressa, le dos tourné vers Salomé. Elle avait dans sa main un œuf en chocolat dans son papier d'origine. Elle le regardait sous toutes ses coutures, comme une archéologue le ferait d'un fétiche à peine déterré. La pelle siffla en l'air, mais la partie concave de celle-ci offrit une résistance au vent océanique qui ralentit l'extraordinaire coup droit qu'elle avait décoché. Lorsqu'elle heurta l'écaille la plus occipitale de son crâne, il y eut un bruit comique, une sorte de gong mat. Salomé fut emportée par l'inertie de la pelle et faillit tomber en avant. Mais ses réflexes de danseuse la sauvèrent. Elle utilisa son élan pour sauter d'une jambe à l'autre, basculer le poids de son corps et maintenir la vitesse de la pelle. D'un revers digne de Serena Williams, elle fracassa la face de sa belle-mère avec le bord tranchant et rouillé de la vieille pelle. Puis, enfin, l'irruption sanguine tant attendue. Le visage fendu, Patricia fut projetée en arrière tandis que la puissance du choc créa une vibration qui remonta du manche jusqu'à la tête de Salomé, laquelle en fut tout étourdie. Patricia était inanimée et l'hématome à l'arrière de son crâne enflait à vue d'œil.

Salomé lâcha sa pelle, les bras endoloris d'avoir fourni tant d'efforts. Elle regarda le sang former sur le sable des boulettes noirâtres. *Cela manquait de rouge*, évidemment, mais le sang versé sonnait sa rédemption. Elle s'en alla et déjà des albatros s'en vinrent picorer les parties les plus tendres de l'anatomie de Patricia.

[Troisième acte]

Elle se dirigea vers le jardin principal où, en seigneur de ces lieux, trônait Sa Majesté le magnolia planté par le concierge en personne.

Antoine et Carine cherchaient à l'ombre de cet arbre l'œuf qu'à coup sûr Margot avait caché. Salomé, à distance, les écoutait parler.

— Ça y est, je l'ai ! s'écria Antoine. Comme l'année dernière.

— C'est qu'elle ne rajeunit pas, mamie, poursuivit Carine en examinant le trésor camouflé dans une branche à hauteur d'enfant. La pauvre, elle croit qu'on a encore six ans.

Salomé arriva, couverte de sang. Carine poussa un cri. Salomé avança sur le devant de la scène. Elle était une étoile dans la poursuite du soleil, en pleine variation. Elle effectua quelques pas de côté dans un adagio sublime, puis s'élança vers eux dans un déboulé constitué de trois rotations rapides, la tête indépendante, ne lâchant pas des yeux ses deux prochaines victimes. Elle retira de son sac, un pistolet noir semi-automatique de la marque Beretta qu'elle s'était procuré auprès d'une connaissance louche. Carine et Antoine reculèrent d'un pas puis de deux jusqu'à se retrouver le dos contre le tronc du magnolia. Ils étaient acculés, faisant face au destin qui s'était incarné dans les traits d'une cousine. Antoine voulut crier, mais Salomé fut plus rapide. Elle lui décocha un coup de crosse au niveau de la tempe tandis que son genou vint heurter le plexus solaire de sa cousine. Frère et sœur furent pliés en deux, le souffle coupé. Salomé tira sur la balançoire et l'arracha à sa branche. Elle prit la chaîne qui s'était libérée de l'assise en bois pourri et s'en servit pour ligoter ses cousins au tronc du magnolia, transformé, pour les besoins de la scène, en pilori d'infortune. Calme, elle mit en joue les deux enfants de Gilles. L'œil directeur écarquillé tandis que l'autre se plissait, elle appuya deux fois sur la détente. Les claquements résonnèrent et firent s'envoler tous les oiseaux du parc. Les victimes restèrent debout avec les membres pendants, comme deux pantins en deuil de leur marionnettiste. De leur nez s'écoulait le sang qui au sol rougissait les racines du magnolia planté par leur grand-père.

[Quatrième acte]

Lorsque Salomé revint dans le salon, il restait des Besson. Lazare était installé dans son fauteuil club à repose-pied électrique, un verre de brandy à la main et un cigare dans l'autre. Il était encadré, comme le voulait la coutume, de Pâris et de Christian. Le reste de la troupe était composé de figurants.

Salomé sortit de l'ombre et grandit dans la clarté du jour. La rumeur s'éteignit et tous comprirent que l'heure était venue. Point de cri ni de pleurs ou de protestation, mais une résignation collective, peut-être un soulagement.

Son Beretta à la main, elle avança dans le salon, caressa au passage, la tête sanguinolente d'Abel sur son plateau d'argent, qui attendait que, par l'entremise de Salomé, s'accomplît la prophétie. Les couleurs étaient plus vives qu'auparavant, mais il fallait encore abreuver la bête de sang frais pour que le monde retrouve sa superbe et se confonde avec la réalité.

SALOMÉ
Le sang de ma tribu n'irrigue plus mes veines
Il est sur mes habits, sur ma peau, sur la scène ;
Me voilà libre enfin : rien ne m'aliène ici,
La mort fait ses comptes et ne fait plus crédit.

Salomé prend la tête d'Abel entre ses mains et la brandit devant elle.

Tremblez devant celui qui connaît l'assassin,
Il était dans la tombe et regardait Caïn.
Il a brisé sa stèle et revient se venger.
Je suis la Némésis qui fait le sang couler.

Gilles fut le premier à vouloir répondre de ses actes, mais le fiel n'eut guère le temps de s'écouler par sa bouche. Une balle chauffée à blanc traversa son orbite gauche puis toutes les substances plus ou moins solides de sa tête et lui ferma net son clapet.

Les autres n'opposèrent pas la moindre résistance. Ils regardaient leurs pieds, en attendant qu'un juste châtiment mît fin à cette pièce macabre.

Il ne restait plus que Christian, Pâris et Lazare : le comédien, le chorégraphe et le concierge. Salomé avait presque étanché sa soif inextinguible de sang. Pourtant, il lui fallait encore accomplir la coda, l'ultime mouvement de ce maudit ballet.

[Coda]

Salomé reposa la tête du Prophète-Abel sur le piano à queue, puis s'inclina et l'embrassa sur la bouche. Le père et ses deux fils s'étaient rapprochés d'elle et se donnaient la main, formant une ronde dont elle était le centre. Ils tournaient lentement autour d'elle dans un improbable carrousel.

SALOMÉ *tourne sur elle-même, au centre de la ronde*
Mes mains tremblent pourtant devant vos trois visages
Et j'hésite à finir mon si funeste ouvrage.
Je voudrais modifier l'issue de cette pièce,
Aimer ma vie de fille, petite-fille et nièce.

LAZARE
Tu peux nous renier, tu resteras Besson,
Au sein de ta révolte et de tes passions.
Mais si tu dois trembler, tremble devant la vie,
Jamais devant la mort : les Besson sont ainsi.

CHRISTIAN
Libre à présent de faire enfin tes propres choix
Chasse-nous de la scène : après tout, c'est ton droit.
Depuis longtemps déjà la pièce a commencé,
Il fallait que quelqu'un fît le rideau tomber

PÂRIS
Vas-y ma puce...

Tous trois s'immobilisèrent. Lazare prit la main de Salomé, dirigea l'arme contre la poitrine de Christian et appuya sur la gâchette. Puis ce fut au tour de Pâris de guider le geste de Salomé contre Lazare, qui s'effondra en silence. Pâris était maintenant seul face à sa fille. Salomé put lire en lui tout ce qu'il avait tu, et l'espace d'une seconde, elle perçut l'univers tel qu'il était et non tel qu'il paraissait. Puis son père dirigea le Berreta contre son propre cœur et la détonation fit s'envoler son âme de sa branche charnelle. Pâris s'écroula, comme pouvait s'écrouler un danseur étoile, sans fracas ni lourdeur. Au sol se répandait le sang mêlé du comédien, du chorégraphe et du concierge. Un sang rouge vermillon, tout simplement parfait. Il ne manquait plus rien.

*

Anna n'eut pas le cœur d'aller chasser les œufs. Elle laissa à ses cousins la chance de rapporter chez eux le trophée de Lazare qu'elle trouvait sinistre. Elle se promena dans La Bessonière en se remémorant les vestiges d'un temps passé : la chambre jaune, le Pleyel droit et ses doigts fuselés qui dansaient sur les octaves d'ivoire, la plage et le vieux magnolia qu'avait planté Lazare. Lorsqu'elle avait découvert la tête de Jokanaan posée sur son plateau d'argent, l'angoisse et la colère l'avaient submergée et il s'en était fallu de peu qu'elle envoie tout valdinguer. À la croisée des chemins, elle avait eu le choix de s'en aller pour ne jamais revenir, ou bien de rester et d'accepter de poursuivre sa révolution.

Ce fut Carine qui remporta la tête coupée. Alors que tout le monde, dans le strict respect de la tradition, l'ovationnait, Anna ressentit dans le bas de son ventre une sensation douloureuse qui lui était familière. Elle se souvint du bloc opératoire, du sourire du docteur Farouk agitant le tube à essai qui contenait ses œufs, de l'espoir qui les avait accompagnés tout au long des quinze derniers jours et qui allait avorter ici même dans les toilettes de La Bessonière. Anna se dit qu'au moins, demain, elle n'aurait pas besoin de faire cette maudite prise de sang. Elle crut voir son endomètre s'ulcérer sous l'effet des hormones. Privée d'un œuf à couver, elle digérerait son propre utérus dans un cycle éternel.

Elle s'éclipsa pour se rendre aux toilettes du rez-de-chaussée. Elle ferma la porte à clé, prit dans son sac une serviette hygiénique, baissa sa culotte, certaine de savoir ce qu'elle allait y trouver et se répéta comme une litanie que *ça manquait de rouge*. Et en effet, le rouge manquait, le coton était d'un blanc virginal.

Troisième acte
Le Lac des cygnes

« *Le Lac des cygnes* est pour moi une longue rêverie du prince Siegfried […] pour échapper au destin qu'on lui prépare. »

Rudolf Noureïev, 1984

« Être un oiseau n'est que la forme voilée d'un autre désir […] le désir de voler ne signifie rien d'autre, en rêve, que le désir interne d'être capable d'activités sexuelles. »

Un souvenir d'enfance de Léonard de Vinci,
Sigmund Freud

« Un cygne noir est un évènement à faible probabilité de se dérouler, qui a des conséquences d'une portée exceptionnelle. C'est une forme de dissonance statistique que certains appellent le destin. »

Le Cygne noir, Nassim Nicholas Taleb

Chapitre 1

Paris, 1er avril 1942

La table, recouverte d'une belle nappe blanche, était dressée avec la vaisselle réservée à la fête de Pessah. Émile essayait de suivre les prières en hébreu sur un livre ouvert devant lui. Il n'avait qu'une hâte : passer au repas puis chanter à tue-tête les sempiternelles chansons qui clôturaient la soirée, l'estomac plombé par des *matzoth* imbibées de soupe. Cependant, il savait qu'avant d'en arriver là il devrait traverser les rituels sacrés et les prières interminables qui composaient la partition du Seder. À ses côtés, Selma, sa grande sœur, était assise, le dos presque aligné avec la tête. Elle portait une jolie robe à fleurs que son père avait pris soin de lui confectionner pour l'occasion. Avner veillait au bon déroulement de la cérémonie. Le Seder était pour lui une affaire sérieuse qui ne pouvait souffrir aucune entorse. Il avait le visage fermé et fronçait les sourcils chaque fois que Jacob Blumenstein, son beau-père, lui proposait un rite alternatif ou un chant différent. Chaque famille avait ses propres traditions et rien n'était plus difficile que d'épouser celles de l'autre. Les chaises de Gloria Blumenstein et de sa fille Lévana, la mère d'Émile et de Selma, étaient vides. Toutes deux étaient en cuisine, préparant en coulisses les spécialités tant attendues. Elles peaufinaient les détails, cherchant à camoufler l'austérité d'un festin en temps de rationnement. Oubliés les grands plateaux de carpes à la juive nageant dans leur gelée verdâtre, c'était tout juste s'ils avaient obtenu assez de chair de poisson pour façonner quelques boulettes de *gefilte fish*. Le bouillon de poule était trop clair pour être honnête et il n'y avait pas assez de graisse d'oie pour faire plus de deux *kneidler* par personne. Dieu merci, grâce aux connaissances bien placées de Jacob, ils avaient pu obtenir quelques *matzoth*.

— Émile ! C'est ton tour.

L'enfant n'avait nulle part où se cacher, alors il leva le nez de son livre, regarda son père et demanda :

— Moi ?

— Tu vois un autre Émile dans les parages ?

Puis, sans attendre de réponse, Avner cria en direction de la cuisine où son épouse et sa belle-mère s'affairaient.

— Lévana ! Madame Blumenstein ! C'est l'heure du *Ma Nichtana* !

Les deux femmes arrivèrent sans tarder et s'installèrent à leur place.

Intimidé, Émile se leva. Il avait l'air encore plus bossu que d'habitude. Il entonna la chanson du *Ma Nichtana* d'abord d'un air mal assuré, puis de plus en plus clairement jusqu'à ce que sa voix vînt rejoindre à l'unisson celles des autres enfants juifs, où qu'ils fussent dans le monde, et quelle que fût leur condition.

Lorsqu'il eut terminé, il se rassit. Ses parents et ses grands-parents avaient les yeux humides. Selma le regardait, un tantinet jalouse. Avner demanda :

— Alors Émile, peux-tu nous dire en quoi cette nuit est différente des autres nuits ?

Émile avait bien des idées, mais pas une seule qui pût faire consensus : *peut-être parce que tu as un sens de la fête très particulier, mon cher papa ! Peut-être aussi parce que, depuis que je suis né, je te vois porter tous les malheurs du monde quand le Seder approche ?*

— Ce Seder n'a aucun sens, décréta Jacob, en frappant la table du plat de la main, faisant trembler la vaisselle.

Avner le fusilla du regard mais Jacob continua :

— À quoi bon fêter la sortie d'Égypte, vous pouvez me le dire ? Ne voyez-vous pas à quel point nous y sommes encore, dans le trou du cul de l'Égypte !

— Jacob ! hurla Gloria. Il y a des enfants à table.

— Justement, il y a des enfants et aucun d'entre eux ne devrait être là. Personne ne devrait être là ! On devrait tous être loin d'ici, dans un appartement où l'on n'aurait pas besoin de tirer les rideaux ni de fermer la porte à clé pour faire le Seder.

Lévana se mit à pleurer. Avner demeurait impassible.

— Ils ont arrêté les Geber et les Abramowicz, cria Jacob, et je ne sais pas par quel miracle ils ne nous ont pas encore pris. Pessah est bien censé fêter la liberté, non ? Liberté, mon cul ! Ça fait des générations qu'on se fait persécuter. On devrait quitter Paris, plutôt que de chanter dans les couloirs de l'abattoir !

Puis le silence retomba sur Pessah et chacun regarda son assiette vide. Au bout de quelques instants, Jacob assena le coup de grâce :

— C'est ton rôle Avner ! Gloria et moi sommes trop vieux pour espérer refaire nos vies ailleurs. Mais toi ? Vas-tu rester planté là, les bras ballants, à attendre que les Égyptiens viennent vous prendre ? N'oublie pas que ta famille est avant tout la mienne. Tu n'avais rien et je t'ai donné ma fille !

Avner aurait dû lui répondre quelque chose. Mais il y avait, dans la mécanique de son corps, un rouage grippé. Selma, inquiète, fixait son père, plus voûté que jamais, guettant l'instant où il se taperait le poing sur la poitrine et s'écroulerait mort sur le plateau du Seder. Lévana et sa mère pleuraient en silence, tandis qu'Émile se demandait quel pouvait être son rôle dans cette étrange pièce.

Avner releva la tête, ajusta le chapeau qu'il portait chaque année, et psalmodia les prières, laissées en suspens. Quand tout s'écroule, reste le rituel sacré du Seder. Il n'y a nul besoin de se torturer l'esprit, car tout est consigné noir sur blanc, depuis les questions qu'il faudrait se poser jusqu'aux aliments qu'il faudrait consommer. Le Seder est le soir du grand ordonnancement. Celui où tous les Juifs du monde mangent des herbes amères pour mieux se souvenir des affres de la vie et de la *matza*, dure comme la pierre, afin de se rappeler qu'il vaut mieux s'en aller vite sans laisser au pain le temps de lever, avant que l'Égyptien ne revienne les tuer.

Le repas se déroula en silence, au pas de course, suivi de quelques prières et de chansons sans joie.

Alors que son père était parti se coucher, Émile dit à sa sœur à voix basse :

— Je déteste Pessah ! C'est la pire fête du monde.

— Tais-toi, lui répondit Selma. Tu ne sais pas de quoi tu parles !

— Je sais très bien de quoi je parle. Je donnerais tout ce que j'ai pour aller fêter Pâques chez mon copain Lazare. Dans quelques jours, il va chercher des œufs en chocolat à l'Opéra et je suis sûr que son père, à lui, sera d'excellente humeur.

— T'es vraiment qu'un imbécile ! Tu ne comprends donc rien ?

Émile la regarda en fronçant les sourcils.

— Tu sais que papa a perdu toute sa famille dans un incendie à Amsterdam quand il était enfant ? s'enquit Selma.

— Oui. Tu portes le nom de sa petite sœur.

— Eh bien, c'était un soir de Pessah.

*

Émile était couché dans son lit sans parvenir à trouver le sommeil. Les images du Seder et les paroles de Selma tournaient dans sa tête. Alors il se leva et ouvrit la fenêtre pour regarder les chats qui se battaient dans la cour intérieure. La boîte à histoires venait de se rouvrir dans un grincement sinistre et déjà le dibbouk y piochait un ouvrage pour en faire la lecture.

*

Amsterdam, 1907

La rue Ramponneau avait laissé sa place à la *Jodenbreestraat* dans le quartier juif d'Amsterdam. Avner, au même âge, ressemblait beaucoup à Émile : les mêmes yeux bleus, la même chevelure châtain clair désordonnée, et, bien sûr, le même dos tarabiscoté, sorte de marque de fabrique familiale. Il faudrait patienter une vingtaine d'années, avant qu'un certain Holger Werfel Scheuermann donne son nom à la déformation héréditaire qui affectait le dos des Kunstler de génération en génération.

Avner était penché à sa fenêtre. Le Seder ne commencerait qu'à la nuit tombée. Dans la tradition juive, le jour suivant commence toujours la veille, comme pour signifier au monde que le destin s'enracine dans le passé.

Les parents et les quatre sœurs d'Avner s'affairaient en cuisine et dans la salle à manger tandis que lui guettait les trois premières étoiles dans le ciel, annonciatrices du Seder à venir. L'air était doux, l'effervescence de la ville commençait à décroître et le soleil invisible dardait ses dernières lueurs sur la ville d'Amsterdam.

Une première étoile s'extirpa des ténèbres, d'abord équivoque puis incontestable. Ce soir n'était pas un soir comme les autres, il y avait dans l'air quelque chose de magique et Avner frissonna.

Lorsque la deuxième étoile rejoignit la première, un silence inquiétant s'abattit sur la ville. La ruelle était déserte. Un chien passa sous un lampadaire, y leva la patte puis repartit, la vessie plus légère. La lumière qui parvenait jusqu'à la fenêtre d'Avner semblait tamisée par un voile d'étrangeté. Son père lui racontait qu'entre la deuxième et la troisième étoile, lorsque les circonstances célestes étaient favorables, il existait un intervalle de temps à cheval entre le monde physique et l'*Olam-Haba*, le monde des âmes, dans la tradition juive.

Avner y songeait quand, derrière le lampadaire à la lumière fragile, récente intrusion de l'électricité dans les rues d'Amsterdam, une ombre remua, furtive et glaçante. Avner plissa les yeux et tenta de discerner ce qui bougeait en contrebas. Puis elle fut sous la lumière, une créature venue d'un autre temps, d'un blanc immaculé, debout sur ses deux pattes et la tête penchée sur un violon. Avner reconnut le dibbouk tant de fois conté par son père. La scène faisait penser à une toile de Rembrandt où l'ombre dans la lumière sculptait les contours d'un vieillard dans l'onyx de la nuit. Encadré par le bois blanc de sa fenêtre ouverte, l'œuvre d'art se figea et les yeux du dibbouk se plantèrent dans les siens. Avner vit cette créature l'appeler de sa main. Il ne répondit rien, son cœur cessa de battre.

Enfin, la troisième étoile s'alluma dans le ciel. Le lampadaire grésilla un instant, l'intensité de sa lumière changea et la bête disparut comme elle était venue. Avner, se hâtant, enfila ses chaussures, rajusta sa chemise et traversa l'appartement. Ses parents et ses sœurs, affairés, n'entendirent pas la porte d'entrée s'ouvrir, se refermer. Il glissa comme un fantôme dans la cage d'escalier et jaillit dans la rue.

Il se dirigea vers le trottoir opposé où, quelques secondes auparavant, se tenait l'émissaire avec son violon. Levant les yeux au ciel, Avner au dos tordu scruta longuement la voûte étoilée, se demandant pourquoi et pour qui les étoiles brillaient. C'est alors qu'il sentit le soleil se lever dans son dos.

Odeur de charbon, crépitement de braises, souffle brûlant par vagues successives sur sa nuque et ses épaules. Un cri déchira le silence. Pas le cri d'un humain, le rugissement d'un monstre incandescent.

Avner fit volte-face. Ce qu'il avait pris pour l'aube était en réalité l'embrasement du rez-de-chaussée du numéro douze de la *Jodenbreestraat.* L'incendie était un lion, enfiévré par la faim et sa langue rougie, avide de combustible, pourléchait la façade jusqu'au deuxième étage.

Une fenêtre s'ouvrit et Avner vit sa mère, la chevelure en feu, hurler son désespoir. Il assista, impuissant, à cet holocauste, puis reconnut sa plus jeune sœur et son cœur se fendit à jamais.

Elle s'appelait Selma, elle avait trois ans, et de toute la fratrie elle était la seule à avoir un dos à peu près aligné avec sa caboche. Elle passait son temps à danser et ses éclats de rire transperçaient les silences parfois pesants de ses parents. Avner aurait voulu disparaître, brûler entre les crocs de ce fauve incendiaire et lui laisser sa place. Mais il était en bas et elle était en haut. Selma, agile comme un cabri, grimpa sur le bord de la fenêtre et tint en équilibre. Avner ne discernait pas les traits de son visage, mais il était certain que ses pupilles perçantes plongeaient droit dans les siennes. Ses cheveux, qui n'avaient encore jamais été coupés, ondulaient sous l'haleine brûlante de cet autodafé. Selma était une déesse nimbée d'une aura flamboyante. Elle était le sacrifice, l'agneau pascal, le dernier élément sur le plateau du Seder. *Elle ne dansera plus jamais*, pensa Avner, alors qu'elle s'élançait dans un geste parfait.

*

Émile vérifia que sa fenêtre était bien close, craignant que, dans la nuit, le dibbouk ne s'infiltre dans sa chambre en grimpant par l'échafaudage.

C'est mon dernier Pessah, pensa-t-il en se couchant dans son lit. Et il avait raison.

Chapitre 2

Paris, avril 2024

— Anna, vous êtes enceinte. Le taux d'hormones, bien que très faible, est significatif. Toutes mes félicitations !

Ça sentait le cigare dans le bureau du médecin. Cette odeur épaisse lui donna la nausée. Sans doute était-ce bon signe ?

— Le taux devrait être plus élevé, c'est ça ? demanda Samuel, à l'affût d'une mauvaise nouvelle.

— Les grossesses après FIV sont toujours scrutées à la loupe, mais la biologie de la reproduction n'est pas une science exacte. C'est magnifique ! Cependant je dois tout de même vous mettre en garde. C'est une grossesse à risque.

Anna et Samuel se regardèrent, sans comprendre où le médecin voulait précisément en venir. Le docteur Farouk poursuivit ses explications.

— C'est à cause du médicament que vous prenez, Anna. Du fait de votre valve mécanique, vous avez un besoin vital d'anticoagulant. Sans ce médicament, en quelques heures à peine, de gros caillots de sang pourraient se former et obstruer votre cœur ou provoquer une attaque cérébrale. En règle générale, ce type de traitement est contre-indiqué pendant la grossesse, car il expose la mère et le fœtus à un certain nombre de complications graves. Mais dans votre cas, vous devez absolument le poursuivre. Le risque de thrombose est trop important. C'est pourquoi nous devrons vous surveiller, tous les deux, comme le lait sur le feu.

Anna fut la seule à remarquer que le cliquetis de son cœur diminuait un peu, comme s'il voulait qu'on l'oublie ou qu'on lui pardonne de jouer les trouble-fêtes.

— Est-ce qu'on peut déjà voir quelque chose à l'échographie ? demanda Anna.

— À ce stade, vous seriez très déçue. Il n'y a probablement rien d'autre à observer qu'un endomètre épais et moelleux. Mais, rassurez-vous, nous en ferons bientôt une et, là, je vous promets un très joli spectacle.

— Avez-vous une idée du terme ?

Le docteur Farouk rit.

— Ce n'est pas une science exacte, mais tout de même, on connaît à peu près la durée d'une grossesse dans l'espèce humaine et ça devrait être dans mes cordes de vous donner cette information.

Il manipula un disque en carton et dit en souriant :

— Avec un peu de chance, vous pourrez l'appeler Jésus, Marie, Melchior ou Bathazar. Si tout va bien, bébé devrait pointer le bout de son nez entre Noël et Nouvel An.

Le cent cinquantenaire ! Le cœur d'Anna cessa de battre.

*

— Les commémorations commencent dans un peu moins de neuf mois. Cela peut vous paraître une éternité, mais c'est déjà demain.

Anna, debout devant le conseil d'administration réuni au grand complet, avait du mal à garder son sérieux. Elle était partagée entre l'envie de rire et celle de pleurer. Cette journée ressemblait de plus en plus à une bouffonnerie. Elle poursuivit :

— Je vous ai fait passer à tous un rétroplanning des opérations avec les moments-clés en rouge. Je vous propose un agenda sur lequel j'ai défini un certain nombre de rendez-vous. Nous fonctionnerons sous forme de sous-groupes et nous nous réunirons en plénière à trois reprises avant le début des festivités.

En dehors de Mathilde et d'Anna, il n'y avait que des hommes autour de la table. Des financiers, des politiques, des communicants et bien évidemment, Pâris et Pavel. Tous, à l'exception des deux danseurs, firent semblant de feuilleter les documents à leur disposition, n'aimant pas que l'on fixe pour eux des échéances et des obligations. Ce fut finalement le directeur général de l'Opéra, le remplaçant de Christian, qui, le premier, intervint sans y être invité.

— Ne croyez-vous pas que l'urgence du moment devrait être de choisir le spectacle que nous jouerons le soir du gala ? N'oubliez pas que ce sera la vitrine de ce cent cinquantième anniversaire et peut-être la seule chose dont les gens se souviendront. Il faut que ça marque les esprits ! Nous n'avons pas le droit de nous tromper. Pâris, qu'avez-vous prévu ?

Les hommes parlent aux hommes, se dit Anna, *c'est l'histoire de ma vie.*

Pâris observa un long silence. Tous les regards étaient maintenant braqués sur lui, attendant que le chorégraphe révèle quel ballet serait présenté.

— Je n'en ai pas la moindre idée, se contenta-t-il de dire.

— Comment ça, vous n'en avez aucune idée ? s'étrangla le directeur. Mais enfin, vous rendez-vous compte de l'enjeu ?

Le radar intégré d'Anna sonna l'alerte rouge. Il était clair que personne n'avait pris la peine de briefer le nouveau directeur sur la manière dont il fallait s'adresser à Pâris Besson. Pavel, de son côté, eut le sourire du spectateur satisfait de voir débouler le taureau dans l'arène.

— Évidemment, je m'en rends compte. Me prenez-vous pour un abruti ?

Le directeur, pris de court, ne sut que lui répondre. Pâris n'avait pas bougé de son siège et pourtant, il paraissait plus grand, projetant son ombre dans toute la salle de réunion.

— Mais, enfin, non, voyons, pas du tout…

— Il n'y a personne ici qui connaisse l'Opéra mieux que moi. C'est ma famille, c'est ma maison, et c'est pourquoi j'exige un spectacle hors du commun ! Vous voulez quelque chose d'exceptionnel, eh bien, ne vous inquiétez pas, vous l'aurez. Mais me mettre le couteau sous la gorge ne servira à rien. Je peux toutefois vous livrer une information exclusive : j'ai la ferme intention de remonter sur scène. J'ai une furieuse envie de danser et ce sera mon dernier hommage à l'Opéra Garnier. Je lui dois bien ça.

— Quoi ? dit le directeur. Vous voulez dire que vous allez... danser ?

L'énarque avait sur le visage un rictus goguenard. Il ignorait que demander à Pâris s'il voulait danser revenait à demander à un oiseau s'il voulait voler.

— M'en croyez-vous incapable ? demanda Pâris.

— Non, mais il y a un temps pour tout. Ne croyez-vous pas ? Vous êtes un maître de ballet reconnu dans le monde entier, que voulez-vous de plus ?

— Je veux danser ! Remonter sur scène une dernière fois avant de prendre ma retraite. Ça va faire du buzz, comme vous dites. N'est-ce pas ce que vous espérez ?

Le directeur se ratatinait sur son siège tandis que les communicants opinaient de la tête. Pavel prit alors la parole.

— Pas de stress, monsieur le directeur. La danse est notre affaire. Occupez-vous de faire en sorte que tout le monde soit payé et que nous puissions travailler dans des conditions correctes.

Le directeur se tut, tandis qu'un murmure de réprobation se répandait dans la salle de réunion. Chacun semblait faire comme si Anna n'était pas là. Et en réalité, elle était ailleurs, en orbite au-dessus de la mêlée. Elle n'osait pas penser aux implications de sa grossesse, et l'idée même d'avoir un enfant lui paraissait, à cet instant précis, parfaitement incongrue. Depuis qu'elle avait quitté le docteur Farouk, quelques heures plus tôt, elle n'avait pas cessé d'être en action. Elle avait préparé une pochette personnalisée pour chacun des membres du conseil d'administration en prévision de cette réunion. Mais elle avait aussi nettoyé la volière, rédigé des e-mails et même rangé son bureau. Tout avait été prétexte à ne pas penser. Le mouvement perpétuel du corps a certaines vertus anesthésiantes sur l'esprit.

Anna arpentait la pièce comme une lionne en cage. Ces vieux grigous grisonnants l'attendaient au tournant. En réalité, ils ne supportaient pas qu'une jeune femme pût décider pour eux. Son cœur se mit à battre d'un claquement assuré, ses artères se gonflèrent d'un sang neuf et gorgé d'adrénaline. Elle redressa la tête, ajusta ses épaules, rectifia sa colonne et parut, comme son père, plus grande d'une bonne dizaine de centimètres. Sa voix était devenue claire et cinglante.

— Pavel a raison. Sur la partie artistique, je ne suis pas très inquiète. Nous avons la chance de compter parmi nous le meilleur chorégraphe du monde et une troupe extraordinaire. Il nous reste beaucoup à faire et trop peu de temps pour le perdre à se chamailler. Le plan de route est tel que je vous l'ai noté sur les documents en votre possession. Si chacun fait son job et respecte son planning, tout ira bien, et je vous promets que l'Opéra national de Paris brillera. Sur le programme, vous trouverez la liste des animations qui feront vibrer le Palais pendant tout le mois de décembre, jusqu'aux fêtes de fin d'année. Au menu des commémorations, il y aura des spectacles et des animations, des projections et des concerts extérieurs. Tous les soirs de vingt et une heures à vingt-deux heures trente, la place de l'Opéra sera fermée à la circulation et les murs du Palais s'animeront. À côté de nous, le marché de Noël des Champs-Élysées ressemblera à une kermesse de village. Ensuite, il y aura la trêve des confiseurs et le temps pour chacun de se remettre de ses émotions. Puis début janvier, nous entrerons dans le dur du sujet, avec les feux d'artifice, la résurrection des plus grandes cantatrices et bien évidemment le gala, qui surpassera toutes vos attentes.

*

— Alors là, Anna, bravo.

Mathilde l'applaudissait. Elles étaient toutes les deux remontées dans le bureau d'Anna, et le pinson pépiait joyeusement.

— Tu les as bien mouchés tous ces vieux ! En revanche, tu nous as vendu du rêve, ma belle, alors maintenant, il va falloir assurer.

Anna mourait d'envie de lui révéler sa grossesse. Elle voulait lui confier qu'elle accoucherait probablement au pire moment, en plein milieu des festivités et qu'elle serait hors circuit ou dans l'incapacité de mener la mission dans laquelle elle s'était engagée. Elle voulait aussi lui dire qu'elle vivait une étape de sa vie d'une rare intensité, qu'elle sentait son corps changer. Elle avait besoin d'en parler, de soulager ses angoisses et d'entendre Mathilde lui expliquer que tout irait bien. Anna voulait qu'on lui dise que c'était une excellente nouvelle. Mais c'était trop tôt pour dire quoi que ce soit et surtout pour encaisser les remarques, aussi bienveillantes soient-elles. C'était son corps, toujours son corps, qui l'empêchait, dans les moments charnières de son existence, d'avancer sur le sentier de la vie. Si seulement elle avait un instinct, quel qu'il soit, celui de pondre et de couver ou celui d'aller chasser seule et sans contrainte, elle n'aurait pas besoin de se poser ce genre de question. Mais privée de l'un comme de l'autre, elle devait s'en remettre à son seul jugement.

Mathilde reprit.

— Tu viens, ce soir, tu n'as pas oublié ? Candice compte sur toi.

Anna mit quelques instants à se souvenir de ce dont il s'agissait. Elle n'avait qu'une envie, se coucher et dormir, mais elle avait donné sa parole.

— Oui, je serai là, bien sûr. Mais pas avant dix-huit heures.

— Pas de soucis ! J'ai hâte de t'avoir à nouveau dans les pattes, ça me rappellera le bon vieux temps. Et puis, ça ne te fera pas de mal de remettre un peu les mains dans le cambouis. C'est pour une seule représentation. À partir de demain, l'équipe make-up sera à nouveau au complet.

Chapitre 3

Anna avait participé à une dizaine de mises en scène du *Lac des cygnes*, mais aucune n'avait le charme de la première. Elle n'était qu'une enfant lorsqu'elle avait vu son père interpréter le prince Siegfried, une arbalète à la main. Peut-on seulement imaginer ce qu'une telle image avait pu convoquer dans l'esprit d'une fillette de cinq ans ? Au gré des années, ce ballet avait fini par se galvauder et perdre un peu de son pouvoir hypnotique. Enfin, c'était l'histoire qu'elle se racontait jusqu'à ce soir.

Candice avait dû s'absenter pour assister au mariage de sa sœur.

Anna avait vite retrouvé ses repères et ses réflexes d'antan, ravie de s'immerger dans cette ambiance enveloppante et familiale qui lui permettait de tenir à distance, encore pour quelques heures, la joie, mais également l'angoisse de sa grossesse débutante.

Elle maquillait Mei en Odette avec pour instruction d'en faire un majestueux cygne blanc. Vêtue d'un tutu virginal surmonté d'un corset planté de plumes, Mei était resplendissante malgré son grain de peau ingrat. Concentrée, elle fit peu de cas d'Anna et de ses coups de pinceau. Quand ce fut terminé, elle se leva, sans un regard ni un merci, et s'en alla. Puis ce fut au tour de Vadim de venir s'installer dans la chrysalide. Le temps était compté et le jeune danseur étoile était déjà à moitié immergé dans son rôle lorsque Anna commença à appliquer du fond de teint sur ses pommettes saillantes. De temps à autre, il levait les yeux vers le miroir, jetait un bref coup d'œil à sa maquilleuse, creusait sa sublime fossette gauche puis détournait son regard. Cette séquence se répéta à cinq ou six reprises et chaque fois la fossette se creusait davantage jusqu'à laisser paraître un sourire malicieux. Anna, amusée, mais feignant l'agacement, lui demanda :

— Mais qu'est-ce qu'il y a à la fin ?

Nouvelle fossette et nouvelle esquive pour attiser le désir d'en savoir plus.

Anna fit mine de s'impatienter et leva son pinceau, l'air faussement menaçant.

— Qu'est-ce qui te fait rire comme ça ? insista-t-elle.

— On ne parle que de toi en ce moment...

— Pardon ?

Anna s'inquiéta de savoir si quelqu'un avait pu l'apercevoir ce matin dans la salle d'attente de la maternité ou si le secret de sa grossesse, en moins de vingt-quatre heures, avait déjà filtré du laboratoire d'analyse pour se répandre aux quatre coins de l'Opéra.

— Tes prises de position, lui dit Vadim. Ta manière de chapeauter les opérations... On dirait que le gentil cygne blanc s'est enfin paré de noir.

À travers le miroir, Vadim la regarda longuement, ses pupilles de chat plantées au fond de son âme.

— C'est dingue, poursuivit-il, tu me rappelles ton cousin. Lui aussi avait un cygne noir qui dormait dans son lac intérieur. Cela le rendait dangereux, mais terriblement séduisant. J'adorais le voir remonter et barboter à la surface, même si, dans ces moments-là, il fallait toujours rester sur ses gardes.

Les yeux du jeune danseur brillèrent un peu plus.

— C'est vraiment dommage que tu ne sois là que pour une soirée ! J'aime la façon dont tu me maquilles. Tu es douce, inspirante et audacieuse.

Il marqua une pause.

— Tu sais, quand je danse, j'ai l'impression qu'Abel danse avec moi.

Il se leva et partit sans se retourner, sans doute pour ne pas faire couler son maquillage.

*

Dans la salle, les retardataires s'installaient dans le vacarme réconfortant qui précède le lever de rideau et les premières notes de musique.

Pendant toute la première partie, Anna resta songeuse, laissant aux autres maquilleuses le soin d'effectuer les menues retouches entre chaque scène. Les paroles de Vadim dansaient autour d'elle en farandole. Abel avait côtoyé la noirceur et qu'avait-il trouvé si ce n'était la mort ? Il avait si mal dansé le soir de *La Bayadère* que sa prestation avait confiné au génie. C'était comme lorsqu'un surdoué du jazz essayait de jouer faux sans pouvoir y parvenir, entremêlant des gammes désordonnées jusqu'à composer par inadvertance un chef-d'œuvre incompris.

À présent, c'était au tour d'Anna de se battre pour sa liberté. Elle avait trente-quatre ans et, sa vie durant, elle avait nagé dans le lac des Besson sans faire de vagues, arrondissant les angles, tempérant les excès, s'interposant parfois, quitte à devenir le fusible qui sauterait au moindre court-circuit. Trente-quatre ans de bons et loyaux services. Trente-quatre ans, mais pas un seul de plus. Personne, en dehors de Vadim, n'avait vu le duvet sombre pointer sous sa blancheur immaculée. Jamais un cygne blanc n'aurait pu se dresser contre Christian, Pâris et Gilles. Jamais un cygne blanc n'aurait pu porter un enfant.

Lorsque le rideau tomba sur la fin de la première partie, Anna fit frémir ses ailes ténébreuses et son cou parut démesurément long. Il fallait rassembler ses esprits et ne pas perdre une seconde, car le moment était venu de transformer Odette en Odile. Mei passa d'abord entre les mains expertes des costumières qui l'aidèrent à se débarrasser de son plumage immaculé pour se vêtir d'un tutu de deuil encore plus étincelant que le précédent. Mei, splendide, mais haletante, et la peau plus luisante que jamais, s'installa pour la seconde fois de la soirée dans la chrysalide d'Anna pour se farder de noir.

Candice avait laissé des esquisses et Anna n'avait qu'à suivre ses instructions. Elle ouvrit sa mallette de maquillage et entreprit d'effacer toutes traces d'Odette. Puis, elle laissa ses mains agir à leur guise, prenant modèle sur le brouillon de Candice, s'autorisant d'abord quelques libertés avant de finalement ne plus rien maîtriser du tout. Ce qu'Anna vit dans le miroir pendant les quatre minutes que dura la séance, elle ne s'en souviendrait pas. Des images se succédèrent, tantôt d'Abel, tantôt d'elle-même. Rien dans la glace ne témoignait de sa présence et pourtant elle sentait sur son épaule la main douce et chaude de son cousin. Anna usa de noir, mais pas tant que ça. Elle créa l'obscurité à partir du rouge et du blanc. Jamais un fard noir ne fut plus lumineux. Ses mains travaillaient vite, elles étaient le prolongement de son âme. Après quelques instants, elle s'affranchit du pinceau pour étaler la peinture à l'aide de la pulpe de ses doigts et du tranchant de ses ongles. Elle façonnait le visage de Mei plus qu'elle ne le maquillait, transformant les reliefs de la danseuse étoile en un paysage neuf, sauvage et torturé.

— Putain, Anna, mais qu'est-ce que tu fous, bordel ? Tu me fais mal !

Les cris de Mei tirèrent Anna de la transse dans laquelle elle avait sombré. Brusquement, elle regarda la danseuse dans le miroir et Mei fit de même avec son propre reflet.

Tout le monde se tut.

Mei se grisa dans la noirceur du cygne. Quelques secondes passèrent, puis la danseuse se leva, majestueuse. L'heure était venue pour elle de remonter sur scène. Elle était différente et en la voyant s'éloigner, Anna pensa qu'il ne s'agissait plus vraiment de Mei. Elle était devenue une sorte d'oiseau sauvage et dangereux, imprévisible et sensuel.

L'étoile de l'Opéra fut, ce soir-là, un cygne noir époustouflant qui resterait gravé dans l'histoire du ballet.

Chapitre 4

Les yeux d'Anna se mirent à couler dès que la porte du magasin s'était refermée. *Encore des larmes*, se dit-elle. Elle n'aurait bientôt plus rien à pleurer. On la retrouverait d'ici le mois d'août, morte, lyophilisée dans son bureau sous les combles de l'Opéra. Il y aurait quatre lignes dans le journal et une drôle d'épitaphe sur sa tombe : « Anna, morte d'avoir pleuré jusqu'à la déshydratation. »

Elle avait eu besoin d'aller dans une boutique de puériculture pour être certaine qu'elle était enceinte. Elle avait vu ces femmes déambuler dans d'infinis rayonnages où l'on trouvait des meubles et des habits d'un goût tellement mauvais qu'elle avait failli vomir entre les tire-laits électriques et les poubelles à couches. Ajoutez à cela une vendeuse écervelée qui, la voyant de profil, lui avait demandé, l'air de s'y connaître, si la naissance aurait plutôt lieu en août ou en septembre, et cela avait suffi à la faire craquer.

Dehors, le ciel gris formait un plafond cotonneux sous lequel Paris suffoquait. L'orage était prêt à répandre sur la ville sa plus vilaine pluie depuis le début du printemps.

Anna accéléra le pas, maudissant le moment où elle avait choisi de marcher plutôt que de prendre le métro. Elle s'immobilisa, regarda vers le ciel et accueillit l'averse. Elle se remit en marche, cherchant tout autour d'elle un lieu où s'abriter. La pluie tombait de plus en plus fort, éclaboussant ses jambes, imbibant ses habits. La foudre et le tonnerre s'invitèrent, donnant à la rue des airs d'apocalypse.

Anna s'arrêta au niveau d'un passage piéton. Un bref instant, elle hésita à traverser malgré la circulation et la mauvaise visibilité, quand un coup de klaxon résonna. Le bruit paraissait faible au milieu du vacarme. Elle essuya ses yeux pleins de pluie et regarda le véhicule qui stationnait devant elle. La vitre avant s'abaissa :

— Tu montes ?

— Papa ? répondit Anna, incrédule.

Et les portières se déverrouillèrent pour elle.

*

Anna était trempée. Elle gouttait sur le fauteuil en cuir de la Porche 911 de son père. Elle mit plusieurs secondes à récupérer ses esprits.

— Ta mère te répétait sans cesse de prendre un parapluie, « parce qu'on ne sait jamais ». Tu comprends mieux pourquoi maintenant ? lui dit Pâris, les deux mains sur son volant et un large sourire aux lèvres.

— Qu'est-ce que tu fais là ? finit-elle par dire.

— Je récupère ma fille pour éviter qu'elle ne fonde sous l'averse, pardi !

— Tu m'as suivie ? demanda Anna, consciente que sa question n'avait aucun sens.

Pâris partit dans un éclat de rire. C'était quelque chose d'assez inhabituel chez lui. Tout l'habitacle résonna de son hilarité.

— Qu'est-ce que tu vas imaginer ? Je suis passé chez le traiteur. J'avais une furieuse envie de mozzarella, voilà tout.

— Quoi, *voilà tout* ? dit Anna en manquant de s'étrangler. Tu détestes la bouffe italienne. Quand tu danses à la Scala, tu finis au McDo.

— On a le droit de changer d'avis, non ? On m'a conseillé un Italien qui ne paie pas de mine, un peu plus loin sur les quais. J'ai eu envie d'essayer. D'ailleurs, si tu n'as rien de prévu ce soir, j'ai quelques tomates à la maison. Patricia n'est pas là, alors je te propose de te préparer une salade qu'on mangera sur le balcon, si toutefois le ciel daigne s'éclaircir.

Anna hocha la tête en signe d'approbation et quelques gouttes tombèrent de ses cheveux trempés. Sur le pare-brise, la pluie se faisait moins intense. La circulation sur les grands boulevards était ralentie comme à chaque intempérie. Pâris affichait une mine radieuse et tapotait sur son volant incrusté de l'écusson au cheval cabré. Lorsque la voiture fut immobilisée à un carrefour, il tourna la tête vers sa fille et lui dit :

— J'ai trouvé !

— Tu as trouvé quoi ? répondit Anna qui, devant tant d'inattendu, ne put s'empêcher de sourire à son tour. Une espèce d'euphorie se répandait en elle.

— J'ai trouvé LA bonne idée pour le gala du cent cinquantenaire. Ça faisait un moment que j'y réfléchissais, et j'ai enfin trouvé.

Puis, comme un gosse, il se remit à tapoter sur son volant en faisant vrombir les six cylindres du moteur pour avancer d'une dizaine de mètres à peine. Anna fut prise d'un élan d'amour infini pour son père.

— Je t'écoute, lui dit-elle, sur un air de défi.

Pâris se tut. Il faisait ça tellement bien ! La voiture redémarra et sur son visage se dessina un air malicieux. En guise de réponse, il se remit à tapoter sur son volant et Anna comprit qu'il s'agissait d'un indice.

Amusée, elle focalisa son attention sur la base rythmique que son père lui proposait de décrypter. Son cœur identifia le morceau en question, mais son esprit accusait un retard de plusieurs secondes. Elle crut d'abord reconnaître une marche militaire. En lieu et place du volant de cuir cousu, elle visualisa un tambour à la peau tendue. Les doigts de Pâris étaient deux baguettes en bois et la ceinture de sécurité qui lui barrait la poitrine était comme la bandoulière qui tenait l'instrument. Pâris continuait à répéter le même rythme sans faiblir. Anna aima ce morceau avant de lui donner un nom. Elle imagina la scène de l'Opéra Garnier en train de vibrer puis de se remplir des danseuses et des danseurs de la compagnie. À cet instant, un rayon de soleil perça l'invincible chape nuageuse et vint illuminer les mains dansantes de Pâris. La pluie avait cessé. Le ciel se déchirait, laissant entrapercevoir de larges trouées bleues.

Puis elle sut. Comment n'y avait-elle pas pensé plus tôt ?

— *Le Boléro*, bredouilla-t-elle ?

— *Le Boléro*, répéta-t-il.

Pâris, d'ordinaire peu loquace, devint intarissable. Il y avait dans sa voix autant d'excitation que d'exaltation.

— Dans *Le Boléro* de Ravel il y a tout ce qu'on cherchait à rassembler. C'est une œuvre majeure, connue de tous, de moins d'une demi-heure, constituée d'un crescendo orchestral et rempli d'une émotion propice à susciter la danse. Beaucoup de chorégraphes s'y sont frottés, mais moi, jamais ! L'idée m'est venue il y a moins d'une heure. Elle m'est tombée dessus comme ça, comme l'averse et comme toi sur le bord de la route. J'ai déjà tout en tête, mais tu m'aideras à le formaliser ce soir. Je te promets que ce sera une tomate mozzarella mémorable et un *Boléro* intemporel !

Se pouvait-il que d'aussi sombres nuages se dissipent aussi brusquement ? Le soleil se reflétait maintenant sur la chaussée mouillée. Dans la voiture, Pâris reproduisait l'*ostinato* du *Boléro*, tandis qu'Anna en fredonnait la mélodie en imitant le grincement d'un violon, les lèvres pincées.

Pâris exposa sa vision très personnelle de son *Boléro*, inspiré de Béjart. Il avait déjà en tête une bonne partie de la scénographie. Il avait échafaudé un crescendo dansant qui tournoierait autour d'une seule et unique pièce maîtresse : lui-même ! Anna comprit qu'il n'y avait rien d'égocentrique dans cette approche chorégraphique. Au contraire. C'était un don de soi qui marquerait les annales de l'Opéra. Cependant, elle ne put taire son inquiétude. Revenir au sommet de son art, non pas en tant que chorégraphe, mais en tant que danseur étoile, représentait un tour de force, mais c'était aussi une prise de risque insensée. Pâris lui répondit :

— Chaque pas de danse est un pas de plus sur une corde raide tendue au-dessus du vide de nos existences.

En contemplant par sa vitre ouverte le paysage qui défilait, Anna imaginait quatorze minutes de Pâris Besson, torse nu, transpirant la danse par tous les pores, entouré des étoiles de la compagnie et des musiciens du Philharmonique. *Bien sûr qu'il faut prendre ce risque*, se dit-elle. Elle n'était plus seulement la fille de son père. Elle était aussi l'organisatrice du cent cinquantième anniversaire du Palais Garnier et, de toute évidence, ce *Boléro* en serait la clef de voûte.

Le temps s'était suspendu. La Porche roulait maintenant sous un soleil radieux. Depuis longtemps, la mécanique du destin s'était remise en marche. Anna ne fut pas surprise d'entendre Pâris lui dire :

— Je comptais passer voir mon père avant de rentrer à la maison. Tu m'accompagnes ?

— Oui, répondit-elle sans réfléchir.

La chasse aux œufs, il y a quelques jours, avait été une trêve au milieu d'un conflit. Depuis son retour de Pornichet, elle n'avait plus communiqué avec le reste de sa famille et cela aurait pu durer jusqu'à Pâques prochain. Mais le hasard lui offrait une seconde opportunité de voir son grand-père et, pour rien au monde, elle n'aurait raté cela.

*

Lazare partageait sa retraite entre La Bessonière – pendant les longs mois d'hiver – et un luxueux appartement de cent dix mètres carrés, place des Vosges, au cœur de Paris.

Lazare avait l'air bien fatigué, dans son fauteuil club, mais il s'illumina en voyant Pâris et Anna entrer dans son salon. Il se leva d'un bond.

— Le fils et la fille, quelle excellente surprise ! s'exclama-t-il.

Sa voix était faible. Peut-être s'était-il réveillé d'une courte sieste ? Il s'empressa de prendre Pâris dans les bras puis Anna qu'il serra avec vigueur.

Lazare demanda à Margot de leur apporter des verres et une bouteille de brandy. Margot s'exécuta, mais tout dans ses mouvements et son silence, trahissait une défiance à l'égard d'Anna. Lorsqu'elle s'en alla chercher de quoi contenter son mari, ce dernier dit à voix basse :

— Elle est contrariée, mais ne t'inquiète pas, ça lui passera. Quant à moi, Anna, je suis ravi de te voir. Je crois que rien au monde n'aurait pu me faire plus plaisir.

Sans transition – les Besson maîtrisaient l'art de l'ellipse comme personne –, Pâris exposa à son père les grandes lignes de son *Boléro*. Lazare avait des étoiles dans les yeux en écoutant son fils. Cependant, plus à son aise au prêche qu'à la confesse, Lazare s'empressa de reprendre la parole et de narrer sa rencontre avec Maurice Béjart au début des années 1970. Profitant de l'absence de son épouse, il se vanta d'avoir été très proche de Maïa Plissetskaïa, la danseuse du Bolchoï que Béjart avait choisie pour danser sur la table mythique du *Boléro*. Il évoqua aussi le souvenir d'Ida Rubinstein, pour qui Ravel avait composé *Le Boléro* et qui en fut la première interprète en 1928, vingt ans après avoir scandalisé le Tout-Paris en se déshabillant lors de *La Danse des sept voiles* dans le rôle culte de Salomé. Anna s'abreuvait à la voix de son grand-père. Raconter ces vieilles histoires lui avait rendu un peu de sa jeunesse et de rose à ses joues.

Margot, de retour au salon, poussait une desserte sur laquelle elle avait pris soin de disposer la bouteille de brandy, trois verres – elle ne buvait jamais – et quelques gâteaux secs. Elle regardait Lazare reprendre un peu de force à la source d'Anna et, bien que rembrunie, elle fit contre mauvaise fortune bon cœur, allant jusqu'à demander des nouvelles de Samuel dans un sourire forcé. Personne ne remarqua qu'Anna s'abstint de toucher à l'alcool qu'on lui avait servi.

Lazare parla de tout, sauf d'Abel et de Christian. Il était encyclopédique, dogmatique et ronflant, mais ses yeux brûlaient d'une passion dévorante qui tenait en haleine son auditoire fasciné. Au bout d'une trentaine de minutes, il se leva, puis se dirigea vers la fenêtre ouverte. C'était la fin de l'après-midi et l'orage avait laissé dans l'atmosphère un éther translucide et rempli de mystères. Tout semblait plus net et plus précis que d'habitude. Le square Louis-XIII était d'un vert fluorescent.

— Allons marcher, dit Lazare en s'adressant à Pâris et sa fille. J'ai envie de me dégourdir les jambes.

Pâris déclina l'invitation. Il devait consigner ses idées pour ne pas les oublier, mais il promit à Anna de l'attendre pour dîner.

*

C'est ainsi qu'Anna et son grand-père s'en allèrent, bras dessus bras dessous, dans les rues de Paris. Lazare se déplaçait avec difficulté. Anna ralentissait sa foulée pour être à son rythme. Elle faillit lui révéler le miracle qui était en train de se produire dans la muqueuse épaisse de son endomètre. *Je te présente, ton arrière-grand-père. Il lui arrive d'avoir un sale caractère, mais c'est un sacré bonhomme et tu peux être fier de lui*, se dit Anna sans bouger ses lèvres. *Grand-père, je te présente ton arrière-petit-enfant. Raconte-lui des histoires et fais-lui écouter des airs d'opéra, assis sur tes genoux, comme tu l'as fait avec moi.* Mais Anna resta incapable de savoir s'il fallait se taire ou parler. Lazare, silencieux, étreignit le bras d'Anna et ce fut suffisant.

Ils arrivèrent à l'Opéra Bastille. Lazare s'arrêta devant le bâtiment moderne et le regarda d'un air songeur.

— Tu veux rentrer grand-père ? Tu as l'air fatigué.

Lazare maugréa dans sa barbe.

— Ça ne vaut pas le Palais Garnier, finit-il par articuler en scrutant l'édifice.

— Et ça ne le vaudra jamais, mais on y joue de jolies choses quand même, dit Anna.

— Évidemment... Il y a le flacon et il y a l'ivresse.

Lazare lâcha le bras d'Anna, chercha dans sa poche une pièce en tissu dans laquelle se moucher, puis, sans cesser de regarder l'Opéra Bastille, reprit la parole :

— J'ai déjà perdu un petit-fils, ajouta-t-il en s'essuyant le nez. Je ne voudrais pas, enfin tu comprends, perdre une petite-fille. Il n'y a rien de plus triste que de se fâcher jusque devant la tombe de ceux qu'on aime. Alors, ma chérie, je t'en supplie, ne laisse pas la rancœur guider tes pas. Et puis, pardonne-moi.

— De quoi ? s'étonna Anna.

Lazare réfléchit, longtemps. Il avait tant de choses à se faire pardonner.

— Au fond, tout est ma faute, je le sais. Mais je suis un très vieux monsieur et je t'aime.

Anna fut troublée. Jamais son grand-père ne lui avait dit qu'il l'aimait. Lazare se moucha dans un bruit de trompette. Il reprit le bras d'Anna pour continuer la balade. Ne sachant pas quoi lui répondre, elle resta là, à ses côtés, sans dire un mot, comme un Besson. Elle imagina la peine qu'il avait dû ressentir, deux années plus tôt, debout, devant la tombe d'Abel. Son cœur se serra, elle pensa à l'enfant qu'elle devait protéger.

— Je t'aime aussi, lui dit-elle finalement.

Ils marchèrent encore dans la ville, retardant ainsi le moment de la séparation.

— Rentrons maintenant, s'il te plaît. Margot va s'inquiéter.

*

Le chemin du retour vers la place des Vosges fut un adieu silencieux. Elle accompagna son grand-père jusque devant sa porte, l'embrassa sur la joue.

Une fois dehors, d'un rapide coup d'œil, Anna eut la confirmation que Lazare, depuis sa fenêtre, la regardait s'en aller. Elle éprouva sur sa nuque la douceur de ses yeux et sentit le parfum du brandy s'inviter dans la rue.

Sa soirée en tête à tête avec son père fut mémorable. Elle vit naître la promesse d'un ballet magistral. Dans la tiédeur du printemps qui tirait vers l'été, elle mangea la meilleure tomate mozzarella de sa vie, mais ce plat, désormais, serait associé à la mort de son grand-père.

Chapitre 5

Paris, 1979

— Pâris Besson ?

La question était rhétorique, car dans le jury tout le monde avait déjà entendu parler de lui. Ils étaient d'ailleurs divisés à son sujet. Pour ses professeurs agacés, il n'était pas encore prêt et ne le serait peut-être jamais. Pour les autres, en revanche, c'était la curiosité qui prenait le pas, intrigués de savoir ce que le fils de Lazare pouvait avoir dans le ventre.

— Oui, c'est moi, répondit Pâris, d'une voix déterminée.

— Vous avez dix-sept ans, n'est-ce pas ? demanda le maître de ballet.

— Bientôt.

Il avait beaucoup grandi au cours de ses deux dernières années. Souffrant de douleurs aux articulations, il avait espacé puis raccourci ses entraînements. Il s'était présenté au concours d'entrée du Ballet de l'Opéra national de Paris sans rien en dire à son père et contre l'avis de ses professeurs de danse.

— Vous êtes jeune, répondit le maître de ballet. Pourquoi tant d'empressement à passer le concours interne ?

— Il me reste beaucoup de choses à accomplir et le temps n'est pas élastique.

Il y avait dans les yeux bleus de Pâris une sorte d'audace qui frisait l'insolence. Certains membres du jury ébauchèrent un sourire. *Celui-là, il a de qui tenir*, semblaient-ils penser.

— Bien. Donc nous allons d'abord vous regarder danser la variation imposée. Je vous rappelle qu'il s'agit de la variation d'Albrecht dans l'acte deux de *Gisèle* selon la chorégraphie de Leonid Lavrovski. Monsieur Besson, vous pourrez faire signe au pianiste quand vous serez en place.

Le jeune Pâris vint s'installer au milieu de la scène. Il ferma les yeux, inspira puis expira deux fois. Si certains danseurs avaient besoin de répéter mentalement les enchaînements jusqu'au dernier moment, d'autres, et c'était le cas de Pâris, devaient au contraire s'en extraire avant d'y plonger la tête la première. Il avait les muscles chauds et les tendons relâchés, lorsque résonnèrent les premières notes de musique. Il eut une pensée fugace pour son père, qui, lorsqu'il apprendrait ce soir sa candidature spontanée au concours, le foudroierait du regard. Mais il n'avait pas peur, au contraire, il était impatient. Au fond, c'était peut-être cela qu'il recherchait : le défi. Des années à souffrir et à traîner les pieds, à chercher l'énergie pour ne pas tout lâcher. À chaque division, lutter pour accéder à l'échelon supérieur. Et se mordre l'intérieur des joues jusqu'à se faire saigner pour étirer son dos et le faire craquer. S'il n'avait pas tout abandonné, c'était grâce ou à cause de son père. Motivé pour deux, il l'avait tracté jusqu'en première division, sans jamais le favoriser, mais avec une détermination sans faille. Lazare l'avait porté aux nues sans se décourager, jusqu'au jour où, sans raison apparente, Pâris avait senti éclore cette envie de danser qui ne le quitterait plus. Lazare l'avait contraint à danser, c'était donc un juste retour des choses de lui dédier cette variation imposée.

Alors il s'élança, et les yeux de ses professeurs s'étrécirent à mesure qu'il survolait son audition. Méconnaissable pour ses maîtres, prodigieux pour les autres, pendant plus d'une minute, Pâris devint un Albrecht aérien, alliant ce qu'il y avait de meilleur dans l'école française à l'amplitude inégalée des danseurs du Bolchoï. Il dansait pour son père, contre son père et avec son père. Lorsque la musique s'arrêta, le jury mit quelques fractions de seconde à s'en remettre.

— Bien, monsieur Besson, dit le président du jury en se raclant la gorge. Nous allons vous laisser reprendre votre souffle puis nous vous regarderons danser votre seconde variation, libre, celle-ci. Qu'avez-vous choisi ?

Pâris n'était pas essoufflé pour un sou. Le jury, lui, semblait hors d'haleine.

— Ce sera la variation de Siegfried à la fin de l'acte I du *Lac des cygnes*, dans la version de Noureïev de 1962 au Royal Ballet, répondit Pâris.

Il se positionna devant le jury, ferma les yeux puis inspira et expira à deux reprises. Il pensa à sa mère, tenta de visualiser son visage. Cela faisait huit ans qu'elle était morte.

Lorsque l'*Andante sostenuto* résonna dans la salle d'examen et que Pâris exécuta les pas d'un autre, il n'était plus tout à fait ce personnage du *Lac des cygnes*, mais partageait avec lui sa profonde mélancolie. Il dansa pour sa mère, car, là où elle était, les mots ne lui parvenaient pas, mais la danse, elle, le pouvait. Il se souvenait de son visage avec difficulté. Jour après jour, il l'oubliait, s'en souvenait puis l'oubliait encore. Bientôt, il n'en resterait rien. Alors il danserait contre cette amnésie. Chaque mouvement de ses bras, chaque fouetté de ses jambes tracerait dans les airs les traits de son visage, ressuscitant un croquis tous les jours plus vivant.

La prestation du jeune Besson laissa une empreinte indélébile dans le cœur des membres du jury. Bien des années après, nombre d'entre eux s'en vanteraient lors des repas de famille. Un *ange* pour les uns, un *ovni* pour les autres, une *étoile*, pour tous.

*

Bientôt l'heure du dîner. Un cigare se consumait sur le bord du cendrier. Immortalisés par la photographie, le concierge et son fils, figés dans des nuances de gris, enviaient le Lazare coloré, installé à son bureau, un verre de brandy à la main. Il y passait des heures, laissant les tâches ingrates et matérielles à l'armada de concierges adjoints, qui abattaient moins de travail que Jean-Jacques, à l'époque où il était seul entre ces murs. C'était l'heure où Lazare s'occupait de son courrier. Un plaisir plus qu'une véritable obligation. Il répondait à ses « admirateurs », comme il disait. D'abord, il regardait l'enveloppe, appréciait le choix du timbre, la rondeur de l'écriture, puis la retournait et la décachetait à l'aide d'un coupe-papier gravé de ses initiales. Il n'aimait pas être dérangé pendant ce cérémonial.

La porte s'entrouvrit dans un grincement sinistre et un jeune garçon passa la tête dans l'embrasure. Il resta immobile sans rien oser dire.

— Quoi ? Qu'est-ce qu'il y a ? dit Lazare, impatient.

L'enfant savait qu'il dérangeait son père pendant sa séance d'ouverture de courrier, mais c'était plus fort que tout, il devait lui parler. Son hésitation ne fit qu'amplifier l'exaspération de Lazare.

— Allons bon, Gilles ! Que veux-tu ?

Gilles avait le menton qui frétillait, hésitant entre rire ou pleurer. Finalement, prenant son courage à deux mains, il lâcha le morceau en parlant à toute vitesse :

— C'est Pâris ! Il vient de rentrer de l'école.

— Et alors ? La belle affaire ! Est-ce une raison pour m'interrompre ?

— Maman est en train de l'enguirlander, je crois que tu devrais venir.

Puis Gilles déguerpit en toute hâte, laissant la porte bâiller sur le couloir. Lazare l'entendit clopiner jusque dans la cuisine.

Stoppé dans son élan, il reposa son coupe-papier ainsi que l'enveloppe aux enluminures pourtant prometteuses.

Lorsque Lazare entra dans la cuisine, la famille au grand complet était au rendez-vous, autour de la table.

Margot avait l'air préoccupé. Gilles était sur ses genoux tandis qu'elle essayait de donner à Vincent des pâtes à la tomate qu'il recrachait sans cesse. En la voyant, Lazare estima qu'elle n'avait pas la moitié de la beauté de sa première épouse et qu'il n'y avait rien d'étonnant à ce qu'elle lui ait fabriqué d'aussi fades enfants. Lorsqu'il l'avait épousée, peu de temps après la mort d'Arlette, Margot était encore mince et souriante sans être vraiment belle. Amie de la famille et fraîchement divorcée, elle avait pris le concierge sous son aile. Elle s'était rendue nécessaire à une époque où vivre seul, pour un homme de son âge avec deux enfants à charge, était impensable.

— Est-ce que quelqu'un va se décider à me dire ce qui cloche dans cette famille, bon Dieu de bois ? Ce n'est même plus possible d'ouvrir son courrier sans être dérangé !

Pâris était assis en face de Margot, la tête baissée, tournant le dos à son père furibond.

— Ne te fâche pas mon Lazare. Assieds-toi, tu veux bien ? dit Margot.

— Je n'ai aucune envie de m'asseoir, cria Lazare. Je voudrais seulement savoir ce qui se passe avec Pâris. Il a encore fait l'école buissonnière ? Mais bon sang, à quoi tu joues ? Tu veux te faire virer de l'école, c'est ça ? Attends Margot ! Ne me dis rien. Tu t'es fait virer, tu t'es fait virer de l'école de danse ! Mais, merde, Pâris, je ne vais pas pouvoir éternellement rattraper tes conneries, tu m'entends ? Si tu ne veux pas danser, je t'en prie, ne te gêne pas, je crois qu'ils cherchent quelqu'un en bas pour coller les étiquettes sur des paquets de pâtes. Si c'est ça que tu veux, la porte est grande ouverte !

Lazare était rouge de colère. Il avait le poing fermé et l'agitait comme un marteau. Gilles, s'il faisait mine d'être contrit, jubilait.

— Tu n'y es pas Lazare. Si tu ne te mettais pas dans un état pareil, je pourrais t'expliquer, tenta Margot.

— Oh, mais j'ai très bien compris ! Ce petit merdeux veut foutre sa carrière en l'air. Il préfère aller au cinéma plutôt que de répéter. Eh bien, qu'il aille draguer au dancing ou n'importe où ailleurs, je m'en lave les mains. Tu m'entends Margot ? Ce ne sont plus mes affaires.

Lazare tourna les talons. Il était sur le point de quitter la cuisine quand Pâris se leva et se tourna vers lui.

— Attends !

Il y avait dans sa voix une autorité toute nouvelle. Lazare s'arrêta net, puis se retourna. Il se demanda s'il était possible que son fils aîné ait pu grandir de quinze centimètres en moins de douze heures.

— Je me suis présenté au concours d'entrée du Ballet de l'Opéra de Paris.

Lazare s'étrangla. Les mots lui manquaient.

— Comment as-tu osé te produire devant tes maîtres sans y être préparé ? N'as-tu donc aucun respect pour les enseignants qui t'accompagnent et tentent de faire entrer quelque chose dans ta maudite tête d'enclume ?

Gilles regardait Pâris en attendant la suite. Lazare était colérique, mais pas violent. Cependant, il se pourrait bien, une fois n'est pas coutume, qu'il reçoive une gifle. Ce serait mérité, pensa Gilles en croisant les doigts dans son dos.

— Mais papa…

— Quoi papa ? Tu ne crois quand même pas que je vais faire quelque chose pour toi. Tu n'as qu'à te débrouiller tout seul, pour une fois ça ne te fera pas de mal de te confronter à la réalité.

— Je suis admis…

— Tu n'as qu'à tout laisser tomber, poursuivit Lazare en hurlant. C'est vrai après tout, j'ai voulu faire de toi un danseur, mais tu as l'âge de prendre tes responsabilités. Ce n'est pas un poil que tu as dans la main, c'est un baob…

Lazare s'interrompit et fronça les sourcils.

— Qu'as-tu dit ?

— Je suis admis dans le corps de Ballet de l'Opéra national de Paris, dit Pâris, un sourire au coin des lèvres.

Gilles, du haut de ses six ans, bouillonnait de rage. Il regardait son demi-frère prendre encore et toujours la lumière.

Chapitre 6

Anna buvait son thé du matin. Tout allait bien. Une main sur son ventre, l'autre battant la mesure du *Boléro*, elle pensait tour à tour à son enfant et à ses retrouvailles avec son grand-père. Dehors, il ne restait rien de l'orage de la veille. Un soleil éclatant illuminait le salon. Tout paraissait possible. Elle se dit que sa promenade improvisée d'hier resterait un moment inoubliable de son existence. Elle portait encore sur elle l'odeur de son grand-père.

*

Son téléphone sonna. Elle posa sa tasse de thé et jeta un coup d'œil au numéro qui s'affichait. Un drôle de pressentiment la submergeait.

Au bout du fil, son père, la voix blanche. *Une voix d'enfant*, se dit-elle.

— Papa est mort.

Un long silence demeura. Jamais Anna n'avait entendu son père appeler Lazare, papa. « Papa est mort. » Une sentence aussi universelle qu'intemporelle.

*

Lazare était mort dans la nuit du vendredi au samedi et l'enterrement eut lieu à peine vingt-quatre heures plus tard, le dimanche matin. Il avait, semble-t-il, laissé des consignes assez précises à ce sujet et le préfet, un ami de la famille, avait accordé une dérogation pour que la mise en terre puisse s'effectuer le jour du Seigneur.

Gilles venait d'arriver dans le sud de la France pour un Salon du livre lorsqu'il apprit que son père était mort et qu'il ne pourrait pas, par sa faute, saluer ses lecteurs. Vert de rage, il n'avait pas décoléré ni décoloré de toute la cérémonie. Lazare n'avait pas fini de surprendre son public.

*

— Pas d'église pour ton grand-père, mais une chambre funéraire. Va savoir ce qu'il avait en tête !

Voilà ce que Pâris avait répondu à sa fille lorsque, d'une voix timide, elle l'avait interrogé.

*

À la surprise générale, ce fut une cérémonie laïque qui se tint dans la salle de la coupole du cimetière du Père-Lachaise. La lumière filtrait à travers des vitraux sans figure religieuse. En quelques minutes, les chaises furent toutes occupées. Beaucoup restèrent debout. Tout l'Opéra était là, et si quelque touriste avait eu l'idée de se rendre au Palais Garnier à ce moment précis, il l'aurait trouvé totalement vide.

Sous la coupole, en haut des escaliers, la photo numérique de Lazare était apparue sur un écran, attirant les regards perdus des amis et de la famille du défunt. C'était la même photo que celle qui était affichée à l'entrée de l'amphithéâtre qui portait son nom. Un Lazare bien en chair, un roc inaltérable qui souriait en coin. *Qu'est-ce qui te fait sourire, grand-père ?*

*

La salle de la coupole disposait d'une acoustique idéale, si bien que les nappes enivrantes de clavecins, violoncelles et contrebasses paraissaient provenir des quatre directions en même temps. La musique cessa et Pâris monta les marches qui le menèrent au pupitre. Puisqu'il n'y avait pas de cérémonie religieuse, ce fut lui qui s'exprima au nom des siens.

Pâris n'avait pas l'air à son aise. Il piocha çà et là des bouts de son discours de remise de la Légion d'honneur pour bidouiller son oraison, sans se rendre compte que le public était le même. Si sa voix ne tremblait pas, son corps, lui, était plus explicite. Le chorégraphe s'était mis à danser tandis qu'il convoquait maladroitement le souvenir de son père. Anna n'écoutait rien des mots qu'il prononçait. C'était une autre partition qui attirait son attention. Le col de sa chemise blanche était boutonné jusqu'en haut. Ses mains sur le pupitre s'entremêlaient et se nouaient sans grâce. Sa nuque, si souple et si robuste, paraissait le faire souffrir. Il dodelinait de la tête, cherchant la position la moins inconfortable. Lui qui avait passé sa vie à travailler son corps, segment par segment, isolant le mouvement à l'unique pré carré qu'il souhaitait entraîner, était agité de soubresauts inélégants.

Quand il eut terminé, Pâris se rassit à sa place et attendit, comme un enfant, les mains croisées sur ses cuisses, la suite des obsèques orchestrées par son père.

*

Une musique douce s'éleva dans la salle, sans doute à la demande expresse de Lazare. Les premières mesures passèrent inaperçues. Une note à la harpe, répétée douze fois, comme le battement d'un cœur. Puis soudain, le crissement d'un violon qui s'accordait en solo fit sursauter l'assemblée, comme si la mort en personne avait fait irruption dans le crématorium.

— *La Danse macabre* de Saint-Saëns, dit Pavel, assis, trois chaises plus loin, en étouffant un rire. Sacré Lazare !

Non seulement Anna avait identifié la musique dès la première note – elle en connaissait la version, c'était celle du London Sinfonietta –, mais elle s'était instantanément immergée dans la jaquette colorée qui renfermait le vinyle de son enfance. Elle avait quitté la salle de la coupole, renvoyée plusieurs décennies en arrière, assise sur les genoux de celui qui dormait là, couché dans son cercueil.

*

Ça sentait bon le cigare frais et l'eau de Cologne. Une odeur de dimanche et de jours fériés. Le silence crépitait, mais le bruit du disque sur la platine était déjà de la musique. Anna n'arrivait pas à quitter des yeux la pochette où était dessiné *Le Carnaval des animaux* : le lion, avec sa canne et son chapeau. L'éléphant, la tortue, le poisson, mais surtout cette espèce de cabri en costume vert bouteille qui semblait danser la gigue. Chaque fois, elle disait à son grand-père : « Regarde, on dirait un peu le plafond de l'Opéra, non ? » Et son grand-père de lui répondre, toujours de la même manière : « Un peu, Anna, mais un peu seulement. » Le bonheur était dans la répétition : immuable dialogue, assise sur les genoux d'un Lazare immortel.

Quand le violon crissait, Lazare lui demandait : « Tu es prête, on y va ? » Anna lui répondait : « On y va ! » Et *La Danse macabre* résonnait dans le salon du concierge, pour le plus grand bonheur de sa petite-fille, qui n'imaginait pas qu'un dimanche d'avril elle l'écouterait sans lui, en pleurant.

*

À tour de rôle, chacun entra dans le funérarium. Toute personne qui en sortait paraissait plus morte que vive, ce qui n'encourageait guère Anna à franchir le Rubicon. La pièce qu'elle découvrit était borgne et sans solennité. La lumière y était faible, comme pour ne pas gêner celui qui y sommeillait. Elle y alla avec Samuel, mais il se mit en retrait pour la laisser se recueillir. *Pour les laisser se recueillir*, pensa Samuel, car Anna avait dans l'abdomen un enfant qui désirait plus que tout rencontrer son bisaïeul.

*

Lazare était là, à demi nu, dans une boîte en bois qui ressemblait davantage à une cagette de fruits et légumes qu'à un véritable cercueil. Mais comment diable pouvait-il tenir dans cette minuscule caisse, pas plus grande qu'une boîte d'allumettes ? Il n'y avait rien du confort habituel : pas de velours, de poignées en laiton ni même de coussin pour supporter sa tête. Rien qu'un paletot de bois. Six planches en sapin brut ; un cercueil écoresponsable pour communier avec la nature. Bref, tout sauf un modèle pour Lazare Besson. Anna se demanda quelle ultime lubie son grand-père exprimait là. Passé le stade de la stupéfaction, elle le vit tel qu'il était. Il portait une sorte de tunique blanche, étrange accoutrement pour un moment pareil. Ses jambes étaient nues, maigres et presque imberbes. Un vieillard fragile. Elle ne l'avait connu que dans de beaux costumes et avait bien du mal à l'identifier ainsi dépenaillé.

*

Maintenant, c'était Lazare, que l'on enfouissait sous terre, humble et solitaire. Il y avait le tout-Paris réuni aujourd'hui et personne pour comprendre ses dernières volontés : volte-face et pieds de nez à l'apparat qu'il avait lui-même si souvent respecté ?

Quête d'humilité d'un vieux sage ou ultime facétie d'un vieillard sénile ? De la foule amassée autour du carré familial où reposaient déjà Arlette, Maryse, Jean-Jacques et Abel, dépassaient les épaules et les têtes de Pavel et Mathilde, plus géants que jamais, eux aussi médusés. Gilles, furibond, gesticulait sans rien dire, la canne encore et toujours enlisée dans cette foutue tourbe fraîche. Pâris et Christian, s'ils étaient surpris, n'en laissèrent rien paraître, immobiles costumes noirs, plantés devant la fosse où l'on descendait leur père. Anna, quant à elle, flottait au-dessus du cimetière. Elle s'était attendue à le voir endormi, la barbe bien taillée, dans un costume chic, les pieds chaussés dans des mocassins noirs et la tête calée dans le capiton confortable d'un cercueil haut de gamme. Mais elle avait vu ses pieds nus et ses mollets fripés dans une boîte en bois et l'avait trouvé beau.

*

Anna avait un dernier rendez-vous avec son grand-père, comme un ultime tête-à-tête avant qu'il ne s'abîme dans le sol printanier du cimetière. Ensorcelée par le sinistre spectacle de sa sépulture, elle imaginait le jour où son père irait rejoindre le reste de sa troupe dans cette concession. Il y avait eu Abel et puis Lazare et, à n'en pas douter, il y en aurait d'autres.

Autour d'elle, les visages portaient un masque de tristesse. Le sien n'était que nostalgie. Elle s'étonna même de trouver que cette parcelle du cimetière, si elle n'était chaleureuse, était tout du moins familière. L'intrusion du bonheur dans un endroit et un moment pareil lui fit pincer ses lèvres. *On ne devrait pas fabriquer la vie dans un lieu où la mort prend ses quartiers*, se dit-elle en posant une main sur son ventre.

Sans un prêtre pour dire un mot, la scène était bien silencieuse. L'un après l'autre, les convives gênés, après un bref recueillement, s'en allèrent loin des morts, rejoindre l'autre rive, tandis qu'Anna, les yeux rivés sur la tranchée où son grand-père dormait, se balançait au rythme de *La Danse macabre* qu'elle était désormais la seule à entendre. Elle était redevenue cette fillette sur les genoux de son grand-père, observant les détails de la pochette jaune d'un vieux disque vinyle.

« On y va ? » lui demandait Lazare, l'invitant à descendre, pour une dernière danse. « On y va ! » lui répondait Anna, tout en fermant les yeux. Le cliquetis mécanique de sa valve aortique se cala au rythme de la harpe qui sonnait les douze coups de minuit. Ses pupilles, sous ses paupières closes, se dilatèrent et les poils de ses avant-bras se hérissèrent à mesure qu'elle pénétrait dans l'obscurité épaisse de ses souvenirs, à la recherche des fragments fossilisés de son histoire.

Une descente en rappel dans la crypte familiale, voilà ce qu'Anna imaginait, immobile devant la fosse de son défunt grand-père. Se laissant tomber à chaque expiration, ralentissant sa chute à chaque inspiration, repartant de plus belle, s'égratignant les coudes aux parois rocailleuses et suintantes de larmes. Elle toucha le fond en même temps que la mort accordait son violon sur le *Diabolicus in musica*, véritable entame de *La Danse macabre*.

Les souvenirs aussi pouvaient danser et c'était une aubaine, car une fois tout en bas, elle découvrit que la crypte familiale était une salle de bal. Une immense caverne où les lucioles volaient comme autant d'étoiles dans un ciel d'été.

De toutes les danses, c'était la valse qu'ils préféraient. À cheval sur les trois temps, les souvenirs l'adoraient, prise à la blanche pointée, et viennoise, évidemment ! Des quatre coins de la grotte jaillirent, dans un bruit d'ossuaire, les squelettes guillerets qui composaient le corps de ce funeste ballet. Deux par deux, ils se mirent à valser. Un, deux, trois – un, deux, trois – un, deux, trois – et la crypte se remplit d'une foule inconnue, des aïeux convoqués pour la fête en l'honneur du nouveau pensionnaire. Voici venir Lazare ! Irruption de la chair au milieu de la dessiccation. Il avait troqué sa tunique blanche pour un complet noir très chic avec une queue de pie et un chapeau haut de forme. Pour l'occasion, il avait mis sa cravate avec les palmiers roses et le ciel turquoise. Voilà qu'il enlaçait un frêle squelette vêtu d'une robe à paillettes qui bâillait au niveau du col et des manches trop larges. Ensemble, ils exécutèrent une danse balourde au charme suranné. Anna pensa à cette grand-mère qu'elle n'avait pas connue et sourit tendrement. *Bien le bonjour, Arlette le squelette*, pensa-t-elle. *Ravie de faire ta connaissance.* La musique envoûtante de *La Danse macabre* conférait au sabbat des ancêtres un air de bal musette. Après quelques instants, profitant d'un zig et d'un zag musical, le spectre à la lumière braqua la poursuite sur un jeune squelette prodige à la grâce éternelle qui, à la manière de Valentin-le-désossé, déboulait sur la piste en enchaînant les pas et les figures acrobatiques.

L'armature d'Abel était encore Abel.

Encore deux pirouettes et Abel-le-désossé se fendit d'une élégante révérence. Il se redressa, fixa Anna de ses orbites creuses puis, d'une voix si puissante qu'elle pulvérisa le quatrième mur de cette antique scène, déclama :

— Le silence devant une tombe devient un mensonge !

Anna ne répondit rien. Elle se faufila entre les squelettes dansants, s'approcha de son cousin, caressa ses côtes blanches et remonta son index le long de son sternum. Autour d'eux valsaient les souvenirs calcifiés dans un bruit de xylophone. C'était soir de bal aux catacombes, et DJ-Saint-Saëns aux platines entamait maintenant sa valse obsédante tandis que les squelettes, autour d'eux, redoublaient de vitesse.

— Pourquoi ne m'as-tu rien dit, Anna ? dit Abel en claquant des dents comme une paire de castagnettes. En gardant le silence, ce jour-là, tu m'as précipité la tête la première sur le marbre du grand escalier.

Anna avait vu le vrai visage de son cousin sous les traits de Solor. Elle s'était tue. Se tairait-elle encore ?

— Si ça peut te rassurer, continua Abel, sache que tu n'es pas la seule à m'avoir poussé. Chacun d'entre vous l'a fait. Vous êtes tous coupables. Mais au diable les vieilles histoires ! Quelle importance ? Regarde-moi. Je n'ai plus que les os sur les mots. Cela mérite bien quelques pas de mazurka !

Et Abel-le-désossé effectua une ronde joyeuse autour d'Anna qui tournait sur elle-même pour suivre son manège.

— Comment aurais-je pu deviner que tu allais sauter ? parvint-elle à lui dire.

— Parce que nous sommes faits du même bois, voilà tout.

— Pardon ?

Abel-le-désossé interrompit sa course, se rapprocha d'Anna, aligna ses vertèbres, posa ses carpes et métacarpes droits sous son épaule gauche et la guida dans un mouvement de valse.

— Nous avons décidé qu'on ne danserait plus la chorégraphie d'un autre, lui dit-il à l'oreille entre deux tournoiements.

Anna, prise de vertige, fixait le noir de ses orbites pour ne pas voir la crypte tourner comme le tambour d'une machine à laver.

— J'ai passé ma vie à faire ce qu'on attendait de moi, à saigner des orteils après chaque entraînement, à étirer mes muscles, torturer mes chevilles et lever le menton pour me donner des airs. J'ai joué les plus grands rôles du répertoire classique. J'ai dansé leurs joies, leurs peines et leurs amours. Mais le plus drôle, ma chère cousine, j'ose à peine te l'avouer, c'est que même en dehors de l'Opéra, dans ma propre famille, je n'ai jamais cessé de porter le costume d'un autre. Le soir de *La Bayadère*, j'ai compris que jamais je ne pourrais me défaire de ces oripeaux-là. La mort seulement pouvait m'en libérer.

— Mais de quoi es-tu libre à présent ? Te voilà mort et enterré ! La voix d'Anna se brisa tandis que les cuivres, dans la fosse, se déchaînaient.

— Je suis mort, mais toi non. Tu peux encore arrêter de danser.

Anna s'immobilisa, le souffle court, forçant Abel-le-désossé à faire de même. Elle se défit de son emprise et le regarda avec un air de défi.

— Je ne danse plus, et depuis fort longtemps, dit Anna.

— En es-tu si certaine ?

Soudain, la musique éclata dans cette cathédrale souterraine, et un nouveau cavalier inconnu au bataillon – mais prodigieux danseur – vint prendre la place de son cousin, pour l'emmener valser.

Abel-le-désossé eut tout juste le temps de lui dire dans une ultime souplesse arrière.

— Danse ta vie, Anna !

C'est alors que, dans le fracas musical du dernier mouvement de *La Danse macabre*, tout autour d'Anna se démantibula : Abel-le-désossé, Arlette le squelette, le cavalier valsant et toute la compagnie, ou presque, des spectres sautillants. Il ne restait plus que Lazare, dernier mort encore vivant sur la piste d'argent. Ils se rapprochèrent l'un de l'autre tandis que les bassons, les cors et les trombones rendaient leur dernier souffle. Les murs s'effritaient. La caverne elle-même était sur le point de s'effondrer.

Sans mot dire, tandis que le hautbois faisait chanter le coq, Lazare lui tendit une main qui signifiait : *m'accorderais-tu cette danse ?*

Anna hésita, se souvint des derniers mots d'Abel et, dans un lent mouvement du bras pareil à l'aile d'un cygne, caressa le visage de Lazare avant de remonter à la surface danser le reste de sa vie.

Chapitre 7

Après l'enterrement, tout le monde se retrouva chez Pâris et Patricia. La nouvelle femme du chorégraphe avait investi les lieux et accueillit chaque nouvel arrivant avec un regard plein d'empathie, une main sur l'épaule et une parole de consolation. On ne parlait qu'à son cercle restreint. Fragmenté comme la Pangée, le clan se subdivisa en quatre continents.

Anna resta muette au bras de Samuel, en compagnie de Simon et de Janet. La fratrie et les pièces rapportées déploraient que Marie-Louise l'Apatride n'ait pas eu l'envie ou le courage de les accompagner.

Pâris faisait bonne figure parmi ses frères et ses collègues de l'Opéra. Il allait d'un groupe à l'autre, cueillir des bouquets de regrets et faire semblant de découvrir tout un tas d'anecdotes qu'il connaissait par cœur. Malgré tous ses efforts, le malaise de la cérémonie flottait comme une odeur incommodante, mais impossible à commenter. Chaque mot était pesé. Chaque silence trop appuyé était brisé par une banalité.

Mauricette était là elle aussi. La pauvre était en larmes, allant d'un continent à l'autre, confronter sa tristesse. Naïve, elle cherchait des réponses à l'étrange cérémonie dont elle avait été témoin. Arriva le moment où elle s'approcha de Gilles qui faisait bloc autour de la reine Margot endeuillée jusqu'au cou.

— Vous y comprenez quelque chose, vous ? demanda Mauricette. Ce doit être une erreur des pompes funèbres, ça arrive parfois. Avec mon beau-frère, par exemple, ils se sont trompés de blazer et ils lui ont mis le costume de quelqu'un d'autre. Pouvez-vous imaginer une chose pareille ? Mais tout de même ! Pas de messe ni de bénédiction ? Ça ne lui ressemble pas. C'était un homme de foi. C'est à n'y rien comprendre !

Puis, devant tant de silence, Mauricette fit un signe de croix, émit un bref sanglot, et s'en alla chercher ailleurs une explication valable.

La journée aurait-elle pu s'achever sans que rien ne fût dit ? Lazare en aurait probablement été très attristé, lui qui s'était donné tant de mal à mettre en scène ses funérailles. Ce fut Gilles qui, le premier, manifesta de l'étonnement à l'égard de la manière dont la journée s'était déroulée. Il se leva et fit claquer sa canne sur le parquet. Il avait une écume blanche au coin des lèvres. Anna crut d'abord qu'il avait été victime d'une sorte d'attaque cérébrale.

— Vous me faites pitié avec vos mines contrites, à boire une petite coupe en l'honneur de Lazare !

Suis-je le seul à me demander ce qui ne tourne pas rond ? Qu'est-ce que c'est que ce bordel ?

Enfin ! songea Anna.

Léna resta sans bouger, son sac sur les genoux, donnant l'impression d'être assise sur une mine. Des quatre belles-sœurs d'origine, elle était la dernière à n'avoir pas sauté. Alors il valait mieux rester discrète et ne pas s'en mêler. Carine et Antoine, dans l'ombre de leur père, épousaient ses colères et ses coups de sang.

Gilles boitilla jusqu'au chevet de sa mère qui semblait un peu perdue. Il lui parla, prenant tout le monde à témoin :

— Maman, je te jure devant Dieu que je ne laisserai pas cet affront impuni. Te faire subir, à toi, cette humiliation ! Je le déteste.

Puis levant son poing vers le ciel :

— Père ! Tu as commis là ta dernière fourberie ! Viendra le jour où tu devras rendre des comptes !

Anna trouva la scène assez vivifiante. Il y avait, dans cette prise de parole, une forme d'évidence libératrice. Gilles gesticulait dans une gigue désordonnée. Après quelques pas de danse, il se tourna vers Pâris et Christian, l'index accusateur :

— Et vous deux, là ! Oui, vous deux ! On dirait que vous avez choisi votre camp ! En vous taisant comme des traîtres, vous vous rendez complices du déshonneur qui nous frappe aujourd'hui. Ne comprenez-vous pas que cette bouffonnerie n'est qu'une énième crise d'hystérie à rajouter à la longue liste de ce menteur pathologique ? Et puis merde ! Vous savez quoi ? Je suis content que notre père apparaisse au grand jour tel qu'il est vraiment. Un imposteur !

— Gilles ! intervint Pâris avec toute la sévérité que lui conférait son droit d'aînesse. Qu'est-ce que tu racontes ? Tu te donnes en spectacle.

— En spectacle ? reprit Gilles dans un rire sardonique. Alors ça, c'est la meilleure ! Léna, tu l'entends ? Voilà que mon étoile de demi-frère me reproche, à moi, de me donner en spectacle. Excusez-moi, mon cher Pâris, j'avais oublié qu'il n'y avait que vous qui pouviez prétendre à cela. Comme à beaucoup d'autres choses d'ailleurs.

Puis Gilles fit volte-face. Il prit sa femme et ses enfants sous son bras et s'en alla en claudiquant jusque vers la sortie. Avant de claquer la porte, il ralentit, se retourna, un sourire satisfait au milieu du visage, puis il lança à la cantonade :

— Préparez-vous, les Besson. Ça va saigner !

Chapitre 8

Quelques jours après l'enterrement de Lazare, juste avant le rendez-vous chez le notaire, Anna fit un cauchemar étrange. Le genre de rêve dont on a l'impression qu'il n'en est pas un.

Elle était devant La Bessonière. La bâtisse avait l'air encore plus ancienne qu'elle ne l'était vraiment. La peinture de la façade s'était écaillée au gré du vent salé et le portail était entrouvert, partiellement dégondé. Anna savait qu'un monstre était tapi dans la maison familiale. Elle s'aventura pourtant dans l'allée. À l'intérieur, tous les meubles étaient recouverts de draps. Sur le piano à queue se dessinait la silhouette de la cloche qui renfermait la tête ensanglantée de son défunt cousin. La Bessonière était vide. Dans le jardin, Anna remarqua un monticule de terre retournée et comprit qu'il s'agissait d'une tombe. Un sentiment d'horreur la saisit lorsqu'elle trouva, contre le tronc noueux du magnolia, la pelle qui d'ordinaire était posée sur le brise-vue de la plage privée. Elle se mit à creuser et, après quelques pelletées, heurta quelque chose de solide. C'était une boîte en bois de la taille d'un carton à chaussure, Anna l'extirpa du sol et l'épousseta. Elle ne devait l'ouvrir sous aucun prétexte, ne surtout pas libérer ce qui était à l'intérieur. Mais les forces à l'œuvre étaient trop puissantes et la curiosité l'emporta sur la raison. Elle souleva le couvercle et y trouva le corps flétri d'un bébé emmailloté dans une tunique blanche.

*

Anna se redressa avant que son réveil ne sonne, le cœur battant. Des interstices des volets de sa chambre filtrait une douce lumière. À ses côtés, Samuel s'éveillait. Elle se demanda si elle avait crié dans son sommeil.

Elle lui caressa le torse et vint se blottir dans ses bras.

— Tu es vraiment décidée à y aller ? demanda Samuel en soufflant sur une mèche de cheveux d'Anna.

— Ai-je le choix ? répondit-elle. Mon grand-père l'a demandé, alors je m'exécute.

Samuel se frotta les yeux, tira la couette et découvrit le ventre nu de sa femme.

— Comment ça va là-dedans ? dit-il, la bouche en entonnoir, plaquée contre le nombril d'Anna.

— J'ai un mauvais pressentiment, dit-elle.

— Ça ira mieux après cette journée. Es-tu certaine qu'aucun autre cousin n'a été convoqué chez le notaire ? Même pas ton frère ? Pour une fois qu'il est là.

— Sûre et certaine. Je vais encore m'attirer les foudres de tout le monde. Mais qu'est-ce que mon grand-père avait en tête ? Toujours à faire des différences et des privilèges entre nous.

— Tu veux que je t'accompagne ? demanda Samuel. Je ne suis pas rassuré avec Gilles dans les parages.

— Merci beaucoup, mais ne t'inquiète pas, je prendrai un taxi. S'il te voit, ce sera pire. Je suis une grande fille.

*

Maître Ernando Delavilla était un quinquagénaire mal rasé et débraillé, à l'image de son étude notariale où se dressaient des piles de dossiers posées à même le sol, telles les colonnes de Buren. Anna arriva en retard et la secrétaire l'informa que tout le monde l'attendait pour commencer.

Autour d'une table de monastère en bois massif étaient réunis Pâris, ses trois frères et Margot. L'arrivée d'Anna fut ovationnée d'un silence de circonstance. Son père lui lança un clin d'œil rassurant, Margot, un sourire pincé, et ses oncles, des regards furibonds.

Le notaire déplia un bout de papier, s'éclaircit la voix et dit :

— Maintenant que nous sommes tous présents, nous allons pouvoir commencer. Nous sommes réunis car votre défunt époux, père et grand-père, Lazare Xavier Germain Besson, a désiré faire valoir ses dernières volontés par l'intermédiaire d'un testament qu'il a lui-même rédigé et qu'il a déposé à maître Bernier et moi-même il y a un an et demi.

Personne n'avait eu connaissance d'un tel document. Gilles se leva :

— Attendez, attendez ! Je m'excuse d'intervenir ainsi, mais je crois pouvoir m'exprimer au nom de mes frères. Nous avons tous été soulagés de constater que celle qui complétait le quorum n'était autre que toi, Anna. Nous avons tous cru que notre père allait nous sortir un fils caché de son chapeau. Mais il reste une question.

Le notaire fit mine d'être à l'écoute.

Gilles pivota vers Anna, les sourcils froncés :

— Qu'est-ce que tu fous là, bordel ? Ta place n'est pas ici !

Pâris esquissa un mouvement et jeta à son demi-frère un regard incendiaire. Maître Delavilla, qui en avait vu d'autres, retint Pâris par l'épaule d'une main douce, mais ferme, et reprit la parole :

— Le testateur a fait savoir qu'il souhaitait que ledit testament soit lu en présence des héritiers visés. De tous les héritiers visés, et madame Anna Besson, épouse Atlan, est à sa place ici, au même titre que vous. Alors je vous prierai de respecter les volontés du défunt et de me laisser lire le testament sans m'interrompre. Vous aurez le temps de régler vos comptes plus tard, loin de mon étude. Me suis-je bien fait comprendre ?

Cette fois l'assemblée resta silencieuse.

— Pour ma part, j'ai déjà pris connaissance du document et vous remettrai en fin de séance le certificat d'hérédité. Avant de poursuivre, je tiens à vous faire part de mes plus sincères condoléances. Les quelques échanges que j'ai pu avoir avec monsieur Besson m'ont laissé l'agréable souvenir d'une personne avenante et passionnée.

— Un sacré menteur, grommela Gilles.

Le notaire, exaspéré, s'interrompit à nouveau, s'empourpra au niveau du col.

— Vous permettez que je poursuive ?

— Allez-y maître, qu'on en finisse une fois pour toutes, lui répondit Gilles.

Le notaire fit son office d'une voix monocorde. Sans surprise, Lazare, depuis le carré familial du cimetière du Père-Lachaise, distribua ses possessions au mérite, comme il l'avait toujours fait de son vivant. Les inégalités n'étaient pas conséquentes, mais il donna plus et mieux à Pâris et Christian qu'à Gilles et Vincent. La fracture entre eux ne faisait que s'étendre. Margot, dans son coin, ne semblait rien comprendre de ce qui se jouait autour de cette table. Chacun pouvait estimer l'amour de son père comme on mesurait sa place dans une entreprise en comparant sa fiche de paie avec celle de ses collègues.

Le notaire marqua une pause.

— Enfin, continua-t-il, le testateur évoque un dernier point particulier qui ne concerne que vous, madame Anna Besson.

Le notaire lui tendit alors une petite boîte en bois, qu'il avait dissimulée sous sa pochette à documents. Gilles se remit à bouger nerveusement. Il marmonna quelque chose dans sa barbe.

Anna frissonna en prenant la boîte entre ses mains. Un malaise s'insinua en elle au fur et à mesure que le souvenir de son cauchemar se faisait plus vivace.

— Voilà autre chose, vociféra Gilles. Et mes enfants à moi, alors ?

Anna fixait cette boîte en bois gravée aux initiales de son grand-père. L.B. Elle ne voulait pas l'ouvrir.

— Alors, on peut savoir ce qu'elle contient cette boîte mystère ! cria Gilles. Des pièces d'or ? Le Grand Moghol ? L'identité secrète de Jack l'Éventreur ? Tu vas nous le dire, oui ou merde ?

Anna ne voyait plus très clair, sentait ses membres s'engourdir. Elle avait un poids sur l'estomac et une gêne douloureuse dans le bas-ventre. Gilles s'était maintenant levé de son siège et s'était dangereusement rapproché d'elle. Pâris s'interposa, le notaire bredouilla quelque chose comme « rien ne vous oblige à divulguer le contenu de cette boîte ». Mais Anna, groggy, ne prêtait plus tellement attention à ce qui l'entourait. Le malaise galopait à mesure que la douleur dans son ventre se faisait plus vive. Elle serrait la boîte de son grand-père contre sa poitrine, comme pour empêcher qu'elle ne s'ouvre toute seule.

Puis tout devint aveugle et sourd.

*

Anna reprenait ses esprits. Elle entendait le tic-tac rapide de sa valve cardiaque et sut qu'elle était vivante. Elle était couchée au sol et la douleur dans son ventre s'était atténuée. Au-dessus d'elle, Gilles ne criait plus. Son père et ses trois frères étaient penchés au-dessus d'elle. Anna s'agrippait à la boîte de son grand-père comme à une bouée de sauvetage.

— Ma puce. Ça va ? demanda Pâris.

Anna regarda son père, puis ses oncles. Le notaire revint avec un gobelet d'eau et une serviette humide qu'il posa sur son front.

Anna tenta de se relever, mais maître Delavilla lui ordonna de rester allongée encore quelques instants.

— Il fait horriblement chaud dans cette étude. C'est une véritable étuve. Vous n'êtes pas la première qui se retrouve par terre. Voulez-vous que j'appelle un médecin ?

Anna fit non de la tête puis s'assit sur ses fesses, sans desserrer la boîte en bois. Son visage était d'un blanc lunaire. Elle but une gorgée d'eau et sentit la vie revenir en elle.

— Pardonnez-moi, dit-elle. Ça va aller…

Pâris aida sa fille à se relever et à se rasseoir sur sa chaise. Anna n'avait qu'une douleur sourde dans le ventre, mais aucune contusion.

— Eh bien, mon cher frère ! dit Gilles. Je constate que ta fille aussi aime se donner en spectacle. Notre père, j'en suis sûr, serait ravi de cet interlude hystérique. Quant à toi, Anna, tu garderas le secret de cette boîte. *Et Zeus donna à Pandore une boîte qu'elle ne devrait pas ouvrir.* Mais trêve de bavardage. Pourrait-on reprendre, s'il vous plaît ? J'ai rendez-vous avec mon éditeur dans moins d'une heure.

*

Sur le parvis de l'étude notariale de maître Delavilla, toute la famille était à nouveau réunie. L'ambiance était plus froide qu'au cimetière. Pâris proposa à sa fille de la raccompagner, mais elle déclina.

— Je te promets, papa, je me sens mieux. J'ai commandé un taxi, dit-elle en regardant son téléphone. Je dois filer à l'Opéra.

— Comme tu veux ma puce, lui répondit-il.

Ce fut alors au tour de Christian de s'avancer vers elle.

— Tu as besoin d'un chauffeur ? lui demanda-t-il.

Anna parut étonnée par la douceur de sa voix. Elle avait si souvent ruminé leur dernière rencontre qu'elle en avait presque oublié le reste : l'immense affection qu'elle avait pu porter à son oncle.

— Tu es pâlotte, ajouta-t-il. Tu devrais te reposer. On m'a laissé entendre que tu travaillais d'arrache-pied pour le cent cinquantenaire. C'est bien !

— Merci, bredouilla-t-elle enfin, chancelante.

La famille était sur le point de se séparer, lorsque Gilles s'adressa à tout le monde :

— Attendez, les Besson. Avant que vous ne partiez, j'ai moi aussi quelque chose à vous léguer. C'est dans le coffre de ma voiture.

Gilles boitilla jusqu'à sa Mercedes, son coffre s'ouvrit tout seul et il en tira un cabas. Il revint vers les membres de sa famille et distribua à chacun un paquet entouré de papier kraft.

— En exclusivité, rien que pour vous ! On le trouvera dans toutes les bonnes librairies d'ici quelques jours. Je me disais que ce serait bien que vous puissiez en prendre connaissance avant.

Gilles eut un sourire qui n'inspira rien de bon à Anna. Elle prit le paquet et, du bout des lèvres, remercia son oncle. Le dos tourné, Gilles leva un bras en guise d'adieu, s'installa dans sa voiture et démarra.

Anna, la boîte dans une main et le paquet de Gilles dans l'autre, attendit son taxi deux minutes. Une Opel Zafira, aux vitres teintées, se gara devant elle. De l'intérieur, on déverrouilla les portes et Anna s'installa sur la banquette arrière. La voiture démarra.

Le chauffeur, ratatiné sur son volant, avait l'air très âgé. La température dans l'habitacle était insoutenable, d'au moins dix degrés supérieure à celle qui régnait dehors.

— La climatisation est en panne ! lui dit-il, comme s'il lisait dans ses pensées.

Anna se sentait mal. La douleur dans le bas de son ventre se faisait plus cruelle, empirant à chaque nid-de-poule que les suspensions défaillantes du véhicule rendaient insupportable. Elle transpirait. De grosses gouttes de sueur salée perlèrent sur son front fiévreux. Elle ne contrôlait plus sa respiration. Le cœur au bord des lèvres, elle regarda la boîte en bois aux initiales de son grand-père et le cadeau de Gilles. Lequel des deux allait-elle ouvrir en premier ? Elle entreprit de déballer celui de son oncle.

Elle tentait de décoller le morceau de scotch qui fermait le paquet, de ses mains moites et tremblantes, quand elle se demanda quel âge pouvait bien avoir le chauffeur de taxi. *Au moins mille ans*. Le pauvre homme se penchait vers l'avant et sa tête n'était qu'à quelques centimètres à peine du pare-brise.

Désormais, ça n'était plus un tiraillement, mais une lame chauffée à blanc qui s'insinuait entre ses reins. Elle découvrit alors le titre et la couverture du livre de Gilles. Prise de panique, tenaillée par la douleur physique autant que par la couverture de l'ouvrage qu'elle tenait dans sa main, elle défit rageusement la ceinture de sécurité qui l'étouffait. Son estomac se retournait comme un gant et dans quelques secondes, juste avant de perdre connaissance, elle en répandrait le contenu à moitié digéré sur la banquette de l'Opel Zafira. En une fraction de seconde elle croisa le regard du chauffeur dans le rétroviseur et eu le sentiment qu'il lui souriait. C'est alors qu'elle le reconnut. Il était celui qui de tout temps l'emmenait d'un endroit à l'autre sans lui demander son avis. Il avait fait tomber l'averse et avait suscité chez son père l'envie aussi soudaine qu'improbable de manger de la mozzarella. Il était vieux, très vieux, mais n'avait rien perdu de sa malice. Elle l'avait cherché toutes les nuits quand elle était enfant. Il avait toujours été là, tapi dans l'ombre, attendant qu'une porte s'ouvre pour en surgir.

Une clé accrochée à la ceinture du pantalon. Une boîte en bois aux initiales de son grand-père. Un bébé dans son linceul. Un livre. Quel livre !

Et puis plus rien.

Chapitre 9

— Ne t'avise plus jamais de me faire un *Shreck* pareil !

Anna sourit en se figurant le visage vert de l'ogre, une image qu'elle et Simon utilisaient pour évoquer la frayeur. Anna avait dix ans lorsqu'elle avait vu ce film avec son frère. C'était la première fois qu'ils allaient seuls au cinéma et cela allait devenir une tradition.

— Je ferai gaffe la prochaine fois, promis.

Anna essaya de se redresser dans le lit, mais une douleur sourde l'étrilla. Elle grimaça en soufflant. Le drain de Redon crachotait des grumeaux rougeâtres dans le bocal prévu à cet effet.

— Ne bouge pas ! lui dit Simon. Tu as déjà perdu assez de sang !

Anna se laissa retomber sur le matelas caoutchouteux bordé des draps rêches et secs, à l'effigie de l'Assistance publique des Hôpitaux de Paris, et la douleur se dissipa entre ses reins.

— Il paraît que tu l'as échappé belle, sœurette. Sache que je ne t'aurais jamais pardonné de me laisser seul entre les parents qui ne s'adressent plus la parole. Imagine un peu la tronche des funérailles entre papa d'un côté, maman de l'autre et Patricia au milieu. J'te jure que je t'aurais butée si t'étais morte.

Anna aimait son frère au-delà des mots.

— Janet est à Paris ?

— Ben oui, elle est à Paris ! Tu crois quand même pas qu'elle allait te laisser seule à crever dans ton coin ? Et puis on n'était même pas sûrs que tu t'en sortes, alors on a pensé que ce serait plus simple de rester là plutôt que de faire l'aller-retour pour l'enterrement.

— Arrête... ça me fait mal de rire... c'est pas cool ! Mais elle ne devait pas rentrer pour un tournage ?

— Le prod et le réal ont fait la tronche, mais on leur a dit que c'était *no way.* Ils ont adapté le tournage pour toi en quelque sorte. On verra plus tard s'ils mettent ton nom au générique ou s'ils t'envoient la facture.

— Putain, j'ai mal, dit Anna. J'ai l'impression qu'un troupeau d'éléphants m'a marché dessus.

Simon cessa de sourire.

— Samuel m'a raconté ce qui s'est passé. Je comprendrais que tu n'aies pas envie d'en parler.

— Je comprendrais que tu n'aies pas envie de m'entendre en parler, lui répondit Anna.

Chacun avait sa formulation pour éluder la question. Mathilde avait pleuré, lui faisant comprendre qu'elle avait un problème avec son problème. Sa mère lui avait seulement dit que l'important était qu'elle soit en vie et son père, comme d'habitude, avait très peu parlé.

— Ça fait longtemps que vous essayiez de faire un enfant ? se risqua Simon.

— C'était la première fois qu'on avait recours à la fécondation *in vitro*. Sinon ça doit faire trois ans.

Trois ans ! À cette évocation, Anna sentit le chagrin la submerger. Tout le reste, à côté, paraissait dérisoire. L'Opéra, les querelles familiales, la séparation de ses parents et même la mort de son grand-père. Après tout, c'était dans l'ordre naturel des choses que les vieux meurent et que les couples infidèles se séparent. Elle ne pensait qu'à son cousin et à son bébé. Simon, assis sur une chaise près du lit d'Anna, la regardait sans savoir quoi dire. Alors ce fut Anna qui parla :

— J'aurais voulu le connaître et te le présenter. C'est con, n'est-ce pas ? Mais je n'arrête pas d'y penser.

Simon se doutait qu'elle parlait de son bébé, mais n'osa pas lui demander plus de précision.

— Je me demande ce qu'il serait devenu, la tête qu'il aurait faite quand on l'aurait posé sur mon ventre, l'intensité de son premier cri. Aurait-il eu le visage de Samuel, ou encore les traits inattendus des parents de Maman, qu'on n'a jamais connus ? J'y ai cru Simon, tu sais. Je veux dire, vraiment. Tu dois sûrement me trouver débile, mais il me manque ce bébé.

Simon ne répondit rien.

— On aurait fait de bons parents. Enfin, je crois. Tu sais, ça ne fait pas longtemps que je me sentais prête à devenir mère. J'en étais même venue à me dire que la nature faisait bien les choses en prenant son temps. Mais tu vois, j'ai dû pécher par orgueil en présumant de mes forces.

— Tu n'y es pour rien.

Anna eut un rire mauvais.

— Évidemment que j'y suis pour quelque chose. Je finirai peut-être par croire que c'est la faute à pas de chance, mais, de toi à moi, je peux te le dire, c'est ma faute. Tout comme c'est ma faute si Abel est mort.

Simon fronça les sourcils sans comprendre ce qu'Abel venait faire dans cette histoire.

— Arrête, Anna.

— Si tu savais tout ce que j'ai pleuré au cours de ces derniers mois ! C'est sûr que cela n'a pas dû lui donner très envie d'arriver, à ce bébé.

— Anna…

— Quoi, Anna ? Mais vas-y Simon, dis-le-moi les yeux dans les yeux que ce n'est pas pathétique. J'ai failli crever sur la banquette arrière d'une Opel Zafira. J'ai fait une fausse couche dans les embouteillages, tout ça parce que mon bébé ne s'est pas installé dans mon utérus, comme le font tous les bébés du monde, mais dans une de mes trompes. Tu te rends compte ? Une grossesse extra-utérine ! Le bébé n'était pas à sa place ! Mais merde, tu vois bien que c'est l'histoire de ma vie ! J'ai perdu la moitié de mon sang, je serais peut-être morte si on ne m'avait pas opérée d'urgence. Et il est raisonnable de penser que je ne pourrai jamais plus avoir d'enfant. Si ça, ça n'est pas pathétique, putain, je ne sais pas ce qu'il te faut.

Simon soutint le regard de sa sœur sans rien démentir. Au moins deux minutes passèrent sans que personne ne dise rien. Puis une infirmière entra dans la chambre pour prendre les constantes d'Anna et Simon en profita pour se lever.

— Bon, c'est pas tout, sœurette, mais Samuel a été très clair. Il m'a dit de ne surtout pas trop te laisser ruminer des idées noires. Je passerai avec Janet demain et on pourra continuer à s'marrer.

Simon embrassa le front d'Anna quand elle s'exclama :

— Attends, j'allais oublier le meilleur.

Elle se pencha sur le côté pour attraper le livre dans le tiroir de sa table de chevet.

— Tiens ! C'est cadeau ! Dédicacé de la main de l'artiste. Je doute que ça prenne beaucoup de valeur, mais on ne sait jamais !

Anna lui tendit un livre à la couverture noir et rouge. Simon soupesa l'opus de deux cents pages. Il le fit pivoter pour l'observer plus attentivement. Il sentait l'encre fraîche et le papier massicoté. En lettres blanches et capitales, il lut le nom de l'auteur : Gilles Besson. L'ouvrage s'intitulait : *L'Aigle sur le toit.*

— Ne fais pas cette tête-là ! C'est une exclusivité, ajouta Anna, fière de son effet d'annonce. L'avantage, c'est que c'est vite lu. Moi, il ne m'a fallu qu'une nuit pour le lire. Et je peux te dire que même sous morphine, c'est pas dingue. Le style est pauvre, mais que veux-tu ? Avec un pied en moins c'est presque impossible de faire des alexandrins.

Simon regarda la photo sur la couverture et, à la manière dont ses sourcils se fronçaient, Anna comprit que son frère était sur la bonne voie. L'infirmière lui mit un brassard pour mesurer sa tension artérielle. Elle demanda à Simon de bien vouloir quitter la chambre. Ce dernier avançait vers la porte, hypnotisé par le livre.

— C'est mon exemplaire, lui dit encore Anna, avant qu'il ne s'en aille, mais je ne souhaite pas spécialement le récupérer. Une fois lu, tu pourras en faire ce que tu veux, sauf le brûler. On ne brûle jamais les livres, même les pires.

Anna se souvint de l'effroi qu'elle avait ressenti en prenant connaissance du message écrit à l'encre rouge par son estropié d'oncle Gilles :

Pour Anna Atlan, maquilleuse, héritière et parvenue.
Gilles B.

Chapitre 10

Paris, dimanche 23 juin 1940

— Lazare ! Réveille-toi !

L'enfant dormait à poings fermés. Sa mère le secoua et il ouvrit les yeux, l'air étonné.

— Dépêche-toi Lazare, il faut t'habiller.

Le garçon cligna des yeux, l'air hébété.

Maryse le redressa en le tirant par les épaules. Alors il prit conscience que sa mère était penchée sur lui, au beau milieu de la nuit. Mais le sommeil n'avait pas dit son dernier mot et ses paupières se refermèrent.

Combien de temps s'était-il rendormi ? Probablement pas plus d'une fraction de seconde.

Lazare reçut une gifle. Le réveil fut brutal et sans retour possible. Sa tête tournait, son oreille droite sifflait. Décidément, tout allait de travers depuis quelques semaines. D'abord, il y avait eu les bombes dans le 15e et le 16e arrondissement, la fermeture de l'Opéra, l'arrivée des troupes allemandes dans les rues de Paris et, maintenant, cette gifle en pleine nuit venait de faire irruption dans son lit.

Il était cinq heures du matin. Maryse aida son fils à enfiler ses habits, un pantalon et une chemise qu'elle prit soin de boutonner jusqu'en haut.

— Quel jour sommes-nous ? demanda Lazare.

— Dimanche ! répondit sa mère.

— Dimanche ? répéta Lazare incrédule. Est-ce déjà l'heure d'aller à l'église ?

En guise de réponse, Maryse se signa, sans doute s'était-elle rendu compte qu'elle manquerait la messe.

Lazare entendit quelqu'un parler en allemand dans la pièce d'à côté. Cela faisait quelques jours que des officiers allaient et venaient dans l'enceinte du Palais, mais jamais aucun d'entre eux n'avait osé, jusqu'à ce matin, pénétrer dans la loge du concierge.

— C'est réglé, dit Jean-Jacques, essoufflé. Eugène a remis en route le système électrique et ça y est, la salle est éclairée. À présent ces messieurs voudraient qu'on les accompagne. Si nous nous dépêchons, tout devrait bien se passer. Ça ne durera pas plus d'une heure ou deux.

La guerre peut faire vieillir un enfant en une nuit. Instinctivement, Lazare se garda de questionner son père sur *ces messieurs*, comme il disait. Jean-Jacques détestait les Boches et son fils le savait. Depuis qu'ils avaient contourné la ligne Maginot et marché vers Paris, c'était pire encore. Dans la bouche de son père, ils étaient des cochons, des Fritz, des Pruscoffs, des Teutons, des doryphores, mais jamais, au grand jamais, des *messieurs*, ni même des Allemands. Lazare compris que désormais ils leur étaient inféodés et que dorénavant il n'était plus ici chez *lui*, mais chez *eux*.

Au rez-de-chaussée, Lazare et ses parents rejoignirent des personnes dans un vaste cellier gardé par trois soldats armés. Il y avait un pompier et deux électriciens. Tous étaient sidérés de se retrouver ici, à cinq heures du matin. Lorsque la porte fut close, personne n'osa parler, chacun respectant la terreur des autres.

— Est-ce que Serge est là ? demanda Maryse en s'adressant à son mari, inquiète.

— Je ne sais pas, mais il paraît que c'est lui qui va faire la visite.

— Une visite ? Mais, c'est pas l'heure des visites ! s'exclama Lazare.

— Quel salaud ! siffla Maryse, qui détestait le maître de ballet. Ce danseur dégénéré n'est qu'un sale traître.

— Serge est là ? demanda Lazare. On va le voir ?

— Non, répondit son père. Personne ne va voir Serge. Nous allons bien sagement rester ici et, dans quelques minutes, nous pourrons rentrer chez nous.

Mais nous n'avons plus de chez nous, pensa Lazare en passant la main sur sa joue endolorie.

À l'extérieur, on entendait des bruits de bottes émaillés d'aboiements. Jean-Jacques et Maryse échangèrent quelques mots que Lazare intercepta au vol : « Tu en es sûr ?… Oui, certain… Au Bourget… Pas loin d'une trentaine, je crois… Mais je n'en sais rien ! » Un peu plus tard, la porte s'ouvrit et l'un des officiers allemands fit signe à Jean-Jacques de venir avec lui. Puis la porte claqua et le tintement des clés accrochées à son pantalon disparut.

Moins de deux minutes plus tard, la porte se rouvrit et Jean-Jacques revint, le visage blême et la sueur au front. Il fit signe à sa femme et à son fils de le rejoindre.

— Que se passe-t-il ? demanda Maryse en se jetant sur lui, au bord de la crise de nerfs.

— Tais-toi et écoute-moi ! lui répondit Jean-Jacques. Il faut que Lazare suive cet officier.

Lazare ne s'était pas attendu à être mêlé à tout ça. Il n'était qu'un enfant et la guerre, lui semblait-il, était un jeu d'adulte.

— Quoi ? Pourquoi Lazare ? Qu'est-ce qu'ils lui veulent ? hurla Maryse.

— Ne t'inquiète pas et cesse de crier. Je n'ai rien compris à leur baragouinage, mais ils m'ont promis que tout irait bien pour lui.

— Il n'en est pas question, tu m'entends ! Il reste avec moi !

— Allons, Maryse ! Tu veux qu'on se fasse descendre ou quoi ?

Sans un mot, Jean-Jacques prit son fils par le bras et l'emmena dans un coin de la pièce.

— Écoute-moi bien, fils. Tu vas suivre ces messieurs et tu vas faire ce qu'ils te demandent de faire. Est-ce que tu m'as compris ?

Lazare opina de la tête.

— Tu ne parles pas, tu ne fais que ce qu'on te dit de faire et tout se passera bien.

Sans rien demander à Maryse, Jean-Jacques prit son fils par le bras et le donna en pâture aux chiens.

*

Il était six heures vingt-cinq du matin et Lazare marchait, ou plutôt courait, entre les deux soldats qui l'encadraient. Leurs bottes claquaient sur le sol comme des coups de fusil. Ils montèrent deux à deux les marches du grand escalier puis bifurquèrent en direction du salon rectangulaire et de la rotonde du Glacier.

Dans la salle ronde, bordée de bustes, ornés de huit tapisseries des Gobelins, se tenait un groupe hétéroclite de soldats, de civils et d'officiers allemands qui regardaient par la fenêtre. Lazare reconnut Serge Lifar qui menait, tambour battant, la visite des lieux. L'enfant vouait au maître de ballet une admiration sans borne. Il espérait secrètement qu'un jour ce dernier puisse voir en lui autre chose que le fils du concierge. Dans ses rêves les plus fous, Serge le prenait sous son aile, lui enseignait son art et faisait de lui une étoile. Il arrivait souvent que Lazare, en culotte devant son miroir, réalise quelques figures qu'il avait observées au foyer de la danse. Pendant une poignée de secondes, gesticulant comme un pantin, il s'imaginait participant à un ballet sur la grande scène de l'Opéra. Mais il ne se faisait pas d'illusion : jamais son père n'accepterait de le laisser danser. Il deviendrait concierge, lui aussi, et devrait se satisfaire des portemanteaux.

Au centre de cet attroupement se tenait un homme dont l'importance devait se mesurer à la courbure des échines de ceux qui l'entouraient. De taille moyenne et de modeste envergure, il portait un long pardessus boutonné sur la droite, croisant une fine cravate sous le col amidonné d'une chemise blanche. Sa casquette, trop large pour sa tête, projetait une ombre sur ses yeux qui se prolongeait dans l'obscurité broussailleuse d'une moustache noire reconnaissable entre mille. D'un regard, il hameçonna l'enfant et d'un geste de la main, il fit signe à Serge de se taire. Le sang dans les veines de Lazare se glaça et le cœur dans sa poitrine cessa de battre.

Celui que Lazare connaissait par l'entremise des journaux s'approcha de lui. Tout ce qu'il savait de l'étendue de sa fureur et de la noirceur de son âme, il le tenait de son père et cela aurait dû suffire à lui ficher la trouille. Mais, *en vrai*, il avait l'air moins terrifiant. À y regarder de plus près, des poils de sa moustache sortaient du rang sans y avoir été autorisés. Il y avait bien des yeux dans l'ombre de sa casquette. Deux globes assez quelconques qu'on aurait pu crever à l'aide d'une plume à écrire. Quand il marchait, ses bottes produisaient un couinement ridicule qui résonnait sous les hauts plafonds de l'Opéra. Point de Wagner pour l'accompagner ni de foule pour l'acclamer. Lazare se dit qu'un jour ce type-là avait été un enfant. Il avait appris à marcher avant d'envahir, à rire avant de haïr et à aimer avant de faire la guerre. Tenant ses deux gants dans une main, il avança son bras vers Lazare et, dans un geste tendre, lui tapota la tête.

Lazare pensa à la claque de sa mère. Un geste violent pour vous dire qu'on vous aime valait mille caresses pour vous dire qu'on vous hait. Comment devait-il réagir ?

« Tu veux qu'on se fasse descendre ou quoi ? »

Cette phrase de son père résonna dans sa tête. En arrière-plan, Lazare observa Serge qui le fixait des yeux. C'était sûrement la seule et l'unique audition que lui ferait passer le danseur étoile russe et maître de ballet.

« Tu veux qu'on se fasse descendre ou quoi ? »

C'était une question de vie ou de mort. Pas le droit à l'erreur, comme un danseur seul sur la piste, un soir de première.

Ce que Lazare fit ce matin-là n'avait rien d'un salut nazi, c'était une arabesque, évidemment, personne ne pouvait s'y méprendre. Un geste composé d'un lent développé du poignet, du bras et de l'épaule, comme le long cou d'un cygne qui se réveille à l'aube. Un pas de danse et non un *Heil* de ralliement. Pas une chorégraphie imposée par le Reich, mais une danse singulière comme un élan d'amour pour sauver sa famille. Un cri d'amour, voilà ce que c'était ! Les doigts s'étendirent, et le corps tout entier s'envola et se hissa vers l'étage supérieur, au-delà du plafond, des nuages et du ciel.

Quand le sage montre une étoile, l'imbécile regarde le doigt et le nazi regarde le bras.

L'éclat lumineux fut suivi du cliquetis reconnaissable du Rolleiflex qui capturait une image et révélait la présence de Heinrich Hoffmann, le photographe personnel du Führer au service de la propagande nazie. La *Blitz Besuch* ou visite éclair de Hitler à Paris, au lendemain de l'armistice franco-allemand, s'était faite au pas de course et sans que rien fût laissé au hasard. Le quadrimoteur beige avait atterri au Bourget à cinq heures trente du matin et il redécollerait trois heures plus tard, laissant au Führer le temps de profaner l'Opéra, la Madeleine, les Champs-Élysées, la tour Eiffel, le Panthéon et Notre-Dame.

Chapitre 11

— Tu dors ?

— Simon, c'est toi ?

— Tu dors ?

— Je sais pas trop. Je crois que tu m'as réveillée. Il est quelle heure à New York ?

— T'es conne ou quoi ? Je suis à Paris, on s'est vus tout à l'heure.

Anna tenta de remettre un peu d'ordre dans ses esprits. Dans ses veines coulait encore de la morphine. Elle mit le haut-parleur et regarda l'heure sur son téléphone. Il était presque vingt heures. Le milieu de sa nuit. Quelqu'un avait débarrassé son plateau-repas et une lumière de fin de journée filtrait par les larges fenêtres fermées à clé de sa chambre d'hôpital. Anna se sentit rassurée par le verrouillage des fenêtres. Elle laissa retomber sa tête sur l'oreiller.

— Tu préfères que je t'appelle demain matin ?

— Pour moi, c'est déjà demain matin.

Simon hésita à poursuivre mais il y avait urgence à dissiper ses doutes.

— C'est quoi ce bouquin ? T'as vu la couverture ?

Anna percevait de la panique dans la voix de son frère. Elle fut projetée quelques jours en arrière, sur la banquette de l'Opel Zafira, le livre de son oncle dans la main. Le souvenir de son malaise convoqua le fantôme de sa douleur rendu moins charnel par la magie des médicaments.

— Ça m'a fait bizarre, à moi aussi.

— Tu penses que c'est un photomontage ?

— Pas l'impression.

— Mais c'est une catastrophe !

— Oh tu sais, les catastrophes…

— Mais c'est notre grand-père sur la photo ?

Anna sourit parce qu'évidemment, elle aussi avait eu la même réaction.

— En tout cas, ça y ressemble. Mais je ne sais pas. Il y a tout de même quelque chose qui me chiffonne dans le cliché. Peut-être dans ses yeux ou dans sa façon de se tenir. En revanche, une chose est sûre, le gars au képi et à la moustache, lui, je suis formelle, je le reconnais.

— Putain ! Non, mais regarde-moi ce gamin, c'est le portrait craché de papa au même âge.

Anna imaginait son frère, le livre entre les mains, songeant à toutes les conséquences que cette photo pourrait avoir sur sa carrière. Simon avait toujours su se protéger des siens, se vantant d'être à l'abri des fâcheries familiales, des rivalités et des conflits. Il avait créé sa propre histoire outre-Atlantique, loin de la violence de son clan. Jamais il n'aurait imaginé être un jour rattrapé par son histoire. Il n'avait gardé de sa dynastie que le nom de Besson quand d'autres se choisissaient des noms de scène. *Besson* ouvrait bien des portes. *Besson* était une immense fierté. Mais *Besson*, à n'en pas douter, ferait bientôt la une des journaux à scandale.

Chapitre 12

La Bessonière était à nouveau pleine de vie. Sans doute était-ce son chant du cygne.

À la grande époque, de juillet à août, la bâtisse résonnait des cris des petits-enfants qui y séjournaient pendant les vacances. Plus tard, rares furent ceux qui pérennisèrent cette tradition. La Bessonière ne s'éveillait plus que de Pâques en Pâques pour de brèves chasses aux œufs. Cette année, pourtant, tous les petits enfants, à l'exception de Simon, s'y étaient donné rendez-vous le week-end du 14 juillet.

La Bessonière serait bientôt vendue et il fallait vider la bête. À la mort de Lazare, Margot avait fini par accepter la proposition d'un milliardaire russe qui depuis longtemps cherchait à l'acquérir. De toute façon, la villa ne pouvait pas survivre à son maître et Margot, de plus en plus perdue, ne se sentait pas capable d'y demeurer seule.

Lazare n'avait pas laissé de consignes particulières concernant le partage des biens de la maison de Pornichet. Les meubles seraient jetés, donnés ou vendus aux enchères, mais il y avait un peu partout des morceaux d'histoire que personne ne voulait voir disparaître.

Pâris et Gilles ne vinrent pas à Pornichet. Gilles avait une rencontre dans une librairie à l'autre bout de la France, tandis que Pâris animait une master class à l'école de danse de Nanterre. Christian, qui depuis quelques semaines avait repris ses petits-déjeuners politiques, ne rejoindrait La Bessonière qu'en début d'après-midi.

Une fois n'est pas coutume, tout le monde était assis à la même table. Le déjeuner n'avait rien du faste d'antan. Mauricette n'avait fait que compiler des salades fraîches, du pain tranché et quelques fromages achetés au supermarché. Margot était assise à côté de Vincent qui veillait à ce qu'elle prenne ses comprimés et qu'elle s'hydrate suffisamment.

— Même joueur, joue encore, chuchota Carine avec une voix qui se voulait électronique.

Antoine sourit, les autres restèrent silencieux. Carine continua :

— Non mais, sérieusement, ça ne vous angoisse pas d'être ici ? Je veux dire, c'est glauque, non ? Je vous préviens, il n'y a rien qui me branche dans cette vieille bicoque, à part peut-être le singe en bois dans la chambre de grand-père. Celui-là je voudrais bien le récupérer juste pour l'incinérer et le voir brûler, histoire que j'arrête d'imaginer qu'il est planqué sous mon lit.

— Moi, je voudrais le secrétaire de la chambre jaune, dit Emmanuelle. Enfin, si personne d'autre ne le veut. On y jouait souvent avec Abel quand on était petits et je suis certaine qu'avec un peu d'huile de coude, je pourrais le retaper et en faire quelque chose de mignon.

Personne n'y vit d'objection, et tous se mirent à faire l'inventaire des objets convoités. Chacun avait une idée précise de ce qu'il voulait emporter et il y eut peu de litiges.

— Et toi ? demanda Antoine à Anna. Qu'est-ce que tu voudrais prendre ?

— Sans compter tout ce que tu as déjà raflé au cours des vingt-cinq dernières chasses aux œufs ! ajouta Carine avec son cynisme habituel.

Anna s'était faite discrète, à l'extrémité de la table. Elle parut surprise de la question.

— Moi ? Oh, je ne sais pas. Je crois que ni les odeurs ni les couleurs ne voyagent très bien. Alors je me contenterai de souvenirs et peut-être de quelques photos, si grand-mère est d'accord.

— Prends garde, Anna ! Il faut faire très attention aux photos, dit Antoine en mettant deux doigts sous ses narines en guise de moustache, avant de continuer avec un fort accent allemand. *Ach*, on peut trouver bien des choses embarrassantes dans le grenier des Besson, si tu vois ce que je veux dire. Alors, contente-toi des odeurs, si elles ne sont pas trop nauséabondes.

Antoine était fier de sa blague. Ce fut Emmanuelle qui, la première, déclencha la riposte :

— N'exagère pas quand même, Antoine ! Grand-père n'était pas un collabo. C'est juste une photo sortie de son contexte.

Emmanuelle avait parlé à voix basse pour épargner Margot.

— Enfin, excuse-moi, mais le contexte est historique. La France vient tout juste d'être envahie, le Führer se rend à Paris pour une visite éclair de quelques heures et qu'est-ce qu'il fait ? Il va à l'Opéra, prend Lazare sur ses genoux et, en retour, notre grand-père lui fait un signe d'allégeance. Je ne sais pas ce qu'il te faut de plus. Un acte de déportation signé de sa main ?

— Tu ne peux pas le réduire à cette photo, tout de même ! continua Emmanuelle. Avec son père, ils ont lutté contre l'occupant.

— Tu veux parler de sa médaille de la Résistance française ? rétorqua Carine. Disons qu'entre le héros de guerre qu'il prétendait être et le collabo qu'il semble incarner sur la photo qu'a publiée papa, il y a une marge, je te l'accorde. Mais bon, les faits sont là et on ne peut rien y changer. Faut apprendre à vivre avec.

— Mais c'était un gosse ! intervint Anna. Il avait quel âge à l'époque ? Cinq ans ? Peut-être six ? J'aurais aimé t'y voir, toi, à sa place. Hitler rapplique chez toi, qu'est-ce que tu fais ? Tu essaies de le taper avec tes petits poings fermés et tu vois toute ta famille se faire fusiller à cause de toi ? C'est complètement débile !

Le mot *débile* avait été prononcé suffisamment fort pour que Vincent redresse la tête à la manière d'un suricate en plein désert.

— Voilà ! dit Antoine à sa sœur. Tu nous l'as tout énervée maintenant. T'es contente ? Je te l'avais dit pourtant : pas touche à son grand-père ! Déjà qu'avec Samuel, elle a dû être gênée aux entournures...

Anna se souvint de son grand-père, de ses pieds nus et de ses mollets fripés. Elle décida de calmer le jeu.

— Excuse-moi Carine. Je n'aurais pas dû te traiter de débile. Je suis encore un peu fatiguée de mon opération, alors je pars au quart de tour. Mais dans le fond, je crois que nous avons tous été choqués.

— Tu sais, Anna, poursuivit Carine, plus douce, avec Antoine, depuis qu'on est gosse, on sait que tous ces faits de guerre dont il nous rebattait les oreilles à chaque fête de famille étaient très exagérés. Mais de là à le voir faire un salut à l'oncle Adolf, personne ne pouvait s'y attendre.

— C'est vrai qu'il avait ses secrets, concéda Anna, pensive.

— Et tu en sais quelque chose, n'est-ce pas ? ajouta Antoine.

— Pourquoi ? répondit Anna.

— Disons qu'on se demande tous ce que t'a légué grand-père. Rien ne t'oblige à nous le dire, mais cela attise notre curiosité. C'est d'ailleurs probablement ce qu'il voulait faire. De l'intrigue et des préférences, c'est du Lazare tout craché.

Anna pensait souvent à cette boîte en bois gravée aux initiales de son grand-père. Tous avaient l'air de croire qu'elle devait contenir un terrible mystère. Si seulement ils savaient !

Elle se souvint de la surprise qu'elle avait eue lorsqu'elle l'avait ouverte. C'était à l'hôpital et ses drains suintaient d'une liqueur noirâtre. À cause de sa perfusion, elle avait eu du mal à tendre son bras pour l'attraper. Puis il avait fallu que ses yeux s'accommodent et que son esprit se résigne, avant d'être certain de ne rien y trouver. La boîte était vide, pleine de rien.

Elle aurait pu en parler, éteindre l'incendie de la rivalité. Après tout, ce n'était qu'une boîte en bois, très ordinaire. Un contenant sans contenu, tout juste bon pour accueillir des trombones et des barrettes. Mais elle n'en fit rien. Elle garda le décevant secret de cette boîte vide pour elle seule, des fois qu'il y pousserait des pièces d'or pendant la nuit.

Le silence épidémique se répandit à nouveau entre les murs de La Bessonière. *Ici, ce ne sont pas des anges qui passent, mais des démons*, pensa Anna.

Christian arriva et ce fut un soulagement. Mauricette disposa son rond de serviette puis lui servit à manger. Il était plutôt d'humeur joviale. Sa venue apaisa les tensions, comme si la hiérarchie imposée par Lazare perdurait en son absence. On se remit à rire, à parler du grand-père autrement que comme un nazillon et le déjeuner se termina plus joyeusement qu'il n'avait commencé.

*

Toutes les bâtisses ont leur grenier, sorte d'étage inhabité, plus lumineux qu'une cave, plus effrayant aussi. Celui de La Bessonière était de tout temps interdit aux enfants. On le disait dangereux, plein d'échardes et de planches pourries. « Sans doute est-ce le bois qui travaille ? » disait Lazare lorsque Anna s'inquiétait d'un grincement sinistre. « Ou peut-être un fantôme ? » Mais elle n'était plus une enfant et ne craignait plus les fantômes. Au contraire même, elle était précisément là où son grand-père lui avait dit de les chercher.

Margot n'avait pas été d'un grand secours. Quand Anna lui avait demandé des photos de son grand-père, elle lui avait montré son album de mariage puis avait commenté chaque cliché en se perdant dans d'infinies anecdotes sur d'inutiles inconnus.

Après un bref pèlerinage dans chaque pièce de la maison, Anna avait finalement emprunté l'escalier en pente raide – presque une échelle – puis avait ouvert la trappe découpée dans les combles, excitée d'explorer la face cachée de La Bessonière à la veille de sa vente.

Elle passa d'abord la tête. Le grenier était vaste et sale comme un court de tennis abandonné. Elle gravit les dernières marches puis se déploya tout entière dans l'enceinte étouffante au plafond cathédrale. Ses premiers pas furent prudents, accueillis d'un craquement. Aujourd'hui, c'était elle le fantôme. Il y avait quelques meubles – ayant trop de valeur pour qu'on s'en débarrasse, mais trop laids et trop vieux pour être utilisés –, des valises, des malles, et des cartons pleins de livres, de souvenirs et sûrement d'araignées. Dans une armoire au bois verni, elle découvrit les reliques de l'Opéra que Lazare distribuait au gré des chasses aux œufs. Il aurait pu vivre quinze ou vingt ans de plus sans épuiser son stock de récompenses. Elle effleura, nostalgique, l'oiseau mécanique du *Rossignol* de Stravinski, puis pensa à son pinson et à son cousin.

Une vieille malle l'intrigua, pleine de documents et de courriers à l'attention de son grand-père. Elle y piocha une enveloppe au hasard. Elle était encore fermée. *Pour M. Lazare Besson de l'Opéra Garnier.* Le L et le B étaient décorés à la façon des lettrines anciennes. Celle – sans aucun doute une femme – qui en était l'autrice avait sûrement pour son grand-père bien d'autres sentiments qu'une banale admiration. Anna s'amusa de cette particule en se demandant dans quelle mesure elle pouvait, elle aussi, s'en prévaloir. *Anna Besson de l'Opéra Garnier* épouse *Atlan du Clan des Mangeclous.* Elle reposa l'enveloppe dans la malle puis sortit un paquet, emmailloté dans du papier journal. Hésitante, elle le déballa et découvrit une paire de ciseaux et un coupe-papier assorti, gravés aux initiales de son grand-père. Un autre contenait un plumier en bois doublé de cuir et un de ces gobelets à whisky en cristal taillé que Lazare, il n'y a pas si longtemps, utilisait encore. Anna porta le verre à son nez, ferma les yeux et inspira profondément. Dieu sait qu'il n'y avait plus un seul atome de brandy à l'intérieur, pourtant, elle aurait juré s'enivrer de son parfum musqué. Pendant une fraction de seconde, elle s'était invitée dans le bureau du concierge. Son cigare froid, à moitié consumé, patientait dans le cendrier. « Que personne ne me dérange, c'est l'heure où j'ouvre mon courrier. » Il tenait l'enveloppe dans sa main et retardait le moment de la décacheter, comme on tarde parfois à se déshabiller. Il trempait ses lèvres dans la liqueur orangée, se réjouissant des délices que la vie pouvait lui réserver.

Anna s'apprêtait à tout remettre en place lorsqu'elle aperçut, affleurant à la surface de la malle, le coin d'un petit cadre, dont la vitre fêlée, contenait un cliché en noir et blanc de son grand-père, adolescent. Il se tenait là, l'air sérieux, au côté de Jean-Jacques, tous deux en habit de concierge. Jean-Jacques portait son fameux trousseau de clés accroché à la ceinture. C'était une photo posée, extraordinaire de simplicité, prise dans le grand escalier du Palais Garnier. Anna écouta sa valve artificielle faire un spectacle de claquettes sur l'avant-scène de sa poitrine. Voilà ce qu'elle rapporterait chez elle et garderait comme un précieux trésor. Elle voulait que cette image remplace celle de l'enfant au bras levé que Gilles avait imposée à sa mémoire.

— Alors, t'as trouvé ton bonheur ?

Anna sursauta en pensant au fantôme. Par l'ouverture du grenier, Carine avait passé sa tête, bientôt rejointe par ses épaules, son buste et le reste de son corps.

— Tu m'as fait une de ces peurs, lui répondit Anna.

Carine, silencieuse, avança prudemment sur le parquet branlant. Avec la pulpe de son index, elle traça un sillon dans la poussière sur une commode à sa portée.

— Je déteste ce grenier, dit Carine. Y a de quoi rendre asthmatique un acarien. De toute façon, je déteste cette bicoque et je me sentirai plus légère quand elle aura été vendue.

Anna ferma la malle et ne garda que le cadre à la vitre fêlée qu'elle leva en direction de sa cousine.

— Je pensais rapporter ça chez moi, si ça ne pose de problème à personne.

Carine haussa les épaules puis, après quelques secondes d'un silence exécuté dans la plus pure tradition familiale, s'adressa à sa cousine en ouvrant le velux pour aérer la pièce :

— Je ne veux pas m'excuser, seulement t'expliquer. Mon père n'a rien demandé à personne. Il n'est pas allé fouiller dans les archives de la Wehrmacht pour la déterrer, cette photo. Si tu veux tout savoir, c'est même elle qui lui a sauté au visage. Et crois-moi, il aurait préféré ne jamais la trouver.

Excuses acceptées, se contenta de penser Anna.

— Je sais très bien ce que tu penses, poursuivit Carine. Tu imagines que mon père détestait notre grand-père et qu'il a seulement cherché à lui causer du tort en publiant son livre. Tu te trompes. Il aurait adoré aimer son père et être aimé de lui. Toute sa vie il a essayé. Mais Lazare n'avait d'yeux que pour Pâris et Christian.

Avec le temps, avec la mort, Anna avait appris à ne plus réagir au quart de tour à la moindre attaque contre son père.

— Tu sais quoi, Carine ? Grand-père est sous la terre et nos parents sont les prochains sur la liste. Alors, je te propose qu'on arrête de s'en mêler et qu'on les laisse se débrouiller entre eux. Au fond, je n'ai rien à lui reprocher à ton père. Il a fait ce qui lui semblait juste, et même si l'on s'en serait bien passé, il nous a permis de voir certaines vérités en face. Je te crois quand tu me dis qu'il a morflé, mais ce n'est pas la peine de justifier sa vengeance auprès de moi.

— Ce n'est pas de la vengeance ! dit Carine en fixant sa cousine dans les yeux avant de détourner son regard vers la fenêtre ouverte. Un air marin agitait ses cheveux. Au loin, l'océan Atlantique écumait sous le vent.

— Mon père a trouvé cette photo quand il était gamin. Une de ses occupations favorites était de fouiller dans les affaires de son père, un peu comme toi, aujourd'hui.

Anna serra contre elle le cadre contenant la photo de Lazare.

— D'après ce qu'il m'a raconté, un beau jour, elle était posée là, comme ça, sur son bureau, au vu et au su de tout le monde. Lazare aurait laissé traîner ses magazines pornos que ça aurait été pareil. Bien sûr, il a tout de suite reconnu le petit moustachu. À cette époque, la guerre n'était pas juste un sujet du bac. La plaie était encore béante et on ne rigolait pas avec la collaboration. Tout enfant qu'il était, mon père a gardé ce secret pour lui. Il avait trop peur ou peut-être trop honte pour en parler à qui que ce fût. Et puis le temps a passé et il a oublié.

— Oublié ? demanda Anna.

— Disons plutôt qu'il l'avait planqué dans un coin de sa tête pour ne plus avoir à y penser. Qu'est-ce que j'en sais, moi, de la réaction d'un gosse qui tombe sur la photo de son père en train de jouer à touche-pipi avec le diable ? Et puis c'est à cette époque qu'il a commencé à avoir des problèmes avec sa jambe. Bref, ne me demande pas comment, mais il a occulté cette information pendant trente ans, jusqu'au jour où, va savoir pourquoi, ça lui est revenu en boomerang et ça ne l'a plus lâché.

— Il en a parlé à son père ?

— Il a tenté de le faire, mais notre héros national a tout nié en bloc. Je crois bien que ça a failli le rendre dingue. Il n'était même plus sûr de l'avoir vue, cette photo. Ça faisait un paquet d'années, et puis c'était son père !

Carine s'en alla faire grincer d'autres lames du parquet du côté de l'armoire au bois verni. Ce fut alors au tour d'Anna d'aller vers la fenêtre et de regarder au loin. *La mémoire n'est pas un fil que l'on tire, mais une écharpe que l'on brode*, se dit-elle. Elle avait tant de fois rêvé de La Bessonière qu'elle était convaincue d'avoir, parmi ses souvenirs, des fragments inventés. D'ailleurs, elle était prête à parier qu'un jour elle se demanderait si cette conversation avec sa cousine avait réellement eu lieu.

— Mais il a fini par la retrouver, n'est-ce pas ? dit Anna.

— Ça n'a pas été simple, tu peux me croire. Il a mis des années. Il nous a avoué que c'était pour ça qu'il était devenu romancier. À vouloir à tout prix rapiécer son histoire, ça lui a donné des envies d'en écrire de nouvelles. Il a cherché partout. Il a même passé toute une semaine ici, en prétextant une résidence d'artiste, pour fouiller la maison. Mais tu ne devineras jamais où elle était pendant tout ce temps.

Pour toute réponse, Anna leva les sourcils.

— Cet enfoiré la gardait dans son portefeuille ! Tu te rends compte, Anna ! Pendant toutes ces années, il s'est trimballé avec cette photo dégueulasse dans la poche de son pantalon. Quand il était à la messe, qu'il venait nous chercher à la gare, qu'il nous faisait faire des tours de manège, et même quand on était obligés d'écouter ses prouesses de résistant, il l'avait toujours sur lui, rangée avec le portrait d'Arlette. Tu sais quoi ? Je ne serais même pas étonnée de découvrir un uniforme SS dans cette vieille armoire.

Carine ouvrit le meuble dans un geste théâtral et tomba pêle-mêle sur l'éventail de *Carmen*, la lyre à sept cordes (dont quatre étaient cassées) d'*Orphée* et l'ombrelle aux fleurs fanées de *Madame Butterfly*. Finalement, ce qui se rapprochait le plus d'un uniforme SS était le casque ailé partiellement déplumé d'une valkyrie. Carine regarda sa cousine avec une tristesse sincère.

— Lazare était un personnage d'opéra. Notre grand-père, lui, n'était qu'un homme.

*

En milieu d'après-midi, tous se retrouvèrent dans le salon, autour du piano à queue, pour boire un dernier verre en trinquant au passé. Chacun avait conscience de vivre ses ultimes instants dans la maison familiale. Anna s'attendait à voir le patriarche rejoindre sa troupe, comme il le faisait toujours, pour fumer le cigare. Mais son fauteuil club resterait vide et *ses lèvres seraient closes et cousues de secrets*.

Carine se tenait à bonne distance de sa cousine. Elle avait refermé la parenthèse de son cœur et ne souhaitait plus jamais avoir à la rouvrir. Avec Antoine, ils furent les premiers à quitter La Bessonière, rapidement suivis de Vincent. Certains versèrent une larme et d'autres ne se retournèrent pas.

Finalement, vers quinze heures, il ne restait plus que Christian, Margot et Anna dans le salon.

Il se produisit alors quelque chose d'extraordinaire. Margot s'assoupit avec, sur ses genoux, une couverture légère. Sa main droite tenait encore le journal de la veille. Christian, à côté d'elle, regardait son téléphone en comptabilisant les likes de sa dernière publication. Dehors, l'océan. Margot émit un ronflement bruyant qui la surprit elle-même. Elle posa le journal et se rendormit presque instantanément. Ce fut à cet instant précis que la colère d'Anna s'évanouit pour de bon. En réalité, cela faisait déjà longtemps qu'elle s'en était allée. Mais elle avait laissé derrière elle des empreintes sur le sable qu'une vague à l'instant avait fait disparaître. Elle regarda son oncle. Ce dernier releva la tête et lui sourit. La vague sur son cœur était aussi passée. Le visage de Christian avait changé. Il ne s'agissait pas d'une métamorphose, mais d'un retour à la matrice originelle. La mort de son fils l'avait déformé sans parvenir à le briser.

Il fut le premier à rompre le silence :

— On ne va tout de même pas se faire la guerre jusque dans la tombe.

— Non, répondit Anna, sans avoir besoin d'un délai de réflexion.

Il n'y eut point d'objection dans les battements de son cœur. C'était là, l'évolution naturelle de leur situation respective. Cela sonnait comme l'aboutissement d'une très longue conversation qui n'avait jamais eu lieu. C'était peut-être cela la définition de la diplomatie chez les Besson. Anna se retrouvait face à cet oncle qu'elle aimait et qui, au bout du compte, restait fidèle à ce qu'il n'avait jamais cessé d'être : quelqu'un de parfaitement incompréhensible. Un être qu'elle acceptait maintenant, tel qu'il était.

Ils échangèrent, en quelques phrases à peine, l'essence de leurs sentiments, puis chacun redevint pour l'autre un proche que l'on aime malgré tout. La famille est un champ de bataille où les tranchées peuvent rapidement devenir de paisibles ruisseaux.

Avant de s'en aller, Anna demanda à Christian s'il connaissait cette photo. Elle lui tendit le cadre à la vitre fêlée et un sourire nostalgique se dessina sur le visage de son oncle.

— Quelle dégaine ils avaient ! Je me souviens que mon père la gardait précieusement sur son bureau à l'époque où il était concierge à l'Opéra Garnier. Et il ne fallait surtout pas se moquer de lui, encore moins de son père. Il répétait toujours : « La famille, c'est sacré ! »

Puis il continua, sans avoir conscience de la force qui animait ses pensées :

— Je suis content que ce petit malentendu entre nous soit une affaire classée.

Dans un geste tendre, il remonta la couverture qui glissait des genoux de Margot puis, embrassant le salon du regard, poursuivit :

— J'ai un pincement au cœur quand j'imagine cette maison vide ou, pire, remplie de souvenirs qui ne seraient pas les nôtres.

*

Entre deux châtaigniers, Anna demeura longuement à scruter La Bessonière avec l'étrange impression qu'un détail de la plus haute importance lui échappait. *Comme le nez au milieu du visage*, pensa-t-elle. Elle essaya alors de se figurer ce qui, dans l'architecture générale de sa façade, pouvait ressembler à des yeux, un nez et une bouche. Sans surprise, son nez était composé de la fenêtre à double battant de la chambre à coucher de son grand-père, tandis que sa bouche, *désormais close et cousue de secrets*, était la porte d'entrée.

La Bessonière sans le roi des Besson n'était déjà plus, et Anna s'en alla sans pleurs ni regrets.

Chapitre 13

Anna avait attrapé son train un peu avant dix-neuf heures et arriva à la gare Montparnasse vers vingt-trois heures. Le fil de ses pensées s'était entremêlé pendant toute la durée du trajet. Elle avait pensé à Lazare, à leur dernière balade, à la douceur de sa main dans la sienne et à la luminosité si particulière du ciel après l'orage. Elle s'était remémoré sa solitude, sa colère, sa fausse couche et toutes les difficultés qu'elle avait déjà surmontées ces derniers mois. Elle avait pensé à tout cela entre Pornichet et Paris et, pourtant, elle se sentait légère. Elle avait envie de danser, d'enfiler ses chaussons, de prendre la barre et d'étirer son corps.

C'est alors que son téléphone sonna.

*

— Salut, papa !

À l'autre bout de la ligne, pas de réponse.

— Allô ? répéta Anna. Je ne peux pas parler trop fort. Je suis dans le train, on entre en gare. Est-ce que tout va bien ?

Pas de réponse.

Anna pensa à un problème de réseau ou à un appel par erreur. Elle s'apprêtait à raccrocher lorsqu'elle entendit le souffle rauque de son père. Son cœur tressaillit.

— Allô, papa ? Tu m'entends ? Qu'est-ce qui se passe ?

Elle percevait maintenant une respiration rapide et gémissante, comme celle d'un enfant qui sanglote.

— Anna… Viens !

Elle eut le plus grand mal à reconnaître la voix de son père tant elle était lointaine et fragile. *Do sol la mi*, le jingle de la SNCF vint se superposer au brouhaha du train freinant sa course et Anna n'entendit rien d'autre. Son père venait de raccrocher. Elle tenta de le rappeler, mais sans succès.

Le train à peine arrêté, elle bondit hors du wagon, son sac à la main, et se mit à courir sur le quai. Elle court-circuita la file d'attente en s'excusant et prit le premier taxi. Sur la route, elle essaya dix fois de rappeler son père, en vain. Patricia non plus ne lui répondait pas. Puis Anna se souvint qu'elle était partie dans le sud de la France pour passer quelques jours de vacances en compagnie de ses enfants. Samuel, à l'autre bout de Paris, lui conseilla de faire le quinze, mais le temps de prendre une décision, elle arriva devant l'immeuble où habitait son père.

En pénétrant comme une voleuse dans l'appartement, elle convoqua, sans le vouloir, le souvenir de ses parents qui, dans une dernière danse, s'étaient fait leurs adieux.

Il y avait de la lumière et du bruit dans la chambre à coucher. Cela la rassura. Dans l'embrasure de la porte, à contre-jour, se dessina la silhouette voûtée d'un vieillard. Anna crut mourir de frayeur. Il était là, de retour. Vieille chose rabougrie, il était dans ses rêves comme dans ses insomnies. Prenant son courage à deux mains, tremblant de tout son corps, Anna pénétra dans l'antre du chorégraphe et découvrit son père, semblant deux fois plus vieux. À la vue de sa fille, son œil droit s'écarquilla. À ses côtés, Anna reconnut le médecin de famille. Pâris était en train de se rhabiller.

— Bonsoir Anna, dit le docteur, surpris de la voir sortir de nulle part. C'est qu'il nous a fait peur le bougre ! Mais rassure-toi, ce n'est qu'un lumbago compliqué d'une sciatique. Rien de vraiment méchant, mais il n'a plus vingt ans ! N'est-ce pas, Pâris ? Tout devrait rentrer dans l'ordre dans les semaines ou les mois à venir. Vous le savez mieux que personne, la danse est une discipline exigeante qui soumet le corps à des contraintes énormes et, après un certain nombre d'années, la plupart des danseurs ont le dos en compote. Je lui ai fait une piqûre d'anti-inflammatoire et prescrit un scanner.

Anna écoutait les consignes du médecin de famille, comme le ferait une mère des conseils du pédiatre. Voir son père ainsi diminué était un spectacle effrayant. Pâris, la chemise débraillée et la posture alourdie, faisait peine à voir. La faucheuse avait posé sur lui un avis de passage, et toute grâce lui avait été retirée. Son corps, jadis évanescent, n'était plus qu'une enveloppe encombrante qu'il fallait traîner d'un bout à l'autre de la chambre. Anna se projeta dans la décrépitude de la vieillesse et dans le deuil qui précède la mort.

QUATRIÈME ACTE
Le Boléro

« Je pense qu'il me fallut environ deux minutes pour vider ma vessie. Pendant ce temps, j'entendais *Le Boléro* en fond musical. C'était une étrange impression de pisser en écoutant *Le Boléro* de Ravel. Il me semblait que j'allais pisser éternellement. »

La Fin des temps, Haruki Murakami

Chapitre 1

Paris, le 8 juin 1942

— Une rafle ? chuchota Lazare. Mais c'est quoi ?

— C'est quand la police vient te cueillir chez toi pour te jeter en prison ou, pire, pour te tuer. Il paraît que mon grand-père a échappé à une rafle en Pologne, quand il était gamin.

— La police ? Mais qu'est-ce que vous avez fait de mal ?

— Rien. On est juif, c'est tout.

— Ben merde alors ! dit Lazare, un peu plus fort, ce qui ne manqua pas d'arriver aux oreilles de madame Beugler, l'institutrice, qui leva un sourcil dans leur direction.

Émile se tut quelques secondes, le temps de se faire oublier, puis continua sur le ton de la confidence :

— Maman dit qu'on aurait dû partir depuis longtemps. Elle dit que même l'Opéra n'est plus un endroit sûr depuis que Jean Hugues, le machiniste, a été arrêté. Et encore, lui, il était seulement communiste.

Émile hésita à poursuivre.

— Et puis, elle dit aussi que Serge, eh bien, il est de mèche avec les Allemands. Elle dit que c'est rien qu'un sale traître et qu'il hésitera pas une seconde à livrer mon père aux Boches.

— C'est même pas vrai !

Lazare avait baissé sa garde et, dans un accès de colère, avait haussé le ton en gonflant la poitrine. La maîtresse leur jeta un regard noir et toute la classe retint sa respiration.

— Monsieur Lazare ! dit-elle sèchement. Je vous préviens que je n'admettrai plus le moindre bruit, ni de votre part ni de celle de votre *ami*. Et si je ne vous renvoie pas de la classe tous les deux, c'est par amitié pour votre père. Vous devriez faire plus attention à vos fréquentations. L'ennemi est parmi nous et je ne parle pas que des Allemands.

Chacun dans la classe voyait très clairement ce qu'elle voulait dire et tous regardèrent Émile qui sentit l'étoile jaune cousue sur sa poitrine chauffer comme un fer porté au tisonnier. Lazare, son voisin de pupitre, était rouge de colère, mais il ne pipa mot.

Ne t'avise pas de toucher à mon étoile ! hurla intérieurement Émile en se mordant la joue.

Cette affaire d'étoile avait occupé ses parents pendant tout le week-end. D'abord, ils avaient dû aller les chercher au poste de police. Trois étoiles par personne en échange d'un point textile sur la carte de rationnement. Puis il avait fallu les coudre sur les vêtements afin qu'elles restent visibles en toutes circonstances. Son père avait refusé de s'en occuper, objectant qu'il ne pourrait plus jamais travailler s'il devait accomplir pareille ignominie. Sa mère et sa sœur avaient beaucoup pleuré, l'aiguille à la main.

— T'inquiète pas shérif ! avait lancé Lazare à son copain Émile à la sortie de l'école.

Il lui avait promis que tout finirait par s'arranger et que rapidement ils pourraient à nouveau jouer à l'Opéra, comme avant. Mais Émile n'était pas dupe. Il y avait entre eux un fossé qui semblait chaque jour se creuser davantage.

L'année scolaire allait bientôt s'achever et l'été s'annonçait d'un ennui mortel. Émile rentra chez lui. Il n'eut pas un mot pour sa mère ni pour sa sœur. Il s'enferma dans sa chambre et dans le silence agité de ses pensées.

*

À l'heure du dîner, Selma vint le chercher.

— On passe à table.

— Pas faim.

— Pas de topinambours ni de rutabaga. Ce soir, maman a préparé du *kugel*.

— J'ai pas faim, j'ai pas faim ! lui répondit Émile. Dis-leur que j'suis malade. J'en ai marre que maman pleure et que papa se taise. Je préfère sauter le repas.

— Comme tu veux, lui répondit Selma en s'éloignant. Je m'arrangerai pour qu'on te garde une part, au cas où tu changerais d'avis.

Selma avait la douceur que sa mère n'avait plus.

Quelques instants plus tard, ce fut au tour d'Avner de le rejoindre dans sa chambre. Il frappa à sa porte et Émile s'en étonna. D'habitude il entrait sans s'annoncer, comme le roi Salomon dans ses appartements.

Avner lui parut vieux. Il avait des rides qu'il ne lui connaissait pas et son dos se voûtait chaque jour un peu plus. Avant même que son père n'ouvre la bouche, Émile comprit qu'il aurait avec lui une conversation qui se graverait dans sa mémoire comme une épitaphe sur une pierre tombale.

— Ça va mon grand ? lui demanda son père en s'asseyant près de lui.

Émile ne répondit rien, alors Avner poursuivit :

— Ce n'est pas très drôle à la maison en ce moment, n'est-ce pas ?

— C'est pas mieux à l'école…

— Je sais.

— Est-ce qu'on va devoir partir, nous aussi ?

Avner considéra son fils avec sérieux.

— Tu penses qu'on devrait ?

— Non ! s'écria-t-il. Il y a papi, mamie, ton travail et puis il y a Lazare.

Comprenant que son père lui demandait vraiment son avis, il se ravisa, plus raisonnable :

— Enfin, je ne sais pas. Maman a l'air de penser que c'est de la folie de rester là.

— Est-ce que je t'ai déjà raconté l'histoire de mes parents ? demanda Avner.

— Ceux qui sont partis de Pologne quand ils étaient enfants ?

Émile se redressa et s'assit en tailleur, à l'affût de chacun de ses mots.

— Exactement. Ils ont dû quitter leur village, parce qu'ils étaient juifs.

— Je sais. Les rafles ! Et voilà que ça recommence.

Avner lui sourit avec une tendresse inédite.

— Mais savais-tu qu'ils s'étaient mariés dans une grange juste avant de s'enfuir ?

Émile écarquilla les yeux. Des images vinrent se mêler au récit de son père. Des images si précises qu'il était convaincu qu'elles étaient véridiques. Sa chambre, encore baignée de la lumière du soir, se mit à tournoyer au son d'un air de violon d'une infinie tristesse. Il sentait l'odeur de la neige, de la nuit et de la poussière en suspension dans cette grange humide. Il entendait le grincement des planches sous les pieds nus de sa grand-mère qui tournait à sept reprises autour de son grand-père sous un dais nuptial de fortune. Dans sa tête, la boîte à histoires venait de se rouvrir et déjà le dibbouk y piochait un ouvrage pour en faire la lecture.

*

Elle avait le visage plein et rond. Sa peau était d'un blanc immaculé. Lui, au centre, demeurait immobile et la regardait effectuer sa première rotation au rythme du violon de son père. Chacun de ses pas était lourd d'histoire et de coutumes. À sa tête baissée, il devinait la gêne, qu'un voile en dentelle sale peinait à dissimuler. Ses yeux étaient deux plages de sable noir que la marée montante s'apprêtait à envahir.

Au deuxième tour, elle soutint le regard de celui qui, bientôt, deviendrait son mari. Elle avait refoulé ses larmes en bâtissant des digues autour de ses pupilles. Elle ne reconnaissait plus le garçon dégingandé qui, hier encore, n'était qu'un ami, timide et gauche. De dos et avec son chapeau, il avait l'air d'un adulte. Chacun de ses pas la faisait avancer dans cette ronde étrange, solitaire et sacrée.

Au troisième et au quatrième tour, elle virevolta, faisant grincer les lames de cette grange devenue, le temps d'une nuit, le théâtre poussiéreux d'une cérémonie sans âge. Lui percevait les bandes de soie qu'elle tissait à chaque révolution, ceinturé par une toile invisible, écrasé sous le poids du *talit* tendu par deux de ses oncles.

Rien ne tournait rond dans cet étrange mariage. Deux paires d'yeux qui se cherchent et s'écarquillent. Deux gamins qu'on réveille en pleine nuit. Les oncles, un châle blanc, quelques notes de violon et des bougies usées pour faire croire au soleil dans cette obscurité. Un chapeau pour monsieur, un voile pour madame, gardez vos pyjamas, plus rien n'a d'importance, hâtez-vous les enfants, c'est l'heure de vous marier.

Ils vieillissaient à vue d'œil. C'était une question de survie, la seule issue possible à ce drôle de ballet.

Elle sentait ses seins pousser de l'intérieur, tandis que lui percevait son pubis se recouvrir de poils. À chaque nouvelle lune, une année s'écoulait si bien qu'en un instant sept ans avaient passé. Ils étaient maintenant deux adultes de onze et neuf ans, unis devant Dieu et devant deux témoins, comme l'exigeait l'antique tradition. Sidérés, en chemise de nuit, pieds nus sur du bois sale, entourés des parents qui pleuraient à présent, ils se faisaient face, mais regardaient ailleurs.

Le père du marié, le menton appuyé sur son violon, semblait s'être voûté, les épaules décalées. Il avait l'air d'un fantôme. Sa tête et ses épaules étaient recouvertes du *talit* avec lequel un jour il serait enterré. Sa femme pleurait. Les larmes d'une mère qui marie son enfant avant que le matin ne vienne rougir les murs du sang juif qui naguère coulait paisiblement dans les veines du *shtetl*.

Le reste ne fut qu'une succession de formalités. Sept bénédictions récitées au pas de course, des sourires sans joie, un *Mazel tov* de convenance et c'en était fini de ces salamalecs. Le protocole qui suivit était beaucoup moins orthodoxe. Les jeunes tourtereaux, dont les bouches étaient closes de ne savoir que dire, reçurent comme cadeau des chaussures de cuir noir et de lourds manteaux. La veste de monsieur était trop pesante pour être catholique. Sa mère avait cousu de grosses pièces d'or dans la doublure. Ainsi lesté, il sentit ses épaules et son cou s'affaisser sous le poids du destin.

Il faisait froid. Dehors, la neige recouvrait les toits du village. Par la porte ouverte de la grange encore illuminée des chandelles vacillantes, il voyait sa mère pour la dernière fois. Elle fixait son fils, les yeux incandescents. Elle avait en mémoire chaque seconde des onze dernières années. Depuis son retard de règles, jusqu'au premier mouvement, quasi imperceptible, dans son ventre, un beau matin d'avril. Son fils s'éloignait en tenant par le bras la fille de ses voisins. Elle revoyait cet être couvert de ses entrailles qui n'avait pas de poids. Elle maudissait ce jour béni où elle avait scellé son corps et son esprit à ce pantin de chair. Quand il ne mangeait pas, elle n'avait plus faim, quand il était fébrile, c'est elle qui transpirait, et même quand il dormait paisible dans son lit, elle était réveillée de peur qu'il ne s'en aille, craignant un dénouement funeste, redoutant de tout temps que cette nuit arrive, griffant la main de Dieu de ses ongles de mère pour qu'il épargne son fils.

Le grand-père d'Émile enregistra un ultime détail avant que le brouillard ne les sépare à jamais. Un instant, il considéra sa mère qui criait, pleurait et déchirait la peau de son joli visage. Son corps se tordit et s'arc-bouta. Elle se cambra et tendit son bras droit vers lui. Son index se leva, majestueux, solennel. Elle se jeta vers l'avant, imaginant qu'elle pourrait le toucher, qu'elle pourrait le rejoindre et le garder avec elle. Son mari la retint par la taille, la faisant une seconde s'envoler vers le ciel, sa jambe droite, emportée par l'élan, remonta derrière elle, alors que son pied gauche, maintenant sur la pointe, s'éleva juste au-dessus du sol, dans une grâce immortelle.

Puis le rideau tomba.

*

Émile cligna des yeux et regarda son père avec l'impression de le voir pour la première fois.

— Tu n'as pas faim ? demanda Avner.

— Je ne me sens pas très bien, lui répondit Émile.

— Déshabille-toi. Tu te sentiras mieux sans ça.

Et il toucha de son index l'écusson étoilé qui pesait sur sa poitrine comme un point de côté.

Émile retira sa chemise et se sentit libéré d'un poids. Presque instantanément, la faim agita ses entrailles.

— Dis-moi mon grand. Qu'est-ce que tu comprends à cette histoire d'étoile ?

— Je comprends que les Boches, ils veulent savoir qui est juif et qui ne l'est pas d'un simple coup d'œil.

— C'est ça. Et sais-tu pourquoi ?

— Non, répondit Émile, en toute sincérité.

— Parce que être juif, ça ne se voit pas sur le visage. C'est pour ça qu'ils veulent qu'on l'affiche sur nos vêtements. Ils doivent avoir peur de haïr les mauvaises personnes.

— Mais pourquoi nous détestent-ils tant ? demanda Émile. Qu'est-ce qu'on leur a fait ?

— Alors ça, mon bonhomme, c'est une excellente question. Au fond, je n'en sais rien. Peut-être ont-ils peur de nous ?

— Tu crois vraiment que les Boches ont peur de moi ? Je ne suis qu'un enfant, et en plus, j'ai le dos tout tordu.

— Un peu, Lenepveu, lui répondit son père en l'ébouriffant de la paume de sa main. Est-ce que tu sais que c'est grâce à un dos comme le tien que j'ai survécu à la guerre quand j'étais à Verdun ?

— En tout cas, moi, je ne la porterai plus cette étoile de malheur, décréta Émile, téméraire.

Avner s'assombrit. Il prit un air sévère et regarda son fils droit dans l'âme.

— Ne t'avise jamais de parler ainsi de ton étoile, dit Avner. Les étoiles brillent dans la nuit parce qu'elles sont des soleils. Et si un jour tu as l'impression d'être plongé dans les ténèbres, alors tu n'auras qu'à t'en servir pour éclairer ton chemin. Ce soleil-là, les Boches, figure-toi qu'ils ne peuvent pas le voir. *Alors, sois fier d'être une étoile, mon fils.*

Chapitre 2

Le chœur de l'Opéra Garnier résonnait d'un *Boléro* minimaliste. Juste une piste sur un ordinateur. Au milieu de la scène, Pâris, torse nu, pour que chacun de ses muscles puisse raconter sa propre histoire, répétait la même séquence de mouvements sous l'œil attentif de Pavel. Au-dessus d'eux, dans une loge latérale, embrassant du regard la grande salle totalement vide, Anna et Mathilde assistaient à la résurrection d'une étoile et à la naissance d'un tout nouveau ballet.

— Je dois admettre que ton père est une force de la nature, dit Mathilde.

— Et Pavel, un monstre de patience, lui répondit Anna.

— Je n'aurais pas imaginé cela possible.

— Moi non plus, mais c'est Pâris.

En trois mois, il s'était non seulement rétabli de son lumbago, mais il était revenu à la meilleure version de lui-même, aussi souple et puissant qu'à son apogée. Du moins c'était ce que semblait penser

Mathilde. Anna de son côté percevait dans le roc de son père une infime fêlure qui le lézardait de part en part.

Muscles bandés, torse gainé, spinal, tel un cheval, le port altier grâce au grand pectoral. Rompre l'adage, brusque assemblée, piqué, une pirouette, le bras s'étend comme le cou d'une aigrette. L'*ostinato*, la caisse claire, encore, qui se répète. Le bois succède aux trombones et trompettes. Lent développé, souffle coupé, respire ! Un tour en l'air, le grand jeté qui pourrait me trahir.

— Et merde ! Merde, merde, merde et re-MERDE !

Pâris éclata d'une colère tectonique, prit une bouteille d'eau posée par terre, en but deux gorgées puis la lança avec violence. Elle retomba sur le sol, au pied de la scène, où elle se vida de son contenu en laissant une flaque noire comme sa colère. Pavel arrêta la musique. Lorsqu'il était sous le coup d'une émotion, son accent russe se faisait plus puissant et son français plus approximatif.

— Mais Pâris ! Ton grand jeté être sublime ! Je ne comprends pas ce que tu lui reproches !

— Non ! C'est de la merde, rien que de la merde !

Puis Pâris se tut, se positionna sur le repère tracé au scotch blanc, ferma les yeux, effectua deux rotations des épaules, sembla grandir de cinq ou dix centimètres, puis parla d'une voix redevenue calme :

— On recommence.
Pavel remit la musique.

Anna était inquiète et fascinée par l'énergie débordante de son père. Elle y voyait le génie créatif, mais aussi le danger d'un corps qui dansait dans l'ignorance de ses propres limites. Pâris parlait du *Boléro* comme de sa dernière danse avant de prendre sa retraite. Mais pour lui, la danse, c'était la vie.

— On avance bien, dit Mathilde. Tu dois être rassurée.

— Je serai rassurée quand tout sera terminé, dit Anna.

Le cent cinquantenaire commencerait d'ici quelques jours. L'événement était placardé dans les rues et attendu de tous les amateurs de danse et d'opéra. Anna n'avait pas ménagé ses efforts et, d'une façon différente de celle de son père, elle accomplissait sa tâche avec une rage inédite. Elle avait cessé de douter et savait désormais imposer ses choix. Les traits de son visage s'étaient affinés. Le corps déployé, elle paraissait plus grande. Une croissance tardive, sans doute.

— Putain ! Encore de la merde et toujours de la merde ! Cette fois-ci Pâris hurla à s'en rompre les cordes vocales. En pleine crise de rage, son corps se tordit et mugit avec lui.

— Mais Pâris ! Qu'est-ce que tu cherches ? Ton grand jeté est encore plus magnifique que le dernier.

Tu es trop, comment dit-on déjà en français, trop *intransigeant* avec toi-même.

— Un grand danseur qui n'est même plus capable d'exécuter un grand jeté ! Quel grand danseur suis-je ? *Le Boléro* se termine sur ce grand jeté. Il ne doit pas être seulement magnifique, il doit être mythique !

— Mais tu es fatigué, ô Pâris. Nous sommes tous fatigués. Il est tard et nous avons besoin de dormir. Le spectacle est dans quelques jours et, crois-moi, tu vas briller comme le soleil dans la nuit.

Pâris était maintenant habité par *Le Boléro.*

— Dormir ? Grand Dieu, non ! dit-il. On reprend.

Chapitre 3

— Non Daniel, ce n'est pas l'heure des cadeaux !

L'enfant était âgé de trois ans et il affichait une moue désopilante. Sa mère, une belle femme aux cheveux noirs, se tourna vers Anna et lui dit :

— La patience ne fait pas encore partie de son vocabulaire ! Je suis ravie que vous soyez des nôtres ce soir. C'est la première fois pour vous ?

Anna hocha la tête.

— Alors, comme toutes les premières fois, c'est un moment qui restera gravé dans votre mémoire.

Anna sentit une chaleur sincère dans ses propos. La femme aux cheveux noirs s'adressa à celui qui tenait la main d'Anna, avec une voix plus puissante et un accent d'Afrique du Nord.

— Dis-moi Samuel, pourquoi ne vient-elle pas plus souvent ? Elle est belle comme un cœur ! Tu veux la garder pour toi tout seul, c'est ça ?

Puis elle rit d'un rire bruyant, libérateur et contagieux.

— Tata ! Je ne te l'ai pas ramenée pour qu'elle t'entende raconter ce genre de chose ! dit Samuel de la même voix forte, ponctuée d'un rire inhabituel, mais charmant.

Anna eut l'impression de découvrir une facette de son époux qu'elle ne connaissait pas ou qu'elle n'avait qu'entraperçue le jour de leur mariage. Elle se souvint des youyous, des accolades, des chansons et de ces rondes si vivifiantes qu'elles lui avaient donné le tournis. Elle se remémora la cérémonie du henné et cette impression d'explorer une planète qui n'était pas la sienne. Les tantes de Samuel, vêtues de caftans, étaient venues jusqu'à elle les bras chargés de bijoux, de crèmes de beauté et de pantoufles. Elle s'était sentie reine. Cette même tante, électrique comme jamais, lui avait tartiné la paume de la main d'une pâte odorante et brune en lui prophétisant un avenir radieux.

Pendant de nombreuses années, Anna s'était contentée de vivre comme une Besson. Elle n'avait eu besoin de rien d'autre.

Depuis qu'elle ne formait plus un duo avec Pâris, Marie-Louise l'Apatride se révélait être porteuse d'une histoire censurée qu'Anna, jusqu'à présent, n'avait pas cherché à connaître. Elle n'avait pas exploré non plus cette branche presque infinie à laquelle elle s'était bouturée le jour de son henné. Elle avait accepté la greffe, mais n'y avait jamais prêté de véritable attention. Aujourd'hui, entourée des Atlan, ces Mangeclous bruyants, Anna sentait naître un attachement vertigineux et inédit.

Le clan Atlan était très différent du sien. Ici, le silence était offensant et il fallait le remplir de rire, de cris ou même de pleurs. Au début, Anna s'était sentie agressée par cet environnement sonore, mais maintenant, au contraire, elle était bercée de toute cette vie qui grouillait autour d'elle. Il y avait beaucoup d'enfants, les trois de la tante Rachel et de son mari Maurice, qui recevaient la famille pour la première bougie, les jumeaux de l'oncle Lionel et de sa femme Nelly et les adolescentes rebelles de la tante Mercedes, qui élevait seule ces deux filles hirsutes aux tee-shirts déchirés. Ici, pas de table des adultes séparée de celle des enfants, mais un même espace-temps partagé.

Les parents de Samuel étaient là, eux aussi. Ils regardaient, émus, leur fils et son épouse, évoluer parmi les neveux et les nièces en bas âge.

— Maman, quand est-ce qu'on allume les bougies ? Shana, plus âgée que Daniel, le visage rouge d'avoir couru, interrogea sa mère en répétant plusieurs fois la même question.

— Une seconde, ma chérie, lui répondit Rachel, j'explique à Anna le sens de la fête de Hanoucca et après, promis, on allume les bougies. D'accord ma princesse ?

— T'es pas juive ? s'exclama Shana, comme si c'était inenvisageable.

Rachel regarda sa fille avec des yeux ronds de colère et s'apprêtait à la gronder quand Anna lui répondit :

— Non, ma chérie, je suis catholique.

Shana grimaça comme si elle avait entendu un gros mot. Anna lui sourit et poursuivit.

— Mais je suis l'épouse de Samuel et j'ai très envie de connaître l'histoire de Hanoucca, parce que c'est aussi mon histoire maintenant.

Shana se mit à sautiller en tapant dans ses mains.

— Je peux, je peux, je peux, dis, maman, je peux lui raconter, moi ? S'il te plaît ! S'il te plaît !

Le visage de Rachel se radoucit.

— D'accord, mais je me permettrai de compléter, s'il le faut.

Shana tapa dans ses mains en trépignant de bonheur, tandis qu'Anna, attendrie, lui sourit.

— Alors, entama Shana, s'éclaircissant la voix dans un raclement de gorge sonore qui lui aurait valu une remarque cinglante au sein du clan Besson :

— D'abord, le Beth Hamikdach a été attaqué par les Romains.

— Le Beth Hamikdach, c'est le temple de Jérusalem. Et c'étaient les Grecs, mon ange, pas les Romains, rectifia Rachel en caressant les cheveux de sa fille, l'air ému.

— Ah bon ? dit Shana qui ne comprenait pas la différence entre les deux. En tout cas, ils avaient tout cassé dans le temple de Jérusalem.

— Le second temple, ajouta sa mère.

— C'est bon, maman, laisse-moi raconter, maintenant !

— Vas-y.

— Où est-ce que j'en étais ? Ah oui ! Alors ils avaient tout cassé, mais il fallait quand même allumer les bougies de la ménorah.

— Le chandelier du temple de Jérusalem, compléta Rachel.

— Maman ! dit Shana. Bon, il fallait de l'huile d'olive extra-bonne pour la ménorah, mais il ne restait qu'une toute minuscule ratapuce fiole de rien du tout. Tout le reste avait été fichu en l'air par ces maudits Romains.

Rachel leva les yeux au ciel, mais ne dit rien. Cela fit sourire Anna et Samuel.

— Il fallait huit jours pour que le Cohen Gadol puisse refabriquer cette super huile d'olive, poursuivit Shana. Et la fiole toute ratapuce, celle dont je t'ai parlé avant, eh bien figure-toi qu'elle n'en contenait qu'une seule goutte. Juste assez pour une journée. Et tu sais quoi ? La bougie a tenu pendant huit jours, pile ce qu'il fallait pour refabriquer de l'huile d'olive. Moi je déteste l'huile d'olive, je préfère l'huile normale, la jaune, mais tu te rends compte, c'est quand même un super miracle !

— En effet, dit Anna.

— C'est pour ça, poursuivit la fillette, que tous les soirs, pendant huit jours on allume des bougies pour s'en souvenir, et moi je vais recevoir, enfin je pense, une super trottinette qui déchire.

— Shana ! houspilla Rachel, tu pourrais parler correctement !

— Pardon, une trottinette méga cool !

Alors que Shana s'en allait voguer vers d'autres cieux, Anna, souriante, se rendit compte que le silence s'était posé sur l'assemblée. Pas ce silence lourd comme la dalle d'une tombe, mais un silence attentif. Toute la famille s'était réunie autour de Shana qui avait récité ce qu'elle avait appris à l'école. Anna, en se remémorant le réveillon de la veille, se dit qu'il y avait, dans sa famille à elle, quelque chose de mortifère.

— La fête de Hanoucca tombe-t-elle toujours à Noël ? s'enquit Anna.

Les enfants, sans cesser de jouer, se moquèrent d'Anna qui prononçait le mot « Hanoucca » sans articuler le H guttural qui donnait l'impression qu'on essayait de décoller un vieux glaviot coincé dans la gorge.

— Les enfants, s'il vous plaît, dit Rachel. La fête de Hanoucca a lieu en novembre ou en décembre, mais il arrive parfois que cela se chevauche avec Noël. Cette année, en effet, c'est particulièrement bien synchronisé !

— Nous n'avons pas le même calendrier que vous, dit Maurice d'un ton docte. Le nôtre dépend de la lune et du soleil quand le vôtre ne se calcule qu'avec le soleil. Chez nous, l'année ne comporte pas trois cent soixante-cinq jours, mais environ trois cent cinquante-quatre, répartis en douze ou treize mois, selon les années.

*

Noël, à la différence de Hanoucca, tombe tous les ans à la même date. Et tous les ans, à la même date,

Anna espérait un Noël différent des Noëls précédents. Chaque année, elle se disait : *sera-t-il plus joyeux, festif ou convivial que d'habitude ?* Et toujours ses espoirs étaient douchés à l'eau glacée. Car, chez les Besson, pour une raison qu'on ne s'expliquait pas, on n'avait pas l'esprit de Noël. Alors que tout le monde festoyait autour d'une immense tablée, guettant le petit jour du vingt-cinq, comme s'il annonçait la venue du Messie, Anna et son frère dînaient chichement en comité restreint, écoutant Tino Rossi chanter *Mon beau sapin*. Jamais il n'y avait eu, au grand dam d'Anna, ne serait-ce que Lazare, un oncle ou un cousin pour célébrer Noël à ses côtés. Le véritable Noël, celui des Besson, c'était Pâques, évidemment.

Cette année, pour couronner l'avènement du Seigneur Jésus-Christ, Patricia, ayant remplacé Marie-Louise l'Apatride à la table familiale, avait troqué la dinde contre des toasts au saumon. Jamais un repas de Noël n'avait été plus triste et silencieux. Pâris avait brièvement parlé du cent cinquantenaire. Il avait félicité Anna pour l'organisation des différents évènements du mois de décembre qui leur avaient valu quelques bons articles de presse et même deux ou trois reportages au journal télévisé. Patricia servait puis desservait les plats. Samuel avait fait la conversation mais, à la différence des années précédentes, ses questions n'offraient pas d'autre écho que le bruit de couverts s'entrechoquant sans amour et celui des chants chrétiens sur la chaîne hi-fi.

Anna avait eu envie de hurler et de renverser la table avec tout ce qu'elle contenait de mignardises diététiques. Mais, dans la vraie vie, les fantômes sont incapables d'interagir avec la matière, ils sont séparés du monde réel par une membrane infranchissable. Un jour viendrait peut-être où la réaction physico-chimique à l'œuvre dans son être lui permettrait de s'incarner parmi les vivants. Alors la table volerait, les verres se briseraient et les mots se formuleraient plutôt que de rester de la vapeur entre des lèvres closes et cousues de secrets.

*

— On va commencer, dit Rachel.

Tout le monde se réunit autour du candélabre. Il s'agissait d'un objet inhabituel, aux allures d'un danseur immobile, les pieds entrelacés, les deux bras en couronne élancés vers le ciel, ramifiés en neuf branches, la plus grande au milieu divisant les autres en parts égales. Chaque rameau pouvait recevoir une bougie. Une pour chaque jour de Hanoucca. Seules la première et la cinquième en accueillaient une aujourd'hui.

— Pourquoi y a-t-il neuf branches ? Je croyais que la fête durait huit jours, demanda Anna sans tenir compte de l'impatience des enfants.

— C'est que ma nièce est observatrice ! dit l'oncle Maurice.

C'était la première fois que Maurice appelait Anna, « ma nièce ».

— Eh bien, c'est une excellente question ! Les enfants, est-ce que l'un d'entre vous a une explication ?

Shana émit un clapotement de la bouche qui signifiait : *aucune idée, les gars, on passe à la suite ?* Les autres enfants ne furent pas plus loquaces.

— En réalité, dit Maurice d'un ton professoral, nous n'avons pas le droit de nous éclairer à la lumière des chandelles qu'on allume pendant la fête. La branche qui est la plus haute, et avec laquelle on enflamme chaque jour une bougie supplémentaire, remplit cette fonction. On l'appelle le *chamach*. C'est grâce à l'éclat du *chamach* que l'on peut profiter de la lumière de Hanoucca.

Cette explication plut à Anna. Elle se sentait l'âme d'une bougie de Hanoucca qui aurait perdu son *chamach*. Elle aurait beau brûler, on lui interdirait de briller.

Elle fut tirée de sa réflexion par la mélodie supposée sacrée des prières de Hanoucca. Les parents de Samuel s'étaient rapprochés d'eux. Il lui sembla non seulement que Samuel était redevenu un enfant, mais qu'elle aussi était leur fille. Ils étaient ses parents et cette musique lui devint familière. Une symphonie d'un autre temps, formulée dans une langue revenue d'entre les morts. Le Philharmonique était composé d'un chœur de cordes vocales aux tessitures hétérogènes. Les enfants chantaient fort, à contretemps, une ou deux octaves au-dessus des adultes, mais l'ensemble était joli. Anna voyait un ballet s'exécuter sur la scène. Joignant le geste à la musique, Yonathan, le grand frère de Shana, tenait dans sa main droite une bougie allumée. Le clair-obscur évoquait une peinture de Rembrandt. Les adultes, sans en avoir conscience, se balançaient d'avant en arrière, dans une sorte de houle humaine hypnotique, formant autour du jeune enfant une ronde ouverte sur le chandelier. Il y avait dans l'air une odeur de soufre et d'allumette frottée. Puis la musique changea, Yonathan tendit la pointe incandescente du *chamach* et embrasa la première bougie de Hanoucca. Anna regardait les ombres danser sur le mur en se demandant à quoi pouvait ressembler le temple de Jérusalem. Elle imagina ce chandelier, en haut d'un escalier. Puis les images se succédèrent, faites d'offrandes, de guerres et de reconstructions avec comme seul et unique repère ce candélabre, immuable phare au milieu d'une mer déchaînée qui continuait d'émettre une lumière puissante. Les mêmes gestes, les mêmes musiques, dispersées sur toutes les scènes du monde et à toutes les époques. Les chandeliers qu'on allumait en cachette sous l'Inquisition et sous l'Occupation. Elle était spectatrice d'une cérémonie ancestrale dont le sens, s'il s'était dilué dans l'océan du temps, avait conservé la trace, le condensé, l'immatérielle flamme, dans une chorégraphie rituelle, répétée chaque année pour ne pas l'oublier.

Les mères s'éclipsèrent, les enfants se réjouirent, ils chantèrent plus fort tandis que les pères plus fervents que jamais se souvinrent de l'époque où ils étaient gamins. Les mères, éternelles danseuses, revinrent, virevoltantes, les bras chargés de cadeaux dont les formes évoquaient le bonheur à venir. La lumière, qui faisait danser les ombres sur les murs et les étoffes suspendues, était d'autant plus belle que le *chamach* autorisait les êtres humains, en grappe autour du chandelier, à profiter du spectacle.

La scène singulière se mêlerait bientôt à celle plus commune des enfants catholiques qui, le vingt-cinq décembre, déballaient leurs cadeaux en poussant des cris de joie. Les enfants restaient des enfants et les adultes, des adultes ; mais, selon la partition dont ils avaient hérité, leur orgue de Barbarie jouait des musiques bien différentes.

Chapitre 4

Anna portait une oreillette et sur sa main droite semblait s'être greffé un téléphone. *Pour l'instant, tout va bien !* se répétait-elle comme une litanie. Les festivités s'étaient enchaînées sans accrocs et la foule se pressait tous les jours un peu plus nombreuse aux portes du Palais. Il y avait plus de déçus que d'élus, mais loin d'être dissuadés, certains patientaient des heures dans le froid, en attendant l'obtention de leur précieux sésame. Voilà presque une semaine que, de sept heures du matin à minuit, l'Opéra Garnier voyait se succéder les opérations de charme destinées à séduire son public parisien. Anna dormait peu. Elle était sur tous les fronts et de toutes les galères. Elle supervisait chaque étape de la commémoration en lien avec les différentes équipes. Tapie dans l'ombre des projecteurs, elle oscillait entre la satisfaction du devoir accompli et la frustration de rester en coulisse.

Depuis des mois, s'accumulait en elle une énergie créatrice qui ne demandait qu'à jaillir. Elle avait envie de danser, comme un besoin vital d'évacuer par les mouvements de son corps le trop-plein de son âme.

Pour l'instant, tout va bien ! Mais le gala qui aurait lieu demain était le véritable enjeu, l'occasion à ne pas manquer. Tout le reste n'était qu'une mise en bouche, une piquette avant le château-Yquem. Il y aurait la télévision, la radio, les politiques et certains des danseurs et artistes lyriques les plus en vue de la planète. Personne ne voulait rater le retour de Pâris sur les planches de l'Opéra. Tout le monde se souvenait de ses adieux dans le costume du faune sur cette même scène il y avait de nombreuses années. On lui avait jeté des fleurs et il avait été rappelé pas moins de quatre-vingt-dix fois, une de plus que Noureïev à Vienne en 1964. Une fois les chaussons raccrochés, on ne revient jamais sous peine d'être pathétique. Mais cette règle-là, valable pour un danseur *normal*, ne l'était guère pour Pâris, qui allait prendre le risque d'effectuer seul et sans filet l'ultime variation de son incroyable carrière. Quand Anna y réfléchissait, elle sentait se nouer l'angoisse dans sa gorge. Alors, pour ne pas y penser, elle s'oubliait dans la contemplation de l'Opéra Garnier qui, pour l'occasion de ses cent cinquante ans, s'était paré de ses plus beaux atours. Elle songeait à son grand-père ; il aurait été fier. Lui qui avait voué sa vie à ce bloc de pierres taillées, peint et recouvert d'or, serait honoré de l'hommage que sa petite fille lui rendait aujourd'hui.

Le Palais Garnier était un membre à part entière de la famille Besson. Pour le mettre en valeur, des illuminations et un mapping animé rendaient sa façade vivante. Anna, qui pensait le connaître sous toutes ses coutures, observait chaque soir de nouveaux détails de son anatomie.

Mathilde s'installa à côté d'Anna. Ensemble, elles assistèrent aux illuminations. Perche et Callipyge se collaient l'une à l'autre pour se tenir chaud dans le froid de l'hiver.

Tous les soirs, la place de l'Opéra se remplissait de passants, de touristes et d'amateurs. Aux images de Garnier et aux vidéos d'archives des majestueux ballets qui ont été joués sur cette scène mythique, se mêlaient en fond sonore des airs d'opéra, parmi les plus célèbres. Quand résonna la Callas, Anna pensa à son grand-père et l'odeur du brandy lui revint en mémoire.

Mathilde passa son long bras autour des épaules d'Anna et la pressa contre elle, comme si elle voulait en extraire le jus.

— Tu l'as fait, Anna, chuchota Mathilde. Tu y es arrivée !

Immergée dans l'instant présent, Anna ne lui répondit pas tout de suite. Elle glissait, silencieuse, sur l'écume de la vague et, pendant un atome d'éternité elle se sentit à sa place.

— On l'a fait tous ensemble, rectifia Anna. Rien de tout cela n'aurait été possible sans toi et sans toute l'équipe de l'Opéra.

— Tu m'impressionnes, Anna. Tu es resplendissante.

Sur la façade, s'animait le dernier acte des illuminations sur l'air d'*O fortuna* des *Carmina Burana*. Sur les murs, les colonnes et même le toit de l'Opéra étaient projetées des explosions rythmées de couleurs et d'images. C'était grandiloquent à souhait. Lazare aurait adoré ça.

Chapitre 5

Ce soir-là, au Palais Garnier, tout le monde avait le nez en l'air. Les nuques ne s'infléchissaient que pour permettre aux lèvres des convives triés sur le volet d'accueillir quelques gouttes du nectar doré et pétillant que des serveurs en livrée faisaient couler dans des flûtes en cristal. Anna pouvait donc à loisir observer les invités qui déambulaient au ras du sol.

Pour l'occasion, elle avait quitté son bleu de travail et revêtu une tenue plus adaptée aux circonstances. Elle portait des ballerines plates, noires et presque neuves, mais suffisamment faites pour ne pas lui faire mal.

Anna regarda les semelles se mêler, les lacets s'enlacer et les talons s'atteler à raconter l'histoire secrète de leur propriétaire en pieds.

Pour les hommes, les chaussures vernies noires étaient l'équivalent d'un parapluie ouvert un jour de forte intempérie sur le boulevard Saint-Marcel. S'affranchissant des phénomènes de mode, qui pour le genre masculin demeuraient à la marge, il se dégageait de cette masse uniforme de chaussures une mine d'informations, selon le modèle. La hauteur de la talonnette, par exemple, semblait proportionnelle à l'ego. La forme, plus ou moins arrondie, carrée ou pointue de son extrémité, paraissait fidèle au tempérament doux, obsessionnel ou entreprenant de son propriétaire. Oh, Anna savait que tout cela n'était qu'un jeu, pourtant elle aimait se faire une idée préconçue de l'homme qui se tenait devant elle en regardant l'allure de ses souliers. Mais le règne des chaussures masculines avait aussi son lot d'extravagance. Les affreusement chères, tout comme les ostensiblement pourries, étaient souvent les témoins irrévérencieux d'une haute estime de soi mêlée à une grande faille narcissique. Les modèles farfelus manifestaient, quant à eux, un ardent désir de s'approprier une créativité dont ils devaient manquer. Enfin, dans les plaines arides de l'Opéra Garnier, galopaient çà et là quelques paires de santiags. Elles étaient comme des chevaux sauvages, qu'aucun enclos ne pouvait contenir, mais qui se laissaient passer le licol à la cheville après quelques verres de whisky.

Les chaussures pour dames étaient une autre paire de manches. Il s'agissait d'une faune colorée et tropicale. Il y avait les ballerines blanches puis les escarpins du genre *escarpinus rubeus*, dit *escarpins à ventre rouge*, qui nageaient en bans serrés dans les eaux peu profondes. On les voyait butiner d'invisibles planctons aux abords d'un Richelieu à talonnette et bout pointu. Et bien sûr, les talons aiguilles n'en finissaient plus de s'élancer vers le ciel. Ils se prolongeaient d'une cheville puis d'une jambe galbée. Mais il fallait prendre garde. Cette espèce, souvent venimeuse, exerçait sur ses proies – surtout des mocassins de couleurs vives, à picots sur le cul, portées, cela va de soi, sans chaussettes, même en hiver – une fascination hypnotique, rendant plus mortelle encore la piqûre de son dard.

Anna remarqua également, non sans une pointe de tristesse, qu'il manquait certains spécimens à cette collection. Il y avait sans doute à l'entrée du Palais un videur en Doc Martens ou en Rangers avec dent incrustée sur la semelle droite, qui n'accueillait que les modèles les plus chics dans l'enceinte du Palais. Anna pensait que l'Opéra n'avait pas vocation à drainer seulement le gotha parisien. Où étaient les chaussures bon marché à la pointe élimée d'avoir tant travaillé, les derbys en faux cuir achetés à moitié prix, les chaussures bateau, qui prennent l'eau quand il pleut, les Kickers aux lacets zigzaguant, les chaussures de sécurité des techniciens en coulisse, les godasses déformées par les oignons des vieilles dames, les bottes, bottines et cuissardes qui volent en escadrille dans les rues de Paris en ce début d'année, les pieds nus, sales et abîmés des clochards qui dormaient dans les couloirs du métro ? Où étaient-ils tous ces parias de l'espadrille ?

Anna se promenait près du grand escalier, saluant quelques huiles, vérifiant la liste des invités et flânant parmi les artistes. Elle avait les yeux rivés au sol quand elle tomba sur une paire de Weston démodée qu'elle identifia. Disposées en canard, elles semblaient attendre le métro près d'un buffet de mignardises. À leur façon de bouger, ou plutôt de rester immobiles, Anna reconnut son oncle Christian qu'elle s'empressa d'embrasser, sincèrement heureuse. Le comédien était de retour sur les planches, plus rayonnant que jamais. Courtisé, demandé, tout était rentré dans l'ordre. Anna ne doutait plus de la capacité qu'il avait de remonter la pente, et de rechuter puis de se relever. Christian la félicita pour le « magnifique anniversaire » qu'elle avait su concocter. Il eut un mot pour Lazare qui faillit la faire pleurer. Non loin, elle reconnut les chaussures collées serrées de Vincent et Véronique. Anna crut voir dans la trépidation de la cheville de son oncle, la crainte irrationnelle des enfants désaimés. Elle vint les saluer, mais n'obtint en retour qu'un signe de la main et un bruit de talons faisant volte-face. Anna avait beau la chercher, elle ne voyait pas la chaussure solitaire de son oncle Gilles.

Elle rejoignit les quatre paires solidaires de Samuel, sa mère, son frère et Janet qui semblaient être des touristes égarés dans une contrée lointaine, ignorant tout de la langue vernaculaire et des coutumes locales. Il y avait dans la paire de derbys Dior de son frère une cheville fine, élégante, presque aristocratique. Simon aurait pu devenir danseur étoile s'il avait chaussé d'autres souliers.

Soudain, le regard d'Anna fut attiré par un pied souple et délicat habitant un mocassin Berluti de couleur cacao. Le cuir paraissait rigide, mais la démarche était plus fluide qu'une traîne en mousseline dans une brise légère. Le voilà qui descendait le grand escalier sans émettre de claquements, malgré sa talonnette. Celui qui portait ces souliers n'avait pas de poids. Les lois de la physique lui étaient étrangères et sur son passage, les autres chaussures s'écartaient et s'inclinaient. Dans le hall de l'Opéra Garnier, un murmure précéda le silence.

Mon père, pensa Anna en relevant la tête.

*

Pâris, au bras de Patricia, longue robe pleine de strass, escarpins Saint-Laurent noirs, descendait le majestueux escalier. Sans rien dire, il fit taire les flashs qui les mitraillaient. Inutile de parler quand le corps est bavard pour deux. Il lâcha le bras de sa compagne pour celui de sa fille. À sa façon de lui serrer le bras, il lui indiqua qu'il était fier d'elle. Quand elle était enfant, ils avaient un langage silencieux, codé, fait de pressions successives plus ou moins prolongées. Anna n'a jamais su si son père comprenait ses *je t'aime*, *j'ai faim* ou *je voudrais rentrer parce que j'ai mal aux pieds*, ou bien s'il lui répondait par d'aléatoires contractions qu'elle interprétait à sa guise. Ce soir, bras dessus bras dessous, Anna crut percevoir d'infimes mouvements musculaires à son intention.

Il lui sembla qu'à son insu, noyé dans l'émotion du moment, Pâris lui délivrait un message inconscient. *Aide-moi !* pressait-il sur son bras. *Je t'en conjure, Anna, viens-moi en aide !* Elle l'entendit aussi distinctement que s'il lui avait chuchoté à l'oreille.

Pâris entraîna Anna, attrapa deux flûtes de champagne, en donna une à sa fille puis prit la parole. Sa voix, comme amplifiée, résonna dans le hall :

— Mes chers amis, je trinque à la santé de ce vieux machin de cent cinquante ans.

Chacun leva son verre en direction de Pâris.

— Il symbolise l'excellence de la danse et de l'Opéra à la française, continua-t-il. Il est le témoin vivant d'un siècle et demi de représentations. Il a vu entre ses murs couler des milliers de litres de sueur et de larmes. Les plus grands artistes, dont certains nous font l'honneur d'être présents ce soir, se sont produits sur sa scène. Il est un joyau d'architecture et d'histoire. Le Palais Garnier mérite bien qu'on lui rende cet hommage.

Le public applaudit en levant sa coupe vers le ciel emplafonné.

— Nous allons clore ce soir tout un mois de commémoration. Nous garderons tous, j'en suis sûr, un souvenir ému des illuminations, des répétitions publiques, des enfants courant sur la scène et dans les coulisses du Palais. Nous rêverons de ces chanteuses, de ces chanteurs, de ces danseuses et de ces danseurs que nous avons, par la magie du cinéma et de la technique, ressuscités le temps de quelques représentations. Remercier nos partenaires et tous ceux qui ont œuvré à cette magnifique célébration serait trop fastidieux. Il y a cependant une personne que je voudrais saluer ce soir. Quelqu'un sans qui rien n'aurait été possible. Une personne rare, qui souvent se camoufle dans l'ombre, mais qui, pour une fois, va prendre la lumière. Cette personne, la voilà, il s'agit de ma fille, Anna.

Anna rougit, mais affronta leurs regards.

— Vous l'aurez compris, chez les Besson, l'Opéra est une histoire de famille, et ma fille ne saurait déroger à son destin. En lui donnant carte blanche, je lui ai fait confiance. Ce soir, Anna, je te félicite et je suis fier de toi. Je crois que nous pouvons tous t'applaudir !

Tout le monde avait les yeux rivés sur elle. Les flashs crépitaient, lui donnant l'impression de briller dans un ciel étoilé. L'instant sembla durer une éternité.

— Je vous prie maintenant de bien vouloir m'excuser, il paraît qu'on m'attend sur la scène de l'Opéra. Buvez, mangez, tant qu'il vous plaira. Dansez, si le cœur vous en dit. Je vous prête mon Palais.

Chapitre 6

Douze panneaux de bois sur une surface ronde. Anna avait toujours su qu'il s'agissait du cadran d'une horloge.

La coupole et son diadème de cristal suspendu au plafond de l'Opéra Garnier étaient intemporels. Quand elle était enfant, au bras de son grand-père, elle aimait regarder cette palette en écoutant d'une oreille distraite ses explications. Elle trouvait d'abord l'arrangement des couleurs assez mal inspiré : le rouge était trop rouge, le bleu trop tranché, le vert à moitié peint, et que dire du blanc si ce n'est qu'il paraissait exsangue entre ses congénères. Le jaune en revanche était solaire et rehaussait l'ensemble de sa lumière vivante. Le rouge à ses côtés devenait rubis. Le bleu, saphir, le vert, émeraude, et le blanc, un diamant scintillant. Tandis que Lazare, d'un ton professoral, énumérait les Arts, les Muses et les références classiques, Anna flânait dans le jardin circulaire du dôme de l'Opéra. Elle donnait du pain sec au cygne dans son lac, saluait la Renommée survolant Godounov, félicitait Papageno qui jouait de la flûte, puis déclarait sa flamme à Pelléas qui, lui, n'avait d'yeux que pour sa Mélisande. Mais ce qu'Anna aimait le plus au monde c'était le quartier rouge comme une tache de sang. Alors, c'était un rituel, elle demandait :

— C'est quoi le rouge, grand-père ?

— Ah, le rouge, Anna. C'est *Daphnis et Chloé* de Maurice Ravel.

Anna pensait à Ravel quand la lumière s'éteignit. La salle de l'Opéra s'était remplie et les derniers strapontins grinçaient en se dépliant. Les instruments s'accordaient, gémissant une partition qui n'avait encore ni queue ni tête. Puis le disharmonieux brouhaha déclina comme une bougie à bout de cire. Le silence absolu et l'obscurité s'abattirent sur Chagall, annonçant le début et la fin de tout.

La salle retenait son souffle, les musiciens demeuraient immobiles.

Le rideau s'écarta. La silhouette de Pâris s'extirpa des entrailles de la nuit au milieu de la scène. S'éternisant dans l'immobilité, il gardait un équilibre quasi surréaliste. Rien ne bougeait, pas un muscle ne frémissait.

Anna regarda son père tenir la position d'une arabesque impossible et elle le trouva beau. Pourtant, rien ne maquillait les traces du temps passé. Sa peau s'était plissée comme un costume mal taillé. Les sillons sur son visage s'étaient ravinés. Elle se demanda ce que pouvaient percevoir les spectateurs dans la salle. Se sentaient-ils en présence du plus grand danseur de tous les temps ou avaient-ils l'impression d'assister au naufrage pathétique d'un artiste vieillissant ? Pendant les douze secondes qui constituaient le prélude du *Boléro*, Pâris, immobile, se trouvait à la lisière de ces deux interprétations.

Tandis que son père rompait son arabesque, basculant son bassin au rythme du *Tempo di bolero assai*, Anna se dit que les trente-cinq premières années de sa vie ressemblaient aux douze premières secondes du *Boléro*, un mouvement immobile précédant le mouvement véritable.

Le public découvrit alors que le temps n'avait pas eu de prise sur Pâris Besson. Le danseur, que certains croyaient mort dans le corps du chorégraphe, revenait à la vie. Puis il effectua un manège aérien sur la table-monde au milieu de la scène. Piqué-tour, piqué-tour, piqué-tour, comme les samares des érables du Père-Lachaise. Luisant de sueur et les muscles bandés, il montait en puissance au gré des thèmes et contre-thèmes du *Boléro*, qui, à chaque répétition, se faisait plus fervent. Vadim, Sienna, Mei et les autres membres de la troupe attendaient sans bouger dans l'ombre de Pâris, qu'il donnât le signal de rejoindre la danse.

Mais c'était sans compter sur le dibbouk.

Il n'y a qu'une seule histoire, mais d'innombrables récits. Les graves du basson et la diphtongue de la clarinette mirent en abyme la danse gigogne du *Boléro*, le mot caché dans le mot, le souvenir oublié dans le souvenir, et ce, jusqu'aux neuf répétitions du *ré* bémol, comme le son d'une corne qui sonnait l'hallali. Et la boîte s'ouvrit, libérant ses histoires de leur cercueil en bois.

*

Paris, le 13 juillet 1942

La chasse était ouverte ! À Paris, les Juifs étaient cloîtrés dans leurs appartements. Ils avaient daigné s'inscrire à l'abattoir et porter sur le cœur une cible à viser. Ils étaient la gangrène qu'il fallait endiguer et la France, celle de Vichy, s'apprêtait fièrement à se débarrasser d'eux. Il arrivait qu'on en rafle plusieurs milliers d'un coup. Qu'ils soient Français ou non, cela n'avait plus d'importance.

L'école était finie. Vive les vacances !

Lazare était absent depuis presque une semaine. S'il lui arrivait de rater l'école un jour ou deux, à cause de ses poumons fragiles, c'était la première fois que cela durait si longtemps. Le dernier jour de classe devait être une fête, mais sans son ami à ses côtés, Émile, inquiet, n'avait le cœur à rien.

Émile n'était pas particulièrement pressé de rentrer chez lui et décida de passer à l'Opéra prendre des nouvelles de son ami.

L'entrée de la Rotonde des abonnés était vide. Émile, qui connaissait les lieux comme sa poche, avança à la recherche de Lazare. Il frappa à la loge du concierge. Au bout d'une trentaine de secondes, Jean-Jacques, le visage blême et les yeux fatigués, entrouvrit la porte.

— Émile, bredouilla-t-il. Mais qu'est-ce que tu fais là ?

— Bonjour, monsieur Besson. Je suis désolé, mais cela fait plusieurs jours que Lazare n'est pas venu à l'école, alors je me suis inquiété…

Le concierge parut troublé et mit de longues secondes avant de lui répondre.

— Tu ne peux pas le voir, répondit Jean-Jacques. Il est… il est occupé.

— Mais ce sont les vacances, monsieur Besson.

— Écoute, mon garçon. Lazare n'est pas là, un point c'est tout. Tu devrais rentrer à la maison. D'accord ? Ce n'est pas un endroit pour toi, enfin pour vous, enfin tu m'as compris. Allez, ouste !

Et la porte se referma dans un claquement sinistre qui fit s'envoler une mèche de ses cheveux.

Ce soir-là, en se couchant, Émile serra sa mère et comprit qu'elle était déjà ravagée par la guerre. Devait-il craindre l'insomnie ou au contraire l'appeler de ses vœux ? Le sommeil n'était-il pas frère jumeau de la mort ? Émile y succomba sans même s'en rendre compte.

En rêve, il avançait dans une immense bibliothèque dans laquelle il devait y avoir des milliers d'ouvrages, peut-être des millions. Il se figea à la vue du vieillard voûté, assis sur une chaise. Le bibliothécaire se redressa non sans difficulté, puis vint à la rencontre de l'enfant. Un trousseau de clés à sa ceinture tintait à chacun de ses pas.

— Depuis le temps que je t'attendais, dit le bibliothécaire. Enfin, te voilà !

Émile ne sut que répondre.

— Eh bien, mon garçon, tu as perdu ta langue ? Aurais-tu peur de moi ?

— Pas du tout, dit Émile en rougissant.

Le vieillard rit fort et manqua de s'étouffer. Ses dents jaunes apparurent.

— Qu'est-ce qui vous fait rire, monsieur ?

— Monsieur ? Le bibliothécaire rit de plus belle en se tenant les côtes. Personne ne m'avait encore appelé monsieur, mais j'aime ça !

— Qui êtes-vous ? demanda Émile.

— À ton avis, qui suis-je ?

— Un jour, ma mère m'a dit que tu étais un dibbouk.

Le vieillard parut étonné.

— Les mères ont toujours raison. La mienne racontait pourtant que les dibbouks n'existent pas.

— Que faites-vous ici ? demanda Émile.

— Enfin, ça ne se voit pas ? Je suis le conservateur de cette bibliothèque. C'est moi qui consigne tous tes livres et, comme tu peux le constater, il y en a un paquet. La plupart, tu ne les connais pas. Mais qu'à cela ne tienne, ils t'appartiennent quand même et, ma foi, il faut bien que quelqu'un s'en occupe, n'est-ce pas ?

— Tous ces livres sont à moi ? demanda l'enfant, stupéfait.

— Un peu, Lenepveu. Tu cherches quelque chose en particulier ?

— Lazare ! Je cherche mon copain Lazare. Vous ne l'auriez pas vu par hasard ? Il n'était pas à l'école cette semaine.

— J'ai bien des clés à mon trousseau, mais celle qui ouvre la porte de l'omniscience, mon garçon, désolé, je ne l'ai pas. Je n'ai aucune idée d'où pourrait se trouver ton ami. Mais maintenant que tu m'en parles, c'est vrai qu'il n'avait pas l'air très en forme ces derniers jours. J'ai cependant un conseil à te donner.

— Lequel ? demanda Émile, intrigué.

— Hâte-toi de le trouver.

Émile se réveilla en sueur dans une mare de pisse. Il avait dû crier, car sa mère rappliqua dans sa chambre en courant. Elle avait les yeux cernés de noir. Elle n'avait sans doute pas dormi de la nuit.

— C'est le dibbouk, maman, c'est lui, il me l'a dit.

Le visage de Lévana s'émacia davantage. Elle ne badinait pas avec le dibbouk. Ses lèvres remuèrent des phrases, peut-être une prière destinée à chasser le mauvais esprit, non pas de cette chambre, mais de ses pensées à elle.

Émile se déshabilla. Dans la salle de bains, il croisa son reflet et s'étonna de ne pas y trouver d'étoile jaune cousue à même sa peau. De retour dans la chambre, il vit sa mère tirer un drap propre et rêche sur le matelas souillé qu'elle avait retourné.

— J'ai quelque chose à te donner, dit-elle.

Puis elle sortit de la chambre.

*

Ce fut entre la troisième et la quatrième minute du *Boléro*, alors que la stridence cristalline du hautbois d'amour lui vrillait les tympans, qu'Anna prit conscience de l'anomalie. Elle se demanda d'abord si le musicien ne s'était pas trompé de note, mais comprit que c'était du côté de la danse qu'il fallait s'enquérir de la dysharmonie. Le phénomène était imperceptible mais elle connaissait le solfège de son père dans ses moindres détails et quelque chose allait de travers. Son cœur, comme le stylet d'un sismographe, s'affolait dans sa poitrine.

*

— Qu'est-ce que c'est ? demanda Émile en se rasseyant dans son lit.

— C'est une boîte à dibbouk, lui répondit sa mère.

— Quoi ?

— C'est une boîte magique dans laquelle tu pourras enfermer ton dibbouk. Ma mère me l'a offerte quand j'avais ton âge.

— Tu avais un dibbouk, toi aussi ? demanda Émile, soulagé.

— Nous avons tous un dibbouk, répondit-elle. Maintenant, rendors-toi.

Lévana embrassa son fils sur le front et il s'endormit.

Le lendemain et le surlendemain, pas de trace du dibbouk. Émile dormit d'une traite et sans mouiller son lit. La miraculeuse boîte en bois s'était révélée efficace.

Il supplia son père de le laisser aller à l'Opéra pour y prendre des nouvelles de Lazare. Mais Lévana avait décrété que personne, pas même Avner, ne quitterait l'appartement. La rumeur se répandait dans les rues de Paris qu'il se tramait quelque chose de grave du côté de la préfecture de police de l'île de la Cité.

La nuit suivante, Émile se coucha en prenant soin de vérifier que la boîte était close et s'endormit. Il rêva, mais cette fois-ci, le dibbouk n'était pas là, en tout cas, pas tout à fait. Il croyait l'entendre cogner depuis l'intérieur de sa boîte. Il était en compagnie de Lazare sur la scène de l'Opéra. Au plafond, les anges les regardaient. Ils lançaient, chacun à son tour, un osselet en l'air et tentaient de ramasser ceux qui restaient sur le sol. Émile se rendit compte qu'ils jouaient avec des vertèbres humaines.

C'était au tour de Lazare. Il était rapide et adroit. Au loin résonnait le boum-boum du dibbouk qui cherchait à s'échapper. Lazare se redressa et lui dit d'un air sérieux :

— Méfie-toi, mon ami !

— De quoi dois-je me méfier ? lui répondit Émile. De toi ? Je t'ai toujours battu à ce jeu.

— Je te parle des Allemands ! Méfie-toi, ils arrivent pour te chercher, toi et ta famille. Tu es grand maintenant. Fini de jouer. Réveille-toi !

L'espace d'un instant, le dibbouk frappa plus fort encore, et Émile ouvrit les yeux, comprenant que c'était à la porte de son appartement que l'on cognait ainsi. *Ce sont les Boches. Ils sont venus me chercher.*

Ceux qui se trouvaient là n'avaient pas l'accent allemand. C'étaient des policiers français. Ils étaient deux et sommaient Avner d'ouvrir la porte. Émile entendit sa mère et sa sœur sangloter tandis que son père répétait en boucle :

— C'est la police, Lévana, il faut leur faire confiance, moi aussi je me suis battu pour la France…

Puis il se tut, n'y croyant plus lui-même.

L'appartement de la rue Ramponneau n'était pas très spacieux, mais chaque enfant y avait sa chambre. Celle d'Émile était à l'arrière et sa fenêtre s'ouvrait sur la cour intérieure de l'immeuble, en travaux. Elle était dans l'enfilade de celle de Selma, si bien qu'avec sa porte fermée, il ne pouvait rien voir de la scène qui se jouait dans le vestibule. Il reconnut le bruit de la chaîne que l'on déverrouille et cela fit cesser le tambourinage, mais pas les pleurs de sa mère. Il était temps pour lui de se sauver.

*

Le Boléro grondait comme un orage d'été tandis qu'autour de Pâris virevoltaient les étoiles. Anna, depuis les coulisses, tenta d'attirer l'attention de Mathilde, qui ne comprenait rien de la tragédie qui se nouait sur scène. Elle était seule à percevoir le désastre inévitable qui s'opérait dans le corps de son père. Il tomberait ! Et cela n'aurait rien du faux pas d'un danseur – toujours plus élégant que celui d'un profane. Ce serait une voltige, mémorable, maintes fois répétées, comme le clou d'un spectacle qui vient à point nommé. Une figure complexe, amorcée ici même, il y a bien des années, et qui devait se résoudre un soir de *Boléro* à l'Opéra Garnier.

Anna doutait. Elle avait le pouvoir d'interrompre la crise, de baisser le rideau, d'éteindre la lumière, d'opter pour le huis clos plutôt que de laisser faire. Allait-elle assister à la chute de son père, tel Abel qui chuta un soir de *Bayadère* ?

Consciente, coupable, prête à bondir et à rester sur place, Anna faisait face au dilemme de sa vie. Retirer ses ballerines. Enfiler ses pointes. Remonter sur la scène. Danser avec son père. Le porter s'il le faut. Devenir sa béquille, sa canne, son infirmière. N'exister que pour lui, savoir s'en satisfaire. Ou alors, s'en aller ? Quitter Garnier, ses cent cinquante balais et ses pâles étoiles. Ne pas se retourner. Courir, ne plus marcher. Se boucher les oreilles pour ne pas écouter la chute puis les huées. Se faire appeler Atlan. Faire fi de Lazare, de Gilles ou même de Hitler. Effacer Pornichet de tous les planisphères. Ou encore… Rester dans les coulisses. Le regarder danser. Aimer sa beauté, sa grâce et sa vieillesse. Et même s'il doit tomber, que tombe Son Altesse. Devenir indulgente, envers lui, envers soi. Chuter n'est pas mourir et il se relèvera.

Elle avait ôté toutes les couches de son costume. Elle s'était débarrassée de la rage vengeresse qui l'habitait jusqu'à se retrouver totalement nue.

*

Émile vit sa vie défiler devant lui. Grandir. Devenir adolescent. Être déçu par ses parents, leur en vouloir puis leur pardonner. Apprendre un métier. Rencontrer une femme, l'aimer jusqu'à vouloir quitter son foyer pour faire le sien, puis la laisser tourner à sept reprises autour de lui pour que se tisse un lien. Avoir un enfant, deux, trois, peut-être plus. Faire ses propres Seder. Inviter ses parents. Accepter de les voir vieillir. S'occuper d'eux comme ils s'étaient occupés de lui. Nettoyer leurs corps. Changer leurs draps. Leur raconter des histoires. Les consoler. Ne pas leur dire quand il a peur. Et puis, un jour, les voir mourir en leur tenant la main. Mais Émile n'avait pas autant de temps devant lui. Ceux qui parlaient français n'allaient pas tarder à fouiller la maison et ouvrir sa porte.

Émile savait ce qu'il devait faire. À son âge, la plupart des enfants auraient été terrorisés et seraient allés pleurer dans les bras de leur mère, mais Émile n'était plus un gamin et ce, depuis déjà plusieurs générations. *Je suis grand maintenant, fini de jouer.* Il tira sa couverture. Pourquoi ? Il n'en avait pas la moindre idée. Il devait survivre. Il était mû par une force inconnue. Il emprunterait l'échafaudage pour fuir l'appartement. Avec son dos tordu, il lui suffisait d'enfiler son costume de Quasimodo pour s'échapper de Notre-Dame ravagée par les flammes. Il ressemblait davantage à un ange qu'à un bossu.

Il n'emporta rien d'autre que sa boîte à dibbouk. Il ouvrit sa fenêtre et avisa l'échafaudage plus d'un mètre en dessous. Émile n'était pas un garçon téméraire, mais Quasimodo, lui, était habitué à la voltige aérienne. Sans hésiter, il traversa le cadre jusqu'à se retrouver debout en équilibre sur le fin promontoire. Il considéra son poids, la résistance du vent et calcula l'angle ainsi que l'impulsion de son saut.

*

Il avait pris son élan tandis que l'*ostinato* entamait son dernier tour de piste. Pâris s'était élevé dans les airs alors que la grosse caisse, les cymbales et les trombones à coulisse explosaient en tous sens. Vadim, qui dansait sur sa gauche, se dit en le voyant s'envoler que jamais l'élève ne dépasserait le maître.

Pavel, qui redoutait ce grand jeté pour en avoir compris l'enjeu, retenait son souffle. Anna, côté jardin, demeurait immobile. Une scène, un acte, un ballet, une œuvre et une chorégraphie tout entière contenue dans une simple retenue.

La technique était irréprochable et l'écartement de ses deux jambes s'effectua dans un coup de ciseau chirurgical. Mais alors que Pâris était suspendu entre le lustre et la scène, quelque chose en lui se brisa.

*

La cour intérieure de l'immeuble était vide. S'il y avait eu quelqu'un qui avait regardé en l'air vers cinq heures trente-trois, il aurait pu apercevoir un être magnifique, mi-humain mi-oiseau, traverser l'azur empourpré du soleil levant dans une grâce éternelle. Un vol parfait entre ici et là-bas, entre avant et maintenant. Mais de concierge, ce matin-là, il n'y en avait point, seulement des pigeons insensibles à la danse.

Émile se posa sur la plateforme de l'échafaudage sans un bruit. Il descendit aux étages inférieurs avec la dextérité d'un chat.

La cour pavée était vide et il trouva refuge derrière les poubelles. On ne devait ni le voir ni l'entendre, alors il resta là, sans bouger pendant de longues minutes. Il profita d'une sorte d'accalmie pour sortir de sa cachette et parcourir les dix mètres qui le séparaient de la porte entrouverte menant au hall d'entrée de l'immeuble. Il ne vit que des revers de pantalons ou des collants de dames descendant les escaliers, entourés de bottes aux talons qui claquaient. Souvent, les lacets n'avaient pas été faits, certains avaient même les pieds nus. Émile serrait dans sa main sa boîte à dibbouk, lorsque la voix de son père lui parvint :

— Puisque je vous dis qu'il est mort, monsieur l'agent. Nous l'avons enterré hier, n'est-ce pas Lévana ?

Émile sentit la boîte en bois bouger entre ses doigts. Ce qui était à l'intérieur semblait vouloir s'en échapper. Lévana n'avait rien répondu. Émile l'imaginait, l'air absent, accrochée au bras de Selma. Selma qui portait le prénom d'une tante morte, brûlée dans l'incendie de son appartement. Selma qui allait disparaître pour la seconde fois sous les yeux impuissants d'un frère devenu père qui ne s'en remettrait pas.

— Ne me mentez pas ! On va finir par le retrouver. Dites-moi où il est, ça vous évitera, à lui comme à vous, bien des ennuis.

— Mais puisque je vous répète qu'il est mort... murmura Avner en pleurant.

— Marcel ! Va jeter un coup d'œil dans la cour. Le bonhomme s'est peut-être fait la malle par la fenêtre. J'ai vu qu'il y avait un échafaudage dans la cour intérieure. Pas question de revenir au poste sans tout le monde.

Émile se réfugia dans une poubelle ouverte, refermant son couvercle. Au milieu des odeurs de pourriture, il espérait passer inaperçu.

*

Le Boléro se terminait sur une gamme descendante, un écroulement final. Dans cette ultime dissonance où tous les instruments semblaient vouloir briller en même temps, Pâris perdit connaissance et chuta lourdement sur la table de danse.

*

Marcel Pons était un policier âgé de vingt-quatre ans. Il incarnait la loi et, à ce titre, il entendait la faire respecter. Hier après-midi, il avait intercepté sur le boulevard Saint-Michel deux jeunes youpins qui ne portaient pas leur étoile. Il n'avait rien de spécial à reprocher aux individus de race juive et il en allait de même pour les communistes et les sodomites, tant qu'ils lui foutaient la paix. Mais déterminer le bien-fondé d'une loi ne faisait pas partie de ses prérogatives. C'était le boulot des juges et des culs posés du gouvernement, pas le sien. Marcel était policier, sa mission consistait à faire respecter la loi et, en la matière, la circulaire numéro 140-42 avait le mérite d'être explicite. Quand Marcel travaillait, il n'avait pas d'états d'âme, que des états de service, enfin, c'était ce qu'il pensait jusqu'à ce qu'il tombe nez à nez avec ce gamin tout tordu, caché dans une poubelle.

Que s'était-il passé pendant les vingt secondes qu'avait duré l'improbable face-à-face ? Quel monde s'était écroulé et quel univers s'était relevé dans l'esprit de l'un et de l'autre ? Cinquante ans plus tard, sur son lit de mort, entouré de ses enfants, de ses petits-enfants et de son unique arrière-petit-enfant, Marcel se souviendrait du visage d'Émile. Il n'en parlerait pas et garderait pour lui les atrocités et les miracles dont il avait été le témoin et plus rarement l'acteur. Dans les dernières secondes de son existence, il se demanderait ce qui avait motivé ce jour-là son inaction. Il ignorait alors qu'une chorégraphie n'était pas toujours une succession de mouvements mais, parfois, une pause, un silence.

*

La salle de l'Opéra résonnait des dernières notes du *Boléro*. Personne, dans le public, n'applaudissait. Tous les regards étaient braqués sur le corps démantibulé du chorégraphe qui gisait sur sa table. La décision fut prise de baisser le rideau sur ce triste spectacle.

*

Dans la cage d'escalier, la longue procession des voisins enjuivés s'était tarie. Émile sortit de sa poubelle. Il s'en alla jeter un coup d'œil par la porte d'entrée et vit que c'était tout Belleville qui était pris d'assaut. Il y avait d'innombrables officiers en tenue, des inspecteurs en civil et même des volontaires du parti populaire français avec une croix, flanquée sur leur brassard. Partout des bus avalaient des familles entières. Le quartier était bouclé. Impossible de faire trois pas sans se faire arrêter. Alors il retourna dans la cour intérieure et pensa que la poubelle pourrait lui fournir un abri rassurant pour le restant de ses jours. De toute façon, il n'avait nulle part où aller. Son regard se porta vers le ciel, il reconnut sa fenêtre, une lucarne fermée sur un paradis perdu. Il pensa que son lit devait être tel qu'il l'avait laissé. Peut-être celui de ses parents avait-il encore l'odeur si reconnaissable des cheveux de sa mère. Une odeur de levure de bière. Une odeur de pain chaud. L'odeur d'une vie qui n'existerait plus que dans ses pensées à lui. Une odeur qu'il chercherait tout au long de ses vies. Un instant, il pensa sortir dans la rue et courir vers n'importe quel policier. Il hésita, mais aucun atome de son corps ne daigna s'animer. Il serrait dans ses mains la boîte que sa mère venait de lui offrir. Il se souvint alors de l'injonction de son dibbouk : aller chercher Lazare.

Il remonta d'abord dans son appartement dont la porte d'entrée était restée ouverte. Bientôt, d'honnêtes voisins, viendraient voir l'état de l'appartement, histoire de verrouiller les fenêtres, de vérifier que les robinets étaient correctement fermés. Puis dès le lendemain, ils y retourneraient afin de se servir dans le garde-manger. *Tout cela va pourrir et attirer les rats.* Les rats seraient encore là pour le coffre à bijoux, les armoires à vêtements et tout ce qui, de toute façon, ne profiterait plus à personne. Émile avait besoin d'habits et d'une paire de chaussures. Il prit soin de découdre l'étoile jaune de sa veste et de n'en laisser aucun fil dépasser.

Puis il descendit et regarda dehors sans oser se montrer. Il n'avait plus peur. Il savait où aller, car la boîte dans sa main lui servait de boussole.

La Platz Kommandantur, haut lieu de l'administration militaire allemande, faisait face à l'Opéra Garnier comme pour défier Émile. *Il doit y avoir plus de Boches ici qu'à Berlin*, se dit-il. Partout, des bus avaient été réquisitionnés par la police pour déplacer la racaille juive à distance des gens bien.

L'Opéra lui parut gigantesque. À l'idée de retrouver Lazare, son cœur se mit à battre plus fort. *Je suis rentré chez moi*, se dit-il en traversant la porte dérobée que Jean-Jacques, négligent, laissait toujours ouverte. Il se faufila dans l'enceinte rassurante et chercha son ami qui parfois venait jouer derrière une colonne. Mais il n'y avait personne. Émile serra sa boîte contre lui et poursuivit son chemin.

Il se tenait devant la porte de la loge. Il hésitait à frapper, se souvenant de la manière dont il avait été éconduit la fois précédente. Qu'allait-il pouvoir leur dire ? *Bonjour, mes parents ont été raflés, puis-je m'installer chez vous ?* Il sentit sur ses épaules glisser tous les costumes qu'il s'était fabriqués. Il n'était plus qu'Émile, un enfant que la guerre avait arraché aux siens. Une tragédie banale au milieu du chaos. *Kunstler ?* pensa-t-il. Ce nom avait-il encore un sens ? Si tous les Kunstler du monde, sauf lui, avaient été raflés, pouvait-on encore parler d'un nom de famille ? Non seulement il n'avait plus rien – on lui avait tout pris –, mais il n'était plus rien. Ses forces l'abandonnèrent et il se demanda s'il avait bien fait de fuir au petit jour. Et s'il avait fait le mauvais choix ? Et si le dibbouk l'avait attiré jusqu'ici pour le perdre ? Il voulait serrer ses parents dans ses bras, les étreindre si fort qu'ils le supplieraient d'arrêter. *Qui suis-je sans eux ?* Bientôt, il ne resterait plus rien, ni de lui ni des siens. Il était le dernier bourgeon stérile d'un arbre millénaire. Une larme coula le long de sa joue, emportant avec elle toute sa vie d'avant.

Émile n'aurait pas la force de frapper à la porte. Il tendait l'oreille dans l'espoir d'écouter la voix familière de son ami, mais n'obtint pour toute réponse qu'un silence assassin. En fuyant, il avait scellé son destin. Désormais, il devrait fuir toute sa vie, toutes ses vies. Fuir pour oublier qu'un jour il avait fui.

Il détourna les yeux de cette porte qui ne s'ouvrirait pas et regarda la boîte en bois reçue en héritage. Elle était simple, gravée des initiales de sa mère : L.B. pour Lévana Blumenstein. Il entendit le dibbouk cogner comme s'il voulait s'en échapper. En réalité, le bruit ne provenait pas de la boîte en bois, mais de son poing droit qui frappait à la porte.

*

Quelqu'un ralluma la lumière sur la scène. Derrière l'épais rideau, depuis le public, monta une rumeur. Anna accourut au chevet de son père inconscient. Mathilde, Pavel, Vadim et tous les autres n'osaient pas s'approcher.

*

Jean-Jacques Besson regarda Émile sans comprendre ce qu'il faisait là. Il avait des cernes noirs sous les yeux.

— Bonjour monsieur Besson... dit Émile en sanglotant. Je suis désolé de vous embêter à une heure pareille... mais, je ne savais pas où aller.

Jean-Jacques Besson avait la bouche entrouverte. Il regardait à travers Émile comme s'il était un fantôme.

— J'ai réussi à m'enfuir, mais ils ont pris mes parents et ma sœur.

Le concierge restait immobile, le visage inexpressif. Maryse, son épouse, passa la tête dans l'entrebâillement et vit Émile en pleurs sur le pas de la porte.

— Rentre vite mon enfant, dit-elle. Il ne faut pas qu'on te voie ici.

La loge était en désordre et, dans l'évier, de la vaisselle sale s'était accumulée.

— Assieds-toi là, tu veux. Je t'apporte un verre de lait, lui dit Maryse.

Émile s'exécuta. De toute façon, ses jambes n'auraient pas pu le porter plus longtemps. Il posa sa boîte à dibbouk sur la table et s'assit sans un mot. Il leva les yeux vers Jean-Jacques qui, debout, avait le regard vide.

— Il est où Lazare, monsieur Besson ?

Les yeux du pauvre homme s'embuèrent d'une tristesse infinie. Pour toute réponse, il écarta ses bras qui pendaient le long de son corps.

Émile se releva et courut vers la chambre de Lazare. Son lit était fait au carré, ses volets étaient fermés, et le miroir en pied, au fond de la pièce, recouvert d'un drap blanc, ressemblait au fantôme d'un vieillard biscornu. Il se retourna et vit Maryse essuyer, elle aussi, une larme d'un revers de main.

— C'était un enfant fragile, sanglota-t-elle. Il a attrapé froid. Il s'est mis à tousser et puis…

Émile fut pris d'un vertige et dut se tenir à la commode pour ne pas tomber. Aucun mot n'aurait pu décrire sa détresse. Désormais seul au monde, il était immergé dans une obscurité poisseuse qui lui remplissait la bouche comme de la tourbe humide. Il sentait son corps se disloquer sous l'effet du chagrin et bientôt, il disparaîtrait. Avec difficulté, comme s'il avait soudainement désappris la marche, il revint sur ses pas et se tint devant le père de son ami. Jean-Jacques ouvrit grands ses bras et Émile s'y précipita de toutes ses forces.

*

Anna, n'écoutant pas les conseils des pompiers qui venaient d'arriver, redressa Pâris. Elle sentit son père sous les paumes de ses mains. Craquements, dislocations, réorganisation, sous sa peau, son épine dorsale, d'ordinaire rectiligne, louvoyait. Son omoplate gauche, comme poussée de l'intérieur, s'était extirpée de son lit en tirant sur les muscles qui, un à un, avaient cédé sous la tectonique des plaques du chorégraphe dont la topographie tout entière semblait accidentée. Les côtes asymétriques, le bassin déboîté et l'épaule gauche surélevée, Anna tenait contre elle, un être dont les traits rappelaient vaguement son père.

La table se recouvrit d'une couche poussiéreuse, la scène se fit grange et la poursuite lointaine dodelina comme le feu d'une chandelle un soir de rafle. Pâris, vieillard cabossé, ouvrit de grands yeux ronds et regarda sa fille. Anna était autour de lui, et lui, au centre d'elle. La tête lui tournait. Drôle de manège ! Dehors, d'épais flocons tombaient dans un ciel sans étoile.

*

Jean-Jacques sentit Lazare se blottir contre lui et cette idée ralluma son cœur. Maryse s'abstint d'intervenir, laissant le destin s'accomplir sous ses yeux. Nul ne sait ce qui se dit alors dans la cuisine de la loge de l'Opéra Garnier. Un long conciliabule silencieux, fait de battements et de tous ces échanges invisibles aux yeux et imperméables à la conscience, se tint dans le plus grand secret de ces trois êtres enlacés. Une conversation mutique, tissée de résistances puis de résiliences.

Il survivrait. On lui avait pris son père, sa mère, sa sœur et son ami. Qu'à cela ne tienne, il écrirait sa propre histoire et bâtirait une famille, plus nombreuse et plus forte que celle qu'on lui avait arrachée. Chaque fois qu'on voudrait l'obliger à devenir anonyme, à demeurer dans l'ombre ou à rester dans la nuit, il brillerait davantage et jamais son étoile ne cesserait d'illuminer le ciel.

Entre ses bras, le concierge crut sentir Émile grandir puis se redresser. Jean-Jacques Besson entendit des craquements et devina, sous le fin chemisier de l'enfant, le relief de son dos qui était en train de se redessiner. Sur ses épaules glissa un tout nouveau costume. Ainsi continua son histoire.

Épilogue

Paris, octobre 2025

Quand on lui disait qu'elle comprendrait les pleurs de son bébé, Anna n'y croyait pas. Des bébés, elle en avait entendu pleurer des centaines et jamais elle n'avait perçu la moindre intention dans ces borborygmes inarticulés. Le premier cri de Zelig avait remué quelque chose dans les tripes de sa mère, mais de là à dire qu'elle discernait avec précision le contenu sensible des pleurs de son nouveau-né, c'était une autre affaire. Ce matin pourtant semblait différent des autres matins et le cri qui sortait de cette bouche ourlée comme une rose à l'aube de sa vie était un concentré de toutes les langues du monde. Anna acquit la certitude qu'il renfermait un propos indéchiffrable, une sorte de bande sonore, aux fréquences superposées, inaudibles au profane. Elle se demanda si tous les bébés pleuraient de la même manière ou si chacun racontait une histoire singulière.

Zelig avait huit jours. Chaque matin était une fête, mais celui-ci avait une saveur particulière. Zelig n'avait, pour l'instant, rien vécu d'extraordinaire. Il avait rencontré, notamment ce matin, certains visages qu'il reverrait plus ou moins régulièrement. En dehors de ça, il n'avait fait que dormir, digérer, refluer puis digérer encore. Ses parents lui parlaient, mais la conversation était réduite à sa portion congrue. Bientôt, il aurait droit aux contes et aux histoires, aux blagues de son père, aux chansons de sa mère, aux silences de son grand-père et aux gagas lénifiants des autres. Mais pour l'heure, n'était-il pas naïf et vierge de toutes choses ? Dès lors, comment expliquer qu'il y eut dans son cri, ce matin, un récit lointain, comme le fruit trop mûr d'un arbre très ancien ?

Dans la salle des fêtes, toute la famille était réunie. *Il ne manquait que les morts.* Christian, accompagné de sa fille, affichait un sourire sincère et rayonnant. Gilles et Léna formaient un cluster silencieux, en compagnie de leurs enfants. Anna les avait invités, certaine qu'ils ne viendraient pas, mais il faut croire que, chez les Besson, les apparences sont parfois plus fortes que les évidences. La polémique autour de Gilles avait cessé d'enfler et *L'Aigle sur le toit* n'était plus qu'un mauvais souvenir. La danse pouvait reprendre, comme si de rien n'était. Vincent et Véronique patientaient près de Margot, dont le sourire dissimulait une lente sortie de scène.

Marie-Louise se tenait près d'Anna, le plus loin possible de Patricia. Peu coutumière des grandes effusions, elle passa son bras autour de ses épaules et lui dit :

— Comment va ma fille ?

— Ça va, maman, lui répondit-elle en l'embrassant sur la joue.

— C'est important pour toi, n'est-ce pas ?

— Oui. C'est très important.

— Alors tout va bien.

Tout allait bien, en effet. Anna appréhendait la cérémonie, mais elle ne doutait plus désormais que tout irait bien. Les pleurs de Zelig lui tordaient les boyaux.

Simon, qui détestait les réunions de famille, avait, par amour pour sa sœur et son neveu, daigné se déplacer. Janet était là, elle aussi, une main sur son ventre.

— Mais, dis-moi, intervint Simon, est-ce normal qu'il hurle comme un possédé, ton marmot ?

— Je n'en sais rien, lui répondit Anna. Je crois que Zelig est un peu… impressionné. Samuel m'a dit qu'il me ferait un signe quand ça commencerait.

— On le serait à moins, répondit Simon avec malice. Il a croisé la totalité des Besson, il a le droit de chialer, non ? Et puis, une chance qu'il ne marche pas encore, sans quoi il se serait déjà barré loin d'ici.

— En Amérique ? demanda Anna, un sourire en coin.

Simon poursuivit :

— Tu m'as scotché. Avoir convaincu papa de porter ce truc… là, sur les épaules.

— Un *talit*, lui dit Anna. Elle pensa au jour de son mariage. Un *talit* pour la naissance, un autre pour le mariage et un *kittel* pour l'enterrement. À chaque scène, son costume.

— Ah oui, un *talit*, c'est ça ! Eh bien, ça relève du miracle. Remarque, ça ne lui va pas si mal.

— Je trouve aussi, dit Anna.

Tant de choses avaient changé ! Son père avait quitté l'Opéra tandis que son oncle, après une énième tentative en politique, y était revenu. Elle avait survécu au cent cinquantenaire et abandonné son bureau mansardé, son pinson sous le bras. La route qu'elle empruntait n'était sur aucune carte. Elle-même ignorait tout de sa destination. Elle s'était remise à danser – bravant l'interdit de son cardiologue, mais obéissant à l'injonction de son cœur. Puis il y avait eu Zelig, et la nature même du lien qui unissait les êtres dans cette salle des fêtes avait évolué. Le fait que Pâris portait un *talit* pour la circoncision de son petit-fils n'étonnait guère Anna. C'était peut-être, même, l'évènement le plus normal de ces derniers mois. Elle qui pensait avoir épousé Samuel malgré sa religion se demandait si elle n'avait pas mal interprété le script de sa vie.

Tout le monde est là, sauf les morts.

Elle regretta que Zelig n'ait pu connaître son arrière-grand-père. Elle était certaine qu'en grandissant il aurait eu beaucoup de questions à lui poser. Mais *ses lèvres étaient closes et cousues de secrets*, et ce serait à elle d'ouvrir cette boîte qu'on lui avait léguée, d'y piocher des histoires et de les lui raconter. *C'est dingue tout ce qu'une boîte vide peut contenir !*

Par où commencerait-elle ? Sans doute par cette étrange journée de juillet où tout avait basculé...

*

Anna était presque toujours enceinte quand elle allait dans un cimetière. Les jours caniculaires avaient laissé place à une douceur quasi printanière et elle avait profité de cette accalmie providentielle pour aller voir ses morts.

Mais Pantin n'avait rien de commun avec le Père-Lachaise. Les oiseaux, peut-être ?

Le cimetière du Père-Lachaise évoquait Venise, avec ses traverses alambiquées et ses culs-de-sac romantiques. Celui de Pantin ressemblait davantage à une ville comme New York, les immeubles en moins. Au Père-Lachaise, dans ses allées foutraques, Anna retrouvait intuitivement ses repères, alors qu'ici, elle se sentait perdue dans ce dédale symétrique, composé d'avenues entrecoupées de rues, formant des blocs indiscernables, fonctionnels, pratiques et inhumains.

Anna ne connaissait ni l'identité ni l'emplacement des tombes qu'elle cherchait. *La famille, c'est sacré*, avait répété Lazare tout au long de sa vie. Et, jusqu'après sa mort, cela s'était révélé très efficace pour protéger l'institution des assauts répétés des barbares en tous genres. Nul besoin de cacher si personne ne s'autorise à chercher. Cependant, chaque génération avait ses profanateurs. Gilles était de ce bois-là – blasphémateur hors pair et fouineur pathologique –, tandis qu'Anna, sa très chère nièce, semblait s'être spécialisée dans le pillage de tombes.

La graine dans l'esprit d'Anna avait toujours été là, quiescente. Elle s'était mise à germer, du jour au lendemain, après sa dernière visite à La Bessonière. Depuis, l'idée n'avait fait que croître. Ce qui n'était d'abord qu'une jeune pousse devint vite un buisson puis une jungle luxuriante. Quelques semaines après le gala, histoire d'en avoir le cœur net, Anna se rendit seule au Père-Lachaise – ignorant que Zelig attendait en coulisse – et constata ce qu'elle savait déjà : le carré familial n'accueillait que Maryse, Jean-Jacques, Arlette, Abel et Lazare, comme si rien ni personne n'avait jamais précédé le quatuor ancestral des Besson.

Anna avait voulu en savoir plus, grimper sur la branche supérieure de l'arbre généalogique pour obtenir un meilleur point de vue sur sa situation. Sa question n'avait rien d'offensant, mais lorsqu'elle la posa à son père puis à son oncle Christian, tous deux restèrent muets puis froncèrent les sourcils en se demandant quelle mouche avait bien pu la piquer. Anna comprit qu'ils étaient les gardiens d'un secret qu'ils ne connaissaient pas. Le secret des secrets, le seul qui vaille la peine qu'on arpente les tombes d'un cimetière inconnu un beau jour de juillet.

Ce fut finalement Margot qui l'informa du quartier où ses arrière-grands-parents avaient supposément vécu et la mit sur la piste du cimetière communal de Pantin, somme toute assez cocasse pour un marionnettiste, qui n'avait jamais cessé de tirer les ficelles de sa propre famille.

Cela faisait presque une heure qu'Anna déambulait entre les essences rares qui bordaient les allées. Ses chevilles gonflées, sa vessie capricieuse et son ventre pesant lui firent courber le dos et voir des étoiles. Tant de noms dansaient autour d'elle qu'elle en avait le vertige. Elle marqua le pas pour reprendre son souffle et posa une main sur la pierre envahie de mousse d'une stèle inconnue. Un certain Zelig. Elle trouva le prénom charmant. Elle le soumettrait à Samuel mais savait par avance qu'il l'adorerait. Elle ferma les yeux et sourit. Elle n'avait peut-être pas rencontré ses arrière-grands-parents, mais elle avait découvert le prénom de son fils. Son effort avait été récompensé. Elle pouvait enfin rentrer chez elle.

— Dingue, c'que vous pouvez lui ressembler !

Anna se retourna et ne fut pas surprise de tomber nez à nez avec un vieux bonhomme en habit de jardinier, le dos voûté d'avoir tant travaillé. Il avait une casquette sur la tête. Sa barbe était fournie et laissait apparaître un sourire chaleureux.

— Pardon, bredouilla-t-elle ?

— Vous lui ressemblez sacrément à votre grand-père, que j'disais. Vous êtes bien m'dame Besson ?

— Oui… enfin, vous connaissiez mon grand-père ?

— Un peu que j'le connaissais. Des années qu'il venait. Aussi loin que j'me souvienne. Et puis, il avait toujours un billet pour moi. Pour nourrir les oiseaux, qu'il disait.

Anna le regarda dans le jaune des yeux, mais elle n'y lut aucune malice. Elle était pourtant certaine... Il avait les mains calleuses encore pleines de terre. Il tirait une brouette, tout ce qu'il y avait de plus normal, et portait, malgré la saison, des bottes en caoutchouc.

— Vous êtes bien sûr qu'il s'agissait de mon grand-père. Lazare Besson ?

— Bon Dieu de bois, oui ! Et puis c'est qu'il était connu, ici. Dites, au fait, j'ai appris qu'il était mort. J'suis bien désolé pour vous.

Il retira sa casquette et la cacha derrière son dos.

— J'peux vous aider peut-être ? J'voudrais pas dire, mais dans votre état vous devriez plutôt vous asseoir. Vous voulez un peu d'eau ?

Il chercha dans sa brouette une bouteille en plastique qu'il lui tendit.

— Je cherche une tombe, répondit-elle.

Le vieillard lui sourit.

— Z'êtes au bon endroit, m'dame ! J'les connais presque toutes. Ça fait bien cinquante ans que j'y travaille dans c'maudit Pantin. Si les morts sont des livres, moi, j'suis bibliothécaire. Alors, dites-moi qui vous cherchez, j'vous dirai où l'trouver !

— La tombe de mon grand-père, chuchota-t-elle. Enfin, je voulais dire celle qu'il allait voir quand il venait ici. C'était bien pour ça qu'il venait, non ?

— En voiture Simone ! Suivez-moi. Et si vous êtes fatiguée, j'vous mets dans la brouette. J'voudrais pas qu'vous accouchiez ici. En un demi-siècle de boutique, ça n'm'est encore jamais arrivé.

Et le vieux tordu se mit à crapahuter avec une agilité étonnante pour son âge. À sa ceinture, virevoltaient gaiement des clés sur un trousseau. Il emprunta des chemins escarpés loin des sentiers battus, se faufila entre des buissons, lançant :

— C'est un raccourci, mais faites attention, y a des ronces, des vipères et parfois des tigres.

Anna découvrit le cimetière de Pantin sous un angle très différent. Au bout de cinq minutes d'expédition qui en paraissaient trente, elle déboucha sur une vaste étendue tapissée de pierres tombales.

— Dites, c'est encore loin ?

Il avait disparu. Anna entendit un vague tintement de clés, puis plus rien. Elle n'en fut guère étonnée et ne chercha même pas à le retrouver. À présent, elle savait que son corps lui montrerait le chemin. En quelques secondes à peine, elle trouva les tombes de ses deux bisaïeuls. Deux Besson, magnifiques, aux prénoms délicieux. Et la valve à son cœur se mit à battre pour eux.

Elle resta longuement à côté d'eux, s'assit sur la pierre de son arrière-grand-père, prit soin d'en inspecter les aspérités, d'en ressentir les odeurs, les vibrations, et d'écouter le pépiement des oiseaux qui volaient au-dessus. *Zelig, ce n'est pas tous les jours qu'on rencontre de nouveaux membres de sa famille.* Le vertige la reprit, moins intense, plus agréable. Elle posa ses mains sur son ventre et le malaise se dissipa.

Après plusieurs minutes d'une conversation à bâtons rompus avec ses morts, Anna se releva, faisant craquer ses genoux. Elle jeta un dernier coup d'œil à ces prénoms aussi bien gravés dans la pierre que dans sa mémoire, puis se figea. Son cœur cessa de battre et ses poumons de respirer. Seul Zelig, qui n'était déjà plus tout à fait Anna, remua vivement comme pour l'empêcher de s'effondrer. À côté des deux tombes jumelles, s'en trouvait une troisième, fleurie de cailloux et surmontée d'une croix : Lazare Besson. 21.02.1934 – 11.07.1942.

Anna n'était rentrée chez elle qu'en fin d'après-midi. Samuel, inquiet de la trouver si pâle, lui avait demandé si tout allait bien. Elle avait prétexté un peu de fatigue pour aller s'allonger. L'adrénaline coulait dans ses artères. Une fois la porte close, elle avait pris le cadre à la vitre fêlée puis avait longuement examiné la photographie. La vérité lui avait alors sauté aux yeux comme un chien sur son maître au retour de la guerre. Comment avait-elle pu être aveugle à ce point ? Elle regretta d'avoir donné son exemplaire de *L'Aigle sur le toit* à Simon et s'empressa de chercher sur Internet la couverture du livre qu'avait commis son oncle.

Un élan de fou rire remonta de son ventre à sa gorge. Mille pensées traversèrent son esprit, toutes plus folles les unes que les autres. Quel grand-père magnifique elle avait ! Elle imaginait la petite boîte en bois qu'il lui avait léguée, posée sur son bureau ; elle la voyait s'ouvrir et se remplir tant et tant sans jamais déborder. Elle savait déjà que certaines personnes avaient une double vie, mais elle ignorait jusqu'alors que d'autres avaient une double mort. Des images défilèrent comme des scènes d'opéra. La guerre, les bombes et les tranchées. Les croix gammées, les bottes en cuir et les étoiles jaunes cousues sur les habits. L'enfant de Pantin était mort moins d'une semaine avant la rafle du Vél d'Hiv. Ça ne pouvait pas être une coïncidence. Elle se souvint des cailloux sur la tombe d'Abel et sur celle de Lazare. De la tunique blanche que son grand-père portait dans le funérarium et dont Samuel disait que c'était un *kittel.* De ses révolutions autour de Samuel, le jour de son mariage, et de l'émotion sincère de celui, qu'à l'époque, elle appelait Lazare. Elle se souvint du candélabre où brillaient les bougies et sentit dans son âme s'allumer une flamme, comme un immense *chamach.* Elle regarda longtemps, sur l'écran de son téléphone, cet enfant au bras tendu. Les traits de son visage, l'expression de ses yeux. Il avait la grâce d'un danseur et l'élégance d'un prince, mais n'avait rien de commun avec le grand-père qu'elle connaissait ou qu'elle croyait connaître. Elle eut pour ces deux enfants un indicible élan d'amour et sut qu'elle aussi ne quitterait plus jamais cette photo. Elle la garderait contre son cœur, la protégerait de l'usure et des regards accusateurs. Hitler à ses côtés n'était qu'un triste figurant, une ombre insignifiante. C'était Lazare qui prenait la lumière et qui la renvoyait par-delà le temps et l'espace comme le ferait une étoile. Cette fois-ci, Anna accompagna le vertige et se délecta de sa vitesse. Un jour, son grand-père – dont elle ignorait le nom – lui avait donné une boîte vide avec des initiales gravées dessus. *Il n'y a rien de plus important que de remplir le vide*, se dit-elle. *Il n'y a pas de plus bel héritage qu'une boîte à remplir.* Un jour, elle lui rendrait son nom, même si elle devait y consacrer sa vie. Lui rendre sa famille, ses envies, ses jeux, ses peurs et ses espoirs. Elle serait fossoyeuse, contrebandière ou pirate. Elle trouverait sa famille, s'il en restait quelque chose, et leur raconterait l'histoire de celui qui s'était fait appeler Lazare.

Anna sentit éclater dans son corps une envie de danser, comme une bulle qui remonte à la surface de l'eau.

*

La cérémonie allait bientôt commencer. Au centre d'une horde frénétique d'Atlan chantants et tourbillonnants, Anna distingua son père, son mari et son fils, immobiles au milieu du mouvement. Les trois hommes de sa vie. Qu'en dirait Mathilde ? Elle trouverait ça vieux jeu. Anna sourit en la cherchant du regard. Elle la trouva facilement. Avec Pavel, ils surplombaient tout le monde.

Pâris était assis dans une sorte de fauteuil folklorique et tenait, sans trembler, le coussin sur lequel pleurait son petit-fils. La tradition voulait que ce soit le grand-père qui tienne le garçon le jour de sa circoncision et, contre toute attente, il avait accepté d'endosser ce costume, lui, le Besson des Besson. Ce matin, il était le *sandaq* et portait un *talit* sur ses épaules désaxées. Pâris, qui ne s'était jamais vraiment relevé de sa chute, avait changé. Il ne danserait plus. Les scènes changent, les êtres changent. On peut se déguiser, se maquiller ou se démaquiller, mais jamais les traces de l'histoire ne peuvent être effacées.

Samuel était penché sur Zelig et il lui prodiguait quelques secrètes bénédictions qu'il tenait de son père. La scène, à la photographie parfaite, paraissait d'un autre âge et Anna crut voir celui qui se faisait appeler Lazare dans les traits de son père.

Au moment où la lame du *mohel* s'attaquait au prépuce de Zelig, et alors que le nouveau-né dont on coupait les chairs hurlait, à neuf reprises et en *ré* bémol, sa consternation à qui voulait l'entendre, une porte s'entrouvrit et pendant un instant les mondes immergés et ceux en surface communiquèrent enfin.

Tout est corps, se dit Anna, lorsque, plus puissants, plus farouches, les cris de Zelig remplirent la salle d'un effroi religieux où nul dieu n'avait sa place. Chacun comprit qu'il se nouait dans cet être charnel un lien indéfectible entre ici et là-bas.

FIN

Remerciements

Écrire à deux, c'est s'inspirer de l'autre pour parler de soi et s'inspirer de soi pour parler de l'autre. On se vole, on s'enrichit et on profane autant qu'on sanctifie. Ce livre, nous l'avons écrit à quatre mains, un seul cœur mais nombreux sont ceux qui, en réalité, y ont participé.

À Doïna qui m'a ressuscitée à la danse.
À Doïna Delay qui m'a donné ma plus belle leçon de médecine.

À Daniela qui m'insuffle jour après jour l'oxygène de la danse.
À Daniela Gihr qui fait danser tout le monde à la maison.

À Michel qui a éclairé ma scène.
À Michel Dengel mon psychanalyste par procuration.

À Aurélie qui m'a appris à décrypter le langage du corps.

À Aurélie Fritsch. À force de changer de perspective, on finit par voir le monde différemment.

Aurélien, seul l'amour permet de regarder l'autre grandir et échapper. Merci de me regarder danser sans crainte. Je te dois ma liberté.

Maud, à tes côtés je marche, je cours, je pourrais même voler. J'aime te voir danser loin des sentiers battus, enracinée mais libre. Tu m'inspires jour après jour l'envie d'aller plus loin.

À Camille Paulian et Kinga Wyrzykowska de l'Agence Trames. Vous avez cru en nous. Vous nous avez portés. Nous vous devons ce livre.

À Louise Danou et Virginie Garrett, nos éditrices, dont les commentaires et les encouragements nous ont galvanisés.

À nos parents, dans les coulisses, aimants et bienveillants.

À Solal, Eléa et Lou, pour que le silence ne les empêche pas et qu'ils puissent à leur tour danser leur propre vie.

Table

Cet ouvrage a été mis en pages par

<pixellence>

Imprimé en France par CPI
en janvier 2024

Dépôt légal : février 2024
N° d'édition : 593733-0
N° d'impression : 177389